JN020495

集英社オレンジ文庫

# 廃墟の片隅で春の詩《うた》を歌え

## 女王の戴冠

仲村つばき

# 廃墟の片隅で春の詩を歌え

Contents

# 廃墟の片隅で春の詩を歌え

Character

*Illustration* 藤ヶ咲

## ジルダ

アデールの長姉。革命派を倒しイルバスの新女王となったが、己の出自と行き詰まる王政に悩みを深める。アデールに尋常ならざる執着を見せるが……？

## アデール

故イルバス国王の三女。革命により廃墟の塔に幽閉されていた。過酷な境遇に育ち帰国後も自分に自信を持てずにいたが、王女として祖国を立て直したいと強く願うようになる。

## グレン

アデールの夫で、イルバス王家に忠義を尽くす優秀な軍人。妻アデールを心から愛するが、その行き過ぎた独占欲がふたりの関係に影を落とす。

レナート
ミリアムの夫。
カスティア国の
大商人の子息。
ガブリエラ
フロスバ家のメイド。後
にアデール付きとなる。
流行や恋の話題が大好き。
ミリアム
亡命先で結婚したア
デールの次姉。ある
目的のためにイルバ
スに帰国し、『国民
派遣計画』を巡って
ジルダと対立する。
アンナ
アデールが廃墟の塔
にいた頃から付き従
う忠実な侍女。
エタン
フロスバ家公爵。アデールを廃墟
の塔から救出した。ジルダの即位
後は女王に仕える「王杖」であり
ながら「女王の愛人」となり、ア
デールと距離を置くが……？

本書は、eコバルト文庫2019年10月刊『廃墟の片隅で春の詩を歌え　愚かなるドードー』
同2020年1月刊『廃墟の片隅で春の詩を歌え　雪降らすカナリア』
同2020年4月刊『廃墟の片隅で春の詩を歌え　女王の鳥籠』をもとに加筆修正を加え、
再編集したものです。

廃墟の片隅で
春の詩《うた》を歌え
女王の戴冠

# 第一章

馬車で陸を移動し、イルバスの最南端にある港から、大海を南下する。実に半月にも亘る移動のすえ、アデールとグレンはニカヤ王国の陸に降り立った。

ニカヤは暖かかった。冬の厳しさを乗り越えてきたイルバス人にとっては、むしろ暑いくらいだ。これでも今日の気温は低い方で、ニカヤ人たちが厚手の上着にありがたそうにくるまっていることが信じがたい気持ちだった。

ドレスを新調しなかったことを少しばかり後悔《こうかい》した。イルバスのドレスでは、暑すぎる。

「グレン……目は大丈夫？」

太陽の日差しが、グレンの目に障《さわ》らないか心配だった。侍医《じい》が日傘を持ち、常にグレンのそばに控えていたが、彼の背が高いため、傘持ちはつま先立ちで行わなければならなかった。

「問題ない。傘を貸せ」

グレンは侍医から傘をとりあげ、アデールを引き入れた。

アデールはグレンに腰を抱かれ、大人しくしていた。暑かったけれど、かまわなかった。彼は満足そうである。

若い夫婦ふたりが、ニカヤ王室の紋章のついた馬車に乗り込むところを、多くの民が見にきた。人種もばらばら、話す言葉もばらつきがある。公用語はニカヤ語だが、そのほかにも複数の民族の言葉がいまだに使われているのだ。

ニカヤが、難民たちの受け入れ場所となった島国ゆえである。

(思想も言語も違う民をまとめあげたニカヤ一族……いったいどのような方々なのだろう)

まだ見ぬニカヤ王室に、アデールの緊張は増していった。グレンははげますように彼女の手を握った。

「大丈夫だ。疲れたら、あなたは俺の言葉を訳すだけでいい」

グレンも、アデールと一緒にニカヤ語を習っている。アデールほどではないが、日常会話程度なら難なくこなせるのだ。

あまり本腰を入れなかったのは、アデールを自分のそばに常につけさせるためだ。

あくまで、通訳として――。それは「余計なことをするな」という、グレンの念押しに思えた。

「ええ。頼りにしているわ、グレン」

男性は、好いた女に頼りにされるとうれしいものなのです。

ガブリエラの言葉を思い出す。彼女の言うとおり、グレンの好みは「無力なアデール」であった。彼の手で守られ、慈《いつく》しまれ、愛される。そのような女だ。

言葉ではアデールの願いをかなえると言いながら、実際のところ、彼はいつもはらはらとしているようだった。

アデールが、グレンの腕におさまりながらも、今にも羽ばたこうとかしましく鳴いているからだ。いつアデールがすべりでてしまうのか、彼はひやひやして仕方がない様子だ。

その証拠に、馬車のとびらが閉められると、あれこれとアデールに指示をしてきた。

「ニカヤの重鎮たちへの挨拶《あいさつ》は、順番が決まっている。メルヴィルに表にしてもらったから、その通りに声をかけるんだ」

「挨拶の言葉まで決まっているの。それなら私はいらないじゃない」

「そのようなことはない。ニカヤの宮廷では、あなたに対し同情的だと聞いている」

「エタンのおかげでね。でも同情を買いに行くつもりはないわ」

「我が国の情勢では、似たようなものだ」

アデールはため息をついた。

(グレンは、結果はどうあれこの訪問が無事に終わればいいとだけ思っている)

彼にとってニカヤ訪問は、妻を国内の危険から守るためにすぎないのだ。

——そういうわけにはいかない。この旅の目的は、私にとっては違うものだわ。

ニカヤの訪問はまだ始まったばかりだ。通訳だけではない。アデールには、やるべきことが山ほどあった。

＊

結果的に言えば、四代国王マラン・ニカヤはアデールの持ってきた壺《つぼ》を見て、噴き出した。

マラン国王は、浅黒い肌に赤銅《しやくどう》色の髪、がっしりとした体軀《たいく》をした、男らしい魅力にあふれた人物だった。派手好きな国王と有名なだけあり、王冠だけでなく首飾りや腕輪など、金色の装身具を過剰《かじよう》なほどに身につけている。ゆったりとしたニカヤ式の衣服に、それはよく映えた。

声を張ればびりびりと謁見《えつけん》の間に響くほどで、アデールが挨拶をかわしたときには面くらった。

だが、彼の視線から隠しきれない好奇心をたくみにかぎとったアデールは、直感した。

壺は見せよう。きっといい方向へ転がるはず。

グレンやメルヴィルは必死に壺を隠そうとしていたが、アデールが命じれば、臣下たちはさからえない。

塩漬けの壺は、豪奢《ごうしゃ》な台に載せられて、主役のごとく登場した。

イルバスの重臣たちは青ざめた。懸念《けねん》していたが、粗末な贈り物には違いなかった。国中の壺を集めて選ばれた献上品は、あまりにも装飾過多であったため、派手好きなニカヤ国王の王宮ではよりいっそう便器に見えた。

アデールは後から手洗いを使って確認したが、ちょうど同じような形の壺が便器として使われていた。アデールの世話をしたニカヤの女官たちがくすくすと笑いを漏《も》らしていたのは言うまでもない。

「まさか手土産《てみやげ》に便器の壺を持ってこられるとは、はあ、面白い。度肝《どぎも》を抜かれましたぞ」

「便器ではありません、塩漬けですわ、マラン国王陛下」

マランはこの贈り物を気に入ったようだった。塩漬けの壺そのものをではなく、冗談として。

壺を見て豪快に笑う王を前に、グレンは苦い顔をしていた。マランのニカヤ語は早口すぎてグレンは聞き取れないようだったが、壺を指さし腹を抱える様子は通訳などなくともよくわかるようだった。ばかにされているのである。

アデールは笑顔を浮かべていた。

「イルバスでは野菜や肉を塩漬けにして保管しているのです。長い冬を耐え忍ぶ民の知恵です。ぜひ召し上がっていただきたいと思い、持参いたしました」

「はあ、良かろう。後ほどの晩餐《ばんさん》で出せ」

晩餐で出すのか、とメルヴィルが後ろでたじろぐ気配がわかった。庶民《しょみん》の粗末な食事を、ニカヤ国王が気に入るとも思えない――。

すでに後ろの外交大臣が気を失いそうになっていることは、アデールもグレンもわかっていた。

「して、今回の訪問の目的は。イルバスは荒れていると聞いている。王女が王宮をほったらかし、こちらで過ごせるくらいには余裕が出てきたとみていいのだろうか？」

マランから発せられた言葉は、直球だった。

「我が国の女王陛下の威厳は日に日に増し、民も女王を信頼しています。今回はイルバスが信頼に足る友人であることを証明しに、私たちが参りました」

グレンの言葉を、アデールはそのまま訳した。そして付け加えた。

「ニカヤ国では三人の王子が協力して国をまとめていらっしゃると聞いております。我がベルトラム家も、生き残ったのは三人の姉妹。ニカヤ国をお手本として、国を導きたいのです。どうかお知恵をお貸しください」

「ほう。噂《うわさ》の姉妹争いか」

「争わぬ方法を」

「ないな、そんなものは。けんかは兄弟の常。姉妹もまたしかり。ごゆるりとされよ、どうぞご自身の滞在費で」

マランは笑い飛ばした。いかに、イルバスの立場が弱いかがはっきりする。

アデールはくちびるをかんだが、気丈にふるまった。

「ぜひとも、学ばせていただきます。成果なしには帰りません。滞在費がなくなれば私ひとりでもここに残ります。皿洗いでも洗濯《せんたく》でも、なんでもいたしましょう。イルバスの女は、頑健です。少しのことではへこたれません」

「おい、アデール。なにを言っている。もう少しゆっくり話せ」

グレンは彼女の肩をつかんだ。周囲のニカヤの重鎮たちの顔色が変わってゆく。

マランは熱き情熱の王だ。その気性の荒さから、炎帝《えんてい》と呼ばれ恐れられている。

自分に盾突く部下を次々と、残虐《ざんぎやく》な方法で追い払ってきた。

（そうしなければならなかった。五十年前まで、この国は一時カスティア国の支配にあったのだから。父親《そこ》が取り戻したニカヤを、盤石《ばんじやく》なものとするために）

彼の機嫌を損ねたら、同盟どころではない。このまま即刻城を出て行くようにと命じられるかもしれない。

だが、ばかにされてもへらへらと笑ってごまかすようでは、結果的になにも得られない。

（私は王女だ。私をばかにすることは、姉である女王を、イルバス国民をばかにすることになる）

許容するわけにいかない。ベルトラムの血をひく者として。

廃墟の塔でさんざん耐えてきたのだ。我慢する時間は十分にあった。次は戦う番だ。

アデールはニカヤ語をたくみに使い、受けてたったのである。

炎帝は、よりいっそう声を低くした。

「実に流ちょうなニカヤ語だ。教科書通りに単語をなぞるだけなら、猿でもできる。異国の言葉で喧嘩《けんか》ができて初めて、言語を習得できたといえる」

イルバス語だった。アデールは驚き、目を見開いた。

「歓迎しよう、ベルトラム家の末姫よ。氷も溶かす太陽の情熱の持ち主には、そのドレスは暑苦しい。彼女になにか用意をさせろ。ニカヤ式の、風通しの良いドレスだ。火酒を注げ、宴《うたげ》の準備だ」

わっと場が沸き立った。アデールは目をぱちくりさせた。

心臓がせわしなく訴えかけている。気がつけば、背中にじっとりと汗をかいていた。

炎帝のそばで、赤髪の王子が興味深そうにアデールを見つめている。

＊

「アデール王女は、どうやら炎帝の心をつかんだようですよ」

エタンは手紙に目を通す。メルヴィルの乱れた筆致に、彼の気苦労を感じ取っていた。

アデールの塩漬けは、なんと金の器《うつわ》に載せられ、主役のごとく登場したらしい。マラン国王は、わざと壺をテーブルの中央に置かせた。

豊富な食材と腕の確かな料理人の作った王宮の晩餐のなかで、それはひときわ滑稽《こっけい》な様子であった。

「なんという恥《はじ》だ」

ジルダは歯がみした。

「なんのためのグレンだ。使えない男め」

「マラン国王は塩漬けをまずいと一蹴《いっしゅう》したあげく、なにが楽しいのかよくお笑いになり、アデールさまにドレスや宝石類を贈られたようです」

「見下されているのだ。こちらを物乞《ものご》いだと思っているのだろう」

ジルダであれば耐えがたいことだ。むざむざ貧しさを誇張し、ドレスを恵んでもらうなど。そんなことは、身分のある女にとってとてつもない屈辱《くつじょく》である。

「良いではないですか。イルバスに脅威《きょうい》はないと思わせておいたほうが。もともとは、国の親交を深めるためのもの」

「同盟を結ぶ価値もないと思われては困る」

「炎帝は他国の使者をわかりやすく歓迎することはありません。周囲を海に囲まれたあの国は、攻め入られることも少ない。常に盤石に守りをかため、油断なく客人を迎え入れます。どんなかたちであれ、イルバスとニカヤの友情を、百年前に戻すことができればよい」

祖父の代では、ニカヤとイルバスの君主同士に厚い友情があった。いまほど両国が希薄な関係になるなど、当時の関係者は想像もつかなかっただろう。

「――カスティアで開戦の動きが出てきています。狙われるは、我が国イルバス。我が国を制圧すれば、地続きになっている他国への侵略も容易になります。ミリアム殿下はあちらにつくかもしれません」

王宮を無血開城させ、イルバスをカスティアに売ってしまう。後からミリアムは無血開城の条件をのんだことを理由に、イルバスの自治権だけ取り戻す。そのような考えなのだろう。

バルバ氏の爵位にかんして、あれほどうるさくねだってきたのに、このところ何も言ってこない。敵国に自分の居場所を見つけつつあるのだ。

「こちらにまだ利があるうちに、次の手を打つほかありません。幸いカスティアの王は病にかかり、不出来の息子が国を継ぐようです。新王になればほどなくして統率はとれなくなるはず」

「次はどうする」

エタンは静かに告げた。

「女王陛下。身をかためてください。今こそ、夫を迎えるべき時です」

*

ニカヤは春に祝福されている。

そう感じるのは、特に朝だ。

カーテンの隙間《すきま》からこぼれる、あたたかな光。イルバスではめったにふりそそぐことのない、柔らかな陽光。

「グレン、グレン。起きて」

アデールが揺すると、グレンは小さくうめいた。

昨日は炎帝にかなりの量の酒をすすめられていた。イルバス人は寒さをやわらげるために強いアルコールを好む人種だが、それでも昨日の飲みっぷりは、普段のそれではない。

アデールは酒に弱いので、グレンが常に彼女の盾となり、勧められるままに酒を飲み干し続けたのだ。

「ごめんなさいね、グレン」

アデールがキスを落とすと、グレンの眉間《みけん》のしわが少しやわらいだ。

今日はそうっとしておいたほうが良さそうだ。どのみちこの明るさでは、グレンの目に障《さわ》る。

アデールは起き上がり、昨日届けられたニカヤ式のドレスを持ってくるように、とアンナに命じた。

控えていたアンナは次々とドレスの箱を運びこんだ。少なくとも滞在中は、着替えに困ることはなさそうだ。

「炎帝は気前の良い人物ですね」

「良く人を見ている方だわ。グレンが話している間も、じっとこちらを観察していた」

もともと武人気質のグレンは、策略めいた会話は得意ではない。そんな彼のまっすぐな人間性を、炎帝がどう評価したかはわからない。

（でも少なくとも、嫌われてはいないみたいだった）

炎帝はグレンを潰してしまうまで宴の席にいた。宴好きの国王だが、気に入らない場はすぐに辞してしまうことで有名らしい。昨晩、そばにいた彼の側近にその話を聞いて、自分たちがまずまずのスタートを切ったことに安堵《あんど》した。

「この、黄色いドレスにしましょう。着方がちょっと難しそうだけれど」

「こちらの女官をひとり借りてきましょう」

アンナはてきぱきと動いた。アデールはその間に、髪をとかし、化粧《けしょう》をする。

ある程度のことはひとりでできるよう、練習したのだ。髪も、簡単なものなら自分で結うことができる。

　女官の手を借りて、アデールはドレスに袖《そで》を通した。ぴったりとした、襟《えり》ぐりの大きく開いたドレスで、胸元で切り替えのある動きやすいデザインだ。身頃《みごろ》にはパールの飾りが散らされ、動くたびにちらちらと揺らめく。

「動きやすい」

　イルバスではどうしても重たいマントやコートが必要だったし、ドレスの生地も厚くなる。ジルダが女王になってから、宮廷全体で華美な装飾品は避けられるようになり、ようやくダンスも踊りやすくなったというもの。

「旦那《だんな》さまはまだお目覚めになられていないようですね、いかがいたしましょう」

「グレンには水と、できればさっぱりしたものを出していただいて。私はどうしようかしら……」

　外に出たいのはやまやまなのだが、グレンからそばを離れるなと言われている。

　グレンは起こせば無理にでもついてきそうだし、それはあまりにもかわいそうだ。

　ドアをノックする音がする。

「アデール王女。ユーリ王子がぜひお話をしたいと」

　取り次ぎの者が、ひっそりと声をかけてくる。

　ユーリ・ニカヤはニカヤ国の三番目の王子だ。昨日の宴でも、アデールたち夫婦にひときわ気を遣ってくれた。人なつっこくて友人の多そうな、明るい王子という印象だ。

兄と同じ赤銅色の髪を持ち、浅黒い肌をした、活発な青年である。

「グレンがまだ……」

「アデール王女だけでもかまわないとのことですが」

悩んだが、仕方がない。あちらから来てくれるなど、またとない機会だ。

アデールが扉からすべりでると、ユーリは屈託のない笑みを浮かべた。

「おはようございます、アデール王女。少し早すぎたでしょうか？」

「すみません、グレンは昨晩おいしいお酒をいただきすぎてしまったようなのです」

「残念だな。ぜひグレン殿のイルバスでの武勇伝をお聞かせいただきたかったのに。でも、せっかくですから……。朝食はまだでしょう？　今、鯨《くじら》が港にあがったところだと連絡を受けまして。一緒に見に行きませんか？」

アデールはうなずいた。護衛を数名ひきつれて行くことにする。

アンナにグレンへの言付《ことづ》けを頼むと、彼女は「よろしくお願いします」と、ユーリを見上げた。

宮殿の廊下《ろうか》は、まがりくねっている。壁に設置された大鏡に翻弄《ほんろう》されながら、アデールはユーリの後に続いた。

「迷路みたいです」

「兄の趣味です。真に信頼できる者のみが、玉座にたどりつけるように」

「真に信頼できる者……？」

「何度もこの宮殿に足繁《あししげ》く通う、熱心な家臣しかニカヤ国王と会うことはできないのです。迷ってしまうからね」

どこまでもまっすぐに続く、イルバスの王宮とは違う。アデールは己の姿をちらちらと映しながら、宮殿の外へと向かう。

「……失礼ですが、ユーリというお名前は、イルバス人のどなたかからつけられたものですか？」

「どうしてそう思うのです？　私の見た目はイルバス人とはまったく異なっていますが」

抜けるように白い肌を持ち、背が高いイルバス人。健康的な肌に、がっしりとした体つきのニカヤ人。ユーリはニカヤ人にしては背が高かったが、肩幅が広く、肌は小麦色。いかにもニカヤ人らしい。

「国王陛下がイルバス語がとても堪能《たんのう》でいらしたこと、ユーリは我が国では末子によくつけられる名前だからです」

と、いっても長子と違ってその子が末子になるかどうかは、神が決めることである。

ここでうちどめと思ってユーリと名付けても、次にまた子ができて、その子にもまたユーリと名付ける親はよくいるのだ。下手《へた》すると、ひと家庭で三人ほど「ユーリ」がいる家もある。

「そうです。イルバス人の血は流れていませんが、僕たち一族がイルバスのとある方にとてもお世話になったので、その方にあやかり、イルバス人らしい名前を付けてもらいました。ユーリ・ニカヤ。僕はニカヤ国王の、一番下の弟です」

「イルバス人の……それは、どなた？」

「ラルフ・ベルトラム・イルバス陛下です。あなたのおじいさまだ、アデール王女」

アデールは目を見開いた。

ユーリは感心したように言った。

「肖像画とよく似ている。僕たちの宮殿に、あなたのおじいさまが若かりし頃の絵があるんだ。あなたを見たときから、過去からの使者なんじゃないかと思ってずっとわくわくしていた」

「おじいさまが、ニカヤと親交があったのですね」

初耳だった。アデールの祖父は彼女が生まれる前に亡くなっている。

「ニカヤがニカヤと名付けられる前の話です。僕たちのひいおじいさまが、ただの海賊《かいぞく》だったときの話。さあ、この馬車に乗りましょう。屋根なし馬車に乗ったことはありますか？　気持ちがいいですよ」

開放感あふれる馬車に、アデールを引っ張り上げて乗せてくれる。アデールは少しおそろしくなって、思わずユーリにしがみついた。

イルバスでは、周囲にまったく囲いがない馬車に王族が乗ることはない。

しかもこの馬車にはきらきらとした房がたっぷりついた派手な絨毯《じゅうたん》が敷かれていて、目の覚めるような染め色のクッションがしきつめられている。馬車の後ろには大きな鈴がつき、走行すればからんころんと鳴る仕様である。これでは注目の的《まと》だ。

「あれ。やっぱり乗るのは初めてでいらっしゃる？」

「これに乗って行くの？　港まで？」

アデールは半ば信じられない気持ちでたずねた。

ユーリはもちろん、とくちびるのはしをあげる。

「潮風が気持ちよいですよ。出発出発！」

ユーリが叫ぶと、御者が馬に鞭《むち》をくれる。

護衛たちは、走ってアデールの後をついてくる。

あたたかい風がアデールの髪をすくいあげ、苦心して結った髪をたちまちに乱してしまう。アデールは目をぱちくりさせた。

ニカヤの民衆たちが手をふってくる。こんな馬車で移動したら、ユーリが来ているのは一目瞭然だ。

風にかきけされてしまわないように、アデールは声を大きくした。

「あの！　いつも移動はこうなの⁉」

「はい！　だって早く行かないと、鯨が捌《さば》かれてしまうでしょう。とにかく仕事が早いんですよ、ニカヤ人は！」

ユーリは愉快そうに叫んだ。

護衛たちははるか後方だ。

（大丈夫かしら。さっそくグレンとの約束、やぶってしまっているし……）

馬車といっても、屋根付きの馬車がゆっくり街を通るのかと思っていた。こんなに飛ばすなんて聞いていない。御者も慣れたもので、人がごったがえす市場をジグザグに進んでいて、ひやひやする。

なにかが馬車に投げ込まれ、アデールはびくっと肩をふるわせた。赤と黄色の、まだらな果物だ。

「ありがとう！」

ユーリが手をふると、差し入れをしたらしき少年たちが手をふっている。

（信じられない。民衆との距離が近すぎる）

ジルダも民衆との関係性を見直そうと、謁見《えっけん》の時間を増やしたり、会議に街の代表者を呼びよせたりと、それなりの歩み寄りを見せている。だがイルバスで馬車になにかを投げ込まれたら、それは火薬入りの瓶《びん》だと思うだろう。

「食べますか？　おいしいですよ」

ユーリはポケットから小さなナイフを取り出すと、慣れたように果物を剝《む》き出す。馬車の揺れなど物ともしない。

「それに……毒が入ってるとは思わないの？」

「いやあ、その可能性はあるかもしれないですね。でも僕なんて殺してもたかがしれてますから。三番目なんてね」

アデールは三番目の王女だが、ついこの間殺されかけた。ユーリはずいぶんと能天気ではないか。

（いや……違う。きっとこの国が平和だから。その平和が誰によってもたらされたのかを、民が知っているから……）

ユーリはひときわ大きな果肉をほおばってみせた。それからじっと耐え、にこりと笑う。

「毒、ないですよ。僕が証明しました」

「あなたが証明したら意味がないんじゃ……」

毒味とか、そういう者に任せないと。

「いいんです。人は死ぬときは死にますから。それが今か、後回しになるかの問題。あはは」

差し出された果実を、アデールはひとつまみする。糖度がすばらしく高い。とろけるように舌で甘みを発し、つるりと飲み込めてしまう。

アデールは頬を紅潮させ、甘い果実を味わった。

「気に入ったみたいだ」

「ユーリ王子、これはすごく……すごくおいしいです。グレンにも食べさせてあげたい」

「では、買って帰りましょう。見てくださいい、着きました。あれが僕たちのごちそうです」

港で横たわる、大鯨。人を何百人でも飲み込めてしまいそうなぬらぬらとした巨体に、アデールは思わず目を見張る。体に突き刺さった銛《もり》から血がしたたり、その戦闘の激しさを物語る。

まるで、おとぎ話に出てくるような海の化け物だ。

アデールとユーリは馬車をおりたち、鯨の近くまで進んだ。砂が舞い、靴《くつ》やドレスを汚したがかまわなかった。

アデールは生まれて初めて鯨を見たのである。

「あれが一頭捕れれば、この街中の人間が喜びます。捕鯨《ほげい》は命がけです。いくつもの船で鯨を追いつめ、銛を突き刺す。鯨は暴れ、船はめちゃくちゃに振り回される。厳しい戦いになります。なので帰ってきた漁師は僕たち王族がねぎらい、感謝するのです」

圧巻であった。アデールはただ、鯨を見上げていた。

力強い、いのちのかたまりだ。先ほどまであれが自由に海を泳ぎ回っていたのだ。

「食べるだけではありません。鯨の脂《あぶら》は灯火や石けんに、ヒゲは傘や釣り竿《ざお》になる。生き物をいただくからには、ひとつも無駄にしません」

「ヒゲも、使えるの？　すごい知恵ね」

「犬猫のヒゲではありませんからね。触ってみたら、驚きますよ」

船員たちは、こちらに笑顔を向けてくる。ユーリはにこやかに手を振った。

アデールもあわせてほほえむと、彼らは互いに肩をぶつけあって、やがて頭を下げる。

「女性の訪問に慣れていないんです。許してあげてください」

「ユーリ王子は、いつもあの方々とお話をしているんですよね」

「はい」

アデールの好奇心が、むくむくとわきおこってきた。

「今日は私もご一緒してもよろしいでしょうか」

「大丈夫ですか、ずいぶんと男むさいですけれど」

「世界を変えるために、ニカヤまで来たんですもの」

ユーリはアデールの手を取った。

「砂の上は転びやすいですから」

少し照れているのか、彼はいいわけがましく言った。表情に子どもっぽさをのぞかせる。

ユーリ王子はアデールより一歳年下である。兄のマランとは違い、力強い男らしさというものはないのだが、その仕草やふるまいは相手を安心させるような親しみやすさがあった。

アデールは、力強く引っ張られ、つんのめりそうになりながらユーリの後に続く。

「もしかしてその人、お嫁さんですか⁉」

若い船員がそう言うと、彼の上司らしき年かさの男が乱暴に頭を殴《なぐ》りつける。

「バカ。昨日イルバスから来た王女さまで、公爵夫人だ。王宮の宴《うたげ》に新鮮な鯨を出すって、漁《りょう》に出たのを忘れたのか」

「公爵夫人さま……なんだ既婚者かぁ〜。ユーリ王子、残念でしたね」

ユーリはくちびるをとがらせた。

「うるさいよアベラルド。この方は、アデール・ベルトラム・オースナー公爵夫人。今は我が国の客人。挨拶して」

船員たちは、野太い声で「よろしくお願いしますっ！」と一斉に挨拶した。

アデールは面くらったが、口を開いた。

「こちらこそ、よろしくお願いします、みなさま」

「おお〜ニカヤ語がうまい」

「発音も完璧《かんぺき》だ」

「すごい」

「静かにしろ！　さあ、アデール王女。なにか質問があれば遠慮《えんりょ》なく」

ユーリがとりなすと、アデールは小さく咳払《せきばら》いをした。

「みなさまがこのお仕事を志《こころざ》した理由を教えてください。それから、漁に出る上での心構え。鯨の脂やヒゲを加工すると聞きましたが、もしそのようなものをお持ちであれば、見せていただきたいわ」

「そんなことでいいんですか？」

船員たちは拍子抜けの様子だった。だがアデールはこれでいい、と思った。

イルバスの漁とニカヤの漁では、条件が違いすぎる。捕鯨の知識をそのまま持ち帰るのではなく、民がどのようなことに生きがいを見いだし、働く知恵を得ているのか、そちらに着目した方がいい。

「なんで漁師になったかって……なあ」

「やっぱり、うまいものが一番に食べられるし、実入りもいいし、家族も養えるし」

「嫁なんて、別れたらすぐ次がやってくるしな。俺たちは稼《かせ》ぐから」

「王女さまに変なこと聞かせるなよ」

ユーリが言うと、彼らは咳払いをした。

「海にはロマンがありますからね。毎日、日がのぼる前に船を出して、どんな獲物と出会えるのかわくわくしながら水面をながめる。目当てを見つけたときの高揚感《こうよう》はなにものにも代え難い。ましてや、こうして大物が捕れたときの達成感はひとしおです。きれいな服を着るより、豪邸に住むより、鯨を持ち帰ることが俺たちにはなによりの贅沢《ぜいたく》なんですよ。生きてる、って実感できる」

「……このお仕事が、みなさまの生きがいなのですね」

アデールは、気がついていた。

イルバスに、仕事に生きがいを見いだす民はどれくらいいるのだろう。

廃墟の塔が建っていたリルベクの村人は、ただ食べるためにわずかな土地を開墾《かいこん》していた。みなが暗い表情を顔にはりつけ、痩《や》せ細った体を少しでもあたためるために薪《たきぎ》を得ようと働いた。

仕事に夢をみる村人など、どこにもいなかった。

「アデール王女？」

ユーリに顔をのぞきこまれ、アデールははっとした。

「すみません。国民がいきいきとしていることが、私たちにとってはなによりの喜びですから。イルバスもそうであったらいいなと思って……」

「あなたにそんな想いがあれば、きっと伝わりますよ」

ユーリは笑顔を見せる。

「王女さま、良かったら食べてください。さっき捌いたやつだけど」

一番年下らしき船員が、目にも鮮やかな赤い肉をきれいに盛り付けて差し出してくる。

生の鯨肉だ。アデールは海でとれたものを、火を通さずに食べたことはない。ためつすがめつしていたが、えいっと口にほうりこんだ。

「おいしい」

アデールは瞳を輝かせた。こりこりとした肉は、口の中でこってりととろける。脂《あぶら》がのった鯨肉がくちびるをぬらす。

「アデール王女、さっき僕が果物を食べたとき、心配そうにしていたのに」

「……あ」

そうだった。イルバスにいたときでは、けして考えられない行いだ。

（……こんなに幸せそうな国民が、悪さをするとは思えない。そう思ったのだわ、私……）

これがニカヤだ。アデールは鯨を通して、この国の懐《ふところ》の深さをかみしめた。


アデールは船員たち以外にも、集まってきた民とできるだけ話をするようにつとめた。みなが次々とユーリになにかを持ってくる。王宮は退屈ではないか、具合の悪いところはないか、心配をしてくれる。

ユーリは、ニカヤ国民の「弟」のような存在なのだった。

「ありがとうございます。ユーリ王子のおかげで、いろんな人と話すことができました」

とても新鮮だった。イルバスの民は、遠くからベルトラムの王女たちを見ている。民衆だけではない。王宮の中ですら、姉たちがいがみあっているので、みなこわごわこちらと距離をとっている。

「イルバスでは、こういった機会は持たれないのですか？　街の視察とか、施設の慰労《いろう》訪問とか」

「あります。でも、こちらの様子を見ていると、我が国はずいぶん形式ばったものに感じます」

「誰が民のもとへ行くんです？」

「各地の領主たちです」

「それだと、顔ぶれが変わらなくてつまらないでしょう。僕たちは領主にもこういったことを任せますけど、たまにぬきうちでこうして顔を出すことにしてるんです。そうすると、ほら、みんなやる気を出すでしょう。案外、僕たちまで伝わってこないことってたくさんあるものだし、そういったものを掬《すく》いあげるいい機会なんですよ」

アデールはどっさりと積まれた鯨の肉を見た。今晩の宴はこの肉が主役になるらしい。男たちが、命をかけて捕ってきた食べ物。それに感謝し、王も民も同じ肉を食す。

（私は……イルバスの国民について、知らなすぎる）

廃墟の塔にとじこめられ、王女として偏《かたよ》った教育をされ、夫に大切に庇護《ひご》されたアデールは、今の民衆が毎日なにを楽しみに生きているのかがわからない。なにをしたいと思っているのかも。またひとつ、己の課題がうきぼりになった気がした。

＊

ユーリと別れてから、アデールは部屋でじっと今日の出来事を反芻《はんすう》していた。

驚いたのは、若者たちの職業の選択が比較的自由であることだ。

ニカヤ国の子どもたちは、十歳までは必ず全員が同じような水準の教育が受けられることになっている。その上で、自分がなりたいと思った職業に就《つ》けるよう、それぞれ必要な学問を選択し生きていくことになる。

イルバスの民は、親の職業を継ぐ以外にすべがない。教育機関を国中にまんべんなく配置するのは今の状況では不可能だった。文字も読めず計算もできない若者も多い。そのためにミリアムたちは「国民派遣計画」と称して、カスティアで学ばせるという名目で、民を労働力として流そうとしたのだ。

（新しい教育機関を作りたい。もはや学びは貴族の特権ではない……）

外国で働くかどうかは、あくまで本人の選択によるものとしたい。国民たちがわけもわからずカスティアに放り込まれ、あちらで強制労働させられるようなことがあってはならない。そのためには、多様な未来を選択できるような下準備をイルバス側がするべきだ。

「肖像画を見たか？」

今日見たことをとりとめもなく書きとめていると、グレンがたずねてきた。

二日酔いからはすっかり回復したようで、ニカヤ国王から贈られた、麻の生地の長いマントを羽織《はお》っている。

「あの……おじいさまが描いてあるっていう？」

ユーリが言っていたことを思いだした。

「午前中は同行できなくてすまなかった。街はどうだった」

「鯨がすごく大きくて、驚いたわ。もう、街ひとつ飲み込めてしまうのではないかと。ものすごく大きな銛を見せてもらったの。先端に血が付いていて、おそろしかったけれど、漁をするところも見てみたいと思ったわ」

アデールがいきいきと話すので、グレンは目を細めた。

「それから、ヘンテコな馬車に乗ったのよ。大きな鈴がついていて、走るたびにうるさいの」

「護衛から聞いた。追いかけるのが大変だったそうだな。まかれるところだったと」

「それは……その……ごめんなさい」

グレンのもとを離れないという約束もやぶってしまっているし、護衛の目の届かない場所まで移動してしまったのは事実だ。アデールがしゅんとすると、グレンはため息をついた。

「ユーリ王子が強引だったときいている。でも次はないぞ。ニカヤは平和だが、俺たちのまわりはけしてそうではない」

「わかっているわ。次はあなたも一緒に、外へ出ましょう」

「この国の太陽はまぶしすぎて、目が痛む。あまり長くは出られない」

アデールは目を伏せた。

「そうよね……」

「あまり外に出るな。いくら外交のためとはいえ、王女がそう気安く他国の国民たちとふれあうものではない。カスティアに行ったときも思ったが、あなたは親しみやすすぎるのだ」

カスティアで農夫と収穫物を吟味《ぎんみ》していたときも、街や市場に繰り出して物価を確認していたときも、グレンはけして良い顔をしていなかった。機嫌が良いのは夜会や昼食会で、彼の隣でほほえんでいるときだけ。そして、外交を終えて寝室に戻り、王女の仮面を外して、ただの妻になったときだけだった。

舞踏会でもダンスは一曲、二曲ふたりで踊って、すぐに彼女を輪の外へ追いだそうとしてしまう。

もともとダンスは得意ではなかったからそれでも良いのだが、グレンはときおり、過《か》剰《じょう》にアデールを外の世界から遮断《しゃだん》しようとするのだ。

「もうすぐ晩餐会《ばんさんかい》ね。昼間の鯨が食べられるそうだから、楽しみ。着替えてくるわね」

夫の機嫌がよくないことを察して、アデールは身支度《みじたく》をととのえるためにそそくさと隣室へ移動する。控えていたアンナがすぐに準備にとりかかった。

重たい扉をきっちりと閉じてしまうと、アンナは声を小さくする。

「旦那さま、すごく不機嫌で、手のつけようがございませんでした。お目覚めのさいにベッドにアデールさまがいないとわかった途端、私を呼びつけられて……」

アデールはどこだ、なぜお前が見ていなかった、誰とどこにいるんだ、としつこく責め立てたのだという。

ユーリ王子に誘われ、断ることができず仕方なく護衛を引き連れて外出したと報告すると、どうして自分を起こさなかったのかと強い語気でアンナを叱《しか》ったらしい。

先ほどはずいぶん落ち着いていたように見えたが、怒るだけ怒って逆に冷静になってきた頃合いだったのかも知れない。

悪いことをした。アデールは大事な侍女《じじょ》に謝罪した。

「あなたを残していったのが間違いだったわ」

「いいえ。私もあれほど旦那さまがお怒りになるとは思っていなくて」

「二日酔いのせいではなくて？」

「おそらくアデールさまが、ユーリ王子とふたりでお出かけになられたからです」

やはり、そうだと思った。

王族の訪問にしては、あれではあまりにも無防備すぎる。

「グレンは心配性だから仕方がないわ。あとから、危険はなかったとよくよく言っておくから」

「違いますわ。嫉妬《しっと》なされているのですよ」

「誰に？　まさか、ユーリ王子に？」

「昨日の宴席ではアデールさまにべったりだったようではないですか。それに炎帝もアデールさまを気に入っておいでです」

「べったり、と言っても……」

炎帝の真向かいに座ったアデールたちだったが、ユーリ王子がいろいろととりなしてくれたおかげで、会話がはずんだようなものだ。彼は貧しいイルバスにも興味をしめしてくれて、アデールだけでなくグレンにも、国内の文化や宮廷の様子について、こまかく質問をしてくれた。

「彼は場をつなげてくれただけよ。私たちがまだ若いから、炎帝を楽しませることができないと思って気を遣ってくれたのでしょう」

それに、彼の気安さはこのニカヤ王宮の宝だ。

グレンは反対するだろうけれど、自分もユーリのような、民に愛される王族になれたら……と思っている。

「グレンがちょっとしたことで嫉妬するのは困ったことだわ。もううまくいっていないはず、ないと思うのに……」

アンナは、アデールの身に起きたさまざまなことを熟知している。当然、アデールとグレンが心身ともに結ばれたことも知っているのだ。

今までのすれちがいはすべてそれが原因だと思ったのに、グレンの焦りやいらだちはおさまることはなかった。

「グレンさまは、アデールさまのことを愛しているのです」

アンナはそれだけ言うと、あきらめたようにアデールの髪を結い直した。

「こんなにお髪《ぐし》を乱して、若い王子とふたりでどこかに出かけていたと言われたら、勘ぐってしまうものなのですよ」

そうだった。あの馬車の速さに、髪はたちまちくずれてしまったのだった。

「誤解されるようなことは、本当になにもなかったの」

「そうでしょうとも。私はアデールさまのことをよく存じておりますから」

「グレンだって、わかってくれているはずだわ」

「自信がないのでしょう。アデールさまに愛されているという、確固たる自信が。しばらくはグレンさまと一緒に行動し、なぐさめてさしあげてください」

(私は、今まで以上に彼のことを考えて過ごすようにしているのに……)

そう思ったが、アデールが自分の内だけで問題を解決しようとしても、うまくいかないことは今までの経験からわかっていた。

「わかったわ」

支度を終えたアデールは、全身鏡の前に己の姿を映した。淡いグリーンのドレスに、金の縫《ぬ》い取りで花の模様があしらわれている。

「……胸元が、あきすぎてない?」

「ニカヤ国王の贈り物ですから、いたしかたありません」

イルバスで身につけていたドレスは、首まで詰まったものばかりだった。

「グレンに怒られそう」

帰って早々ドレスを見るなり、グレンは「上着はないのか」と一言不満そうに口にしたのだ。

髪を結い上げてしまえば、ほっそりとしたうなじがあらわになる。胸元がざっくりとあいたドレスに、白い肌がまぶしくうかびあがる。

「よくお似合いです」

開放的で動きやすいドレス。アデールはくるりと一回、舞ってみせた。身支度を終えたアデールがグレンのまえにすべりでると、彼はやはり一度顔をしかめて、「上着は」と言った。

「ないわ。変じゃない？」

「いいや。羽織るものがあったほうがいいのではないか？　夜は冷える」

「今夜は、あなたとすぐ部屋に帰るわ」

　アデールの殺し文句で、グレンは黙るほかなかった。


「アデール王女。どうですか、鯨のお味は。昼間食べた場所とは部位が違うんですよ」

　ユーリ王子はわくわくした調子でたずねてくる。

「とても……不思議な味。あっさりしていて、馬の肉に似ています」

　かみごたえのある鯨の肉は、口の中でこりこりとはねてあっさりと溶ける。

　民や王族が分け隔《へだ》てなく楽しめる、納得の味であった。

　生で食べるのはその日のうちに、翌日以降は焼いたり揚げたりして、さまざまな料理にして楽しむのだという。

「このソースを少しつけてみて」

　ユーリが身を乗り出して器《うつわ》からソースを盛り、手ずから世話を焼くのでグレンは咳払《せきばら》いをした。

「ユーリ王子御自らそのような……お手間をおかけするわけにはいきません」

グレンのニカヤ語ははっきりと発音されていたはずなのだが、ユーリは「彼はなんと?」とアデールにたずねてくる。そうなればアデールも訳さないわけにはいかなかった。

「ユーリ王子のお手を煩《わずら》わせてはいけないと」

「そんな！　ニカヤの食文化を知っていただきたいだけなのに。そうだ、グレン殿にもこちらを」

ユーリは、今度はグレンの皿にあれこれと載せ始めた。後ろの女官たちは自分たちの仕事を奪われて、どうしていいのかわからずに立ちすくんでいる。

「グレン殿、革命のさいはどのように戦われたのですか。僕に教えてください。これから先、ニカヤでも同じようなことがないとはかぎらないですから」

「ユーリ。なにを不吉なことを」

炎帝ことマラン・ニカヤは、そうは言っても面白そうにしている。

「備えあれば憂《うれ》いなしというでしょう。兄上、僕はきちんと備えておきたい部類の人間なのですよ」

「無用な備えだ」

「無用であればなによりではありませんか」

「アデール王女。こちらへ」

炎帝はアデールにそばへ来るように命じた。彼の隣には、美しい夫人がいる。マランの妻だ。猫のような大きな黒い瞳が特徴の女性だった。黒瑪瑙《くろめのう》の首飾りが、浅黒い肌によく映える。

「昼間はユーリがあなたを連れ回したと聞きましたわ」

鈴を転がすような声だった。アデールもニカヤ語でこたえる。

「貴重なものをたくさん見せていただきました。ユーリ王子は民から好かれておいでです」

「あれは王族にしては気安すぎるところがある。だがいいのだ、ニカヤはまだ歴史も浅く、国民たちはみなで肩を寄せ合って生きていかねばならん。炎帝が相手では、誰も果物を投げてはこない」

昼間の出来事はこのふたりの耳にしっかり入っているらしい。アデールはくすりと笑った。マランはマランなりに、自由奔放《ほんぽう》な弟のことを認めているようだ。

「我が弟はあなたを気に入っているようだ。今回の訪問の世話役は、ユーリに任せようと思う」

「ありがたいお話でございます。国王陛下は、弟君を信頼なさっておいでなのですね」

正直なところ、自分たちの件は外交大臣に丸投げされると思っていた。炎帝の態度やイルバスの状況を見るに、アデールたちは王族みずからが歓待するような相手ではない。

夫人は横でほほえんでいる。

「昔はこの人たち、喧嘩《けんか》ばかりしていたのよ」

「本当ですか？　信じられないことです」

「妻をとりあってな」

炎帝は笑った。妻とは、今隣で美しさをふりまいている王妃のことだろうか。

ユーリと王妃では、ずいぶん年齢が離れているように思えるが。

「あれは年上好みなのだ。結局、妻は俺がいただいたが。あなたも気をつけるがいい。無邪気なふりをして、いたずらをするかもしれないぞ」

「まさか。私は夫ある身です」

「私も実は、結婚していたのですわ。違う方と」

王妃は恥ずかしそうに告げた。アデールは目を見開く。

「では……その……炎帝が」

「俺が奪ったのだ。ニカヤは情熱的な国だ。愛は国境をこえ、友情は人種をこえ、信念は障害をこえる。まあ、前の夫には泣いてもらったが」

「今は、その方はどうしていらっしゃるのですか？」

「そこにいる」

国王は指さした。ニカヤ国の財務大臣だった。アデールは思わず口元に手をあてた。

「あんなに近くに」

「夫の能力もほしかった。俺は強欲な男なのだ。残酷《ざんこく》なことだとわかっていながら、彼から妻を取り上げ、そして名誉ある地位を与え、ニカヤに縛《しば》り付けた。だから、イルバスの姉妹の関係性は手に取るようにわかる。三人の継承者が集まれば、それは三様の嵐となり、国を荒らしつくす」

アデールは緊張した面持《おもも》ちになった。

解決したいと思っていたことに、炎帝みずからが触れたのだ。

「どうしたら……嵐はおさまりますか」

「簡単なことだ。他の嵐を呑《の》み込むくらい、ひとつの嵐が大きく育てばいい」

「他の嵐を、呑み込む……」

アデールはその言葉をかみしめた。

ジルダとミリアムに、なんとか争わないでもらいたいと思っていたが、どちらかが己の利権をあきらめるということはなさそうだった。

争わずにいることが無理だというのなら、別の思惑でふたりを呑み込んでしまうほかない。彼はそう言っているのだ。

「俺には弟がふたりいる。中の弟も下の弟も、どちらもかわいくもあり、頼もしくもあり、憎たらしい。特にユーリは妻を自分のものにしようとしていた、面《つら》の皮の厚さだ」

マラン国王が婚約した日、兄の婚約者にひとめぼれしたユーリは、家臣たちも手を焼くような兄弟喧嘩に及んだのだという。

マランは、弟を容赦《ようしゃ》なくたたきのめした。本当に欲しいものを手に入れるためなら、それを認めさせるだけの実力を持ち合わせなくてはならない。

彼はユーリと同じ政策にとりかかり、ユーリとは違ったやり方でそれを成功させてみせた。若く血気盛んなだけのユーリは、もちろん負けた。結果は最初からわかりきっていたことだったが、負けたと本人に認めさせることが大事なのだ。

敗北は、挑戦者の誇りをあっさりとへし折る。

年齢的にも精神的にも王妃とつりあいがとれているのはマランのほうだった。父王からいさめられ、しぶしぶユーリは彼女をあきらめた。

「他人は操ることができない。それぞれ意思があり、人格がある。うまく操れたと思っていても、勝手にめざめてしまう。すべてを手中におさめることはできないのだ。だからこそ、力で対抗するほかない」

少し前までアデールは、操り人形だった。ジルダの言いなりになり、彼女や国家のためと思ってそれをあまんじて受けていた。だがその操り糸を切ることをアデールは選んだ。

「それは……わかる、気がします」

「操られていたクチだろう」

「よくおわかりですね」

アデールは恥ずかしそうに言った。

「でも、今はそうではない」

炎帝の言葉に、彼女はうなずいた。

「どうやって立ち上がればいいのかを、考えているのです、マラン国王陛下」

「呑み込むことだ。上のふたりを呑み込めれば、国家はあなたのものだ、アデール王女。あなたが王位につかなくとも、あなたの意思を無視してイルバスは進めなくなる。内乱を起こせというのではない。ただ、姉ふたりの精神的な支柱に、あなたがなればいい」

「陛下はふたりの弟君の精神的な支柱であらせられるのですね」

「そう願いたいね」

アデールは、気になっていたことをたずねてみた。

「はじめてお会いした日、とても流ちょうなイルバス語を話されていましたね。私の祖父が、ニカヤ国と親交があったそうなのですが……恥ずかしながら幼い頃に城を追われ、書物にも記載がなかったもので、詳しいことを存じ上げないのです」

「言わないだろうな。我々の祖先はもともと海賊《かいぞく》だったのだから。海を流れ、金品を奪い、暴力と殺戮《さつりく》のかぎりをつくした。そこでたまたま襲った船に居合わせたのが、あなたのおじいさま、ラルフ・ベルトラム・イルバス陛下だ」

ラルフ国王は、海賊相手にもひるまなかった。金品は渡すので船員の命は保証するようにとかたく誓わせた。あまりにも堂々と捕虜《ほりょ》になるものだから、海賊たちは拍子抜けしたという。

　これから島流しになった者たちが身を寄せ合う島へ向かう。金品はないかもしれないが、食べ物や女は手に入る。船を停泊させるついでに、それらを奪うつもりだと言うと、ラルフはついていきたいと言った。まさかそれがイルバスの国王だともしらず、この堂々たる中年の男と共に島に上陸した。ラルフは、陸におりてはじめて、国王として交渉をした。さて、この中で自分の下で働く気がある者はいるかと――。

「海の覇者《はしゃ》たちでも、ずっと海の上で生活するわけにはいかない。落ち着いて眠れるベッドや家族たち、帰る場所が必要だ。この島をその寝床にするつもりなら、手助けをしてやってもいいとラルフ国王は言ったそうだ。そして海賊たち――俺の曾祖父《そうそふ》、ラザール・ニカヤは提案を受け入れた」

　ニカヤはそのころ、無法地帯だった。荒くれどもが昼となく夜となく暴れ回り、集落は浮浪者ばかり。生活らしい生活も、教養らしい教養もなく、人は獣のような日々を送っていた。

　国の名前すら存在しなかった。

　ラルフ国王は、短い期間ではあるが法律や財政などのさまざまな知恵を託して自国に帰っていった。ラザールたちは感謝のしるしに彼を国まで送り届け、財の一部を分け与えた。

そうしてニカヤはめざましい発展をとげたのである。

「ニカヤの国主は、そのときの名残《なごり》でイルバス語もかじる程度には勉強する。まあ、俺の場合は好きが高じただけだが。ここは島国だから、いろんな国の人間が流れてくる。ニカヤ語は大陸のいくつかの言語をかけあわせたものだ。イルバス語だけでなく、俺たち兄弟はあらゆる言語に通じている」

「努力されたのですね」

炎帝はにやりと笑った。

「俺は喧嘩好きだからな。退屈な通訳を通したら、迫力がないだろう。相手がスパイかどうかを吐かせるために、できるだけ口汚い言葉から覚えるようにしているんだ。『このクソ野郎、クソはクソらしく便所にそのデカいケツを嵌《は》めてな』ってな」

グレンがけげんな顔でこちらを見たのは、それがイルバス語だからであった。横でユーリも肩をふるわせている。

アデールは若干《じゃっかん》押され気味であったが、ようやくの思いで口にした。

「……イルバスでも、私はそのような言葉を発したことはありません」

「そうだろうよ」

炎帝は豪快に笑ってみせた。

そして、真面目《まじめ》な顔つきに変わった。

「あなたのおじいさまは優秀な国王だった。いったいどうして、今のような状況になったのか——」

「優秀がゆえに、敵も多かったと聞いています。祖父が亡くなった後はあらゆる勢力が父を操ろうとし、王宮の外の問題はどんどん後回しに——」

祖父が統治したときから比べれば、イルバスの国力は衰えた。法律は特権階級の都合の良いようにねじまげられ、国民のよりどころである教会も発言権をなくし、作物が実らなくなり、鉱山が枯れても解決策を打ち出せないほど国庫に余裕がなくなっていた。

そのような貧しい国を継ぐというのが、どれだけの争いの種を生むことか、アデールは身をもって知ることとなった。

「ユーリはラルフ国王の信奉者だ。あなたに肖像画の中の彼を見ている。うっとうしいかもしれないが、よく世話をしてくれるだろう」

「大変光栄です」

「あれは欲しがりだからな。人の物とわかると、余計に手に入れたがる。せいぜい、夫の機嫌を損《そこ》なわないように気をつけるんだな」

王妃は複雑そうな顔をしてから、アデールに向き直った。

「明日は、ニカヤ式のサロンへご招待しますわ。ドレスは私が選びましたのよ。素敵に着こなしていただいているから、自慢したいの。お付き合いくださるでしょう?」

「もちろんです」

あの激しい炎帝の妻にしては、大人しく少女らしい趣味だ。アデールが不思議に思っていると、彼女は続けた。

「サロンでは、私が狩った大トカゲを出しますわ。いつも品評会をしておりますの。最近のなかでは一番の大物よ」

「王妃は狩りの名手だ」

なるほど、とアデールはひとりごちたのだった。

*

ニカヤ国を訪問して、一週間。

アデールは議会に出席し、注意深く国王やその側近たちの発言に耳を傾けた。

みなが早口のニカヤ語で意見をのべ、反論し、通すべき法案のために用意した新たな資料や発言者を国王の前に引っ立てる。

息もつく間もないそのやりとりに夢中になった。アデールは内容をかいつまんでグレンに訳し、彼の意見を得て、吸収する。ニカヤの重鎮たちがグレンとは別の意見を述べれば、それはそれで胸にとめおき、指針のひとつとした。

「活気があったわ」

閉会ののち、アデールがつぶやくと、グレンも難しい顔をしていた。

「我が国ではこの程度のことは地方の議員たちがとりまとめ、女王があとから承認するだけだからな」

君主の前で直接議論するとあっては、発案者の熱の入り方も違う。

革命が起こる前に――処刑をもって統治のずさんさをあがなうまえに、父王がこうして民の声に耳を傾けることができていたら。イルバスの情勢では危険かもしれないが、危険に身を投じなければ得られない利もあるのだ。

「アデール王女！」

明るく声をかけてきたのは、ユーリ王子だった。

「どうでした、議会は。退屈ではありませんでした？」

「いいえ。とても勉強になりました。今日可決されなかった議案はどうするのですか？」

「あと一回、審議にかけます。そのときにも可決されなければ議案は却下《きやつか》され、半年先まで議題にのぼることはありません。そういう規則なんです」

半年間の冷却期間の内に、議案を通せるほどの材料を揃えられたなら、再び審議会へ議案を持ち込んでも良いのだそうだ。

炎帝を納得させられるような、確固たる材料をあげることができるのか。発案者は、一度議案をはじかれれば懊悩《おうのう》し、さらに力をつけて再びこの場に現れる。

「中には六度も兄上と戦って議案を通した猛者《もさ》もいますよ。今はニカヤ捕鯨《ほげい》組合の会長をしている者です。捕鯨海域の拡大をめぐって、他国と交渉してほしいと食い下がってきました。鯨《くじら》は、貴重な資源ですからね。うちだけ乱獲《らんかく》すれば目をつけられる」

鯨漁船に乗る若者たちと炎帝をはじめとする宮廷の勢力が火花を散らす議会は、多くの市民がかたずを呑《の》んで見守り、会場に人が入りきらなかったほど白熱したとか。

「もちろん議案の内容も重要ですけれど、兄上が檄《げき》を飛ばすのが見たい、すかっとするっていうのが一番の理由みたいで」

「確かに、そういう面はあるかもしれませんね。言葉は途切れ途切れしか理解できませんでしたが、見ていて俺も思わずこぶしをにぎるような場面はありました」

グレンが熱心に訳してくれと頼んできたのは、やはり彼の関心が高い軍事面の問題だった。兵力の拡大と軍事施設の建設に向けて、ようやく街として機能してきた土地をひとつ、取り潰すことになる。住民たちは立ち退かなくてはならないし、息子たちも兵役を課せられるかもしれない。街の代表者との話し合いは、やがては怒鳴りあいになり、そして乱闘寸前まで至った。

もともとその地域はニカヤでも少ない人口のギナ人の居住区域である。争いを好まないギナ人は軍事施設の建設などもっとも反対するところだ。

やりあうのは炎帝の部下たちだが、最後の最後でやはりマラン本人が出てきてしまい、彼らの言語でやりとりをする。さすがにアデールもギナ人の使う言葉はわからなかったので、ここからは進行役のニカヤ語をたよりにするほかなかった。

「少数民族に対する差別はないのですね？」

「僕たちの目が届く場所には、存在しないはずです。そもそも、兄上の部下たちも人種がばらばらですからね。もともと僕らの祖先は、流浪《るろう》の民ですから。大きな視野で見たときに、ニカヤ人そのものを差別する大陸の人間もいるでしょう」

「……残念なことに、そうかもしれません」

エタンがなぜ今になってアデールをニカヤへ寄越したのか。このイルバスの危機的状況で手を差し伸べてくれそうな国は、もはやかつて親交のあったニカヤしかないと思ったからに違いない。

大陸の強国の中には、歴史の浅いニカヤ国を完全にばかにしきっている国もあることは事実だ。

「せめて国内の人間は団結しないと、ニカヤはすぐに国としての形を失います。そのための国王です。ただ国が拡大すればわかりません。ここから離れたいくつかの島もニカヤ国の領地として扱っておりますが、定期的に人をやって見張っています。少数民族たちの団結力はおそろしいです。思想の肝心《かんじん》なところがズレてしまうと、国家のほつれとなるかもしれない」

　アデールはグレンに訳しながら、その言葉をかみしめた。国家のほつれが大きくなった結果が、革命だ。イルバスは最悪の事態を避けられなかった。

「これから、建国のさいに曾祖父が建てた物見塔《ものみとう》へあなたをお連れしたいのです。よろしいですか?」

「でもまだ日も高いし、グレンが……」

　日差しの強い日に、屋外で長時間の外出をすることは控えるようにと医師に言われている。

「大丈夫です。グレン殿は今イルバスで騎士団を作られているそうですね。我が国にも、防衛のための軍事施設があるのです。そちらにご案内しますから」

　軍事を担当するのはユーリの兄、第二王子ブラガだった。

　グレンを気遣って、施設や訓練場の見学は屋内の移動を中心に行うという。

　ふたりの王子に出てこられては、アデールとグレンは別れざるをえない。

「グレン、行ってきて大丈夫よ。私たちのほうも、この間みたいにならないように気を遣ってくださるそうなの。ニカヤ軍の方も護衛に加わってくださるそうですから」

「だが、あなたがいなくては言葉が……」

「少しは、私もイルバス語、わかります。グレン殿」

ブラガはたどたどしく言ってから、「お任せください」とにこやかにニカヤ語で付け加えた。

ユーリ王子はアデールの肩を抱く。グレンの眉《まゆ》が動いたのを見逃さなかったアデールは、早口のイルバス語で告げた。

「大丈夫よ、グレン。あなたのもとに必ず帰ってくるわ」

グレンはため息をついて、マントをひるがえした。それぞれ別の馬車に乗る。今度の馬車は鈴もついていないし、きちんとした屋根もついていて、外側からはアデールの姿がわからないようになっていた。

ユーリは申し訳なさそうだった。

「兄上に言われて、反省したんです。あんなに派手な乗り物に、イルバスの王女さまを乗せるなって。すみません。僕、楽しそうだからあっちのほうがいいかと思ったんですけど」

「いいえ。少しばかり驚いたけれど、異国情緒《じょうちょ》があってすてきでしたわ」

「そう言ってもらえるとうれしいな。これから向かう場所はあなたのおじいさまにもゆかりのある場所なので、喜んでもらえるといいけれど」

「それなら、グレンも一緒の方が……」

ユーリはいたずらっぽく言った。

「グレン殿は、怖いんです。この間兄上とあなたが楽しそうにしゃべっていたら、そっちばかりに目を向けて。僕に全然お話を聞かせてくれないんですよ。だから少し、意地悪しちゃいました」

「まあ」

アデールはくすくすと笑った。

「たぶん……あなたがグレンのニカヤ語をわからないふりをするのも、いけないと思いますよ。ユーリ王子」

「ばれました？」

「それは、ばれますよ。グレンはきちんと発音していますもの。たしかに、扱える単語はまだまだ少ないですけれど。ユーリ王子がグレンの自信を折ってしまうものだから、おかげですっかり私がいないと不安なようで、参っていますわ」

今や簡単な日常会話ですら、訳してくれとアデールにささやくのが常だ。

「大丈夫です。ブラガ兄さんも、実はあんなにカタコトのイルバス語じゃないんですよ。グレン殿がイルバス語でしゃべってくださるなら、不自由な思いはしません。兄弟揃ってからかってしまって、気を悪くされました？」

わざと言葉が通じないふりをして、人となりをみられていたのかもしれない。第二王子が出てきたということは、グレンはニカヤ王宮でのふるまいを間違えてはいないようだ。

「もっとニカヤのいろんなことを教えてくださったら、許してさしあげますわ」

「お安いご用です！」

アデールの言葉に機嫌をよくしたユーリは、馬車の中から目に付くさまざまなことを、アデールに教えようとした。町並みを整えるまでの歴史や苦労、水の引き方やそれぞれの民族の生活習慣、ニカヤ人の好む衣服について。

ニカヤには多様な宗教があり、多様な民族がもたらした文化があり、言語もさまざま。公用語はあるけれど、家庭に入れば民はそれぞれの言葉や信仰を大切にしている。

「それで争いは起きませんの？」

「ニカヤ人は、各々《おのおの》に信じる神や扱う言葉は違うけれど、みなが愛しているものがあるんですよ。それが、春です」

「春……」

馬車は市場をぬけ、鮮やかな景色をすすんでゆく。

色とりどりの花が咲き誇り、蝶々《ちょうちょう》やミツバチが気まぐれに飛び回る。

「この国は、とてもあたたかいでしょう。でもそのあたたかさに気づくことができるのは、ひとりひとりの心ばえしだいなのです。争ってばかり、腹をすかせてばかり、傷ついてばかりでは、すぐそばの春にも気がつくことができない」

「天国のようね、この国は」

吹雪《ふぶき》が支配するイルバスとは真逆だ。すぐそばに波のさざめき、緑豊かな土地、笑顔と活気あふれる市場。男も女も目のさめるような華やかな染め物をまとい、花咲き誇る宮廷で音楽のしらべに耳をかたむける。

「以前は違いました」

馬車が止まった。そこにはひときわ高くのびる塔が、空に向かってその先端を突き出していた。白い塗装はいささか古く薄茶色になってきてはいるものの、レンガ造りの頑健な塔だった。

アデールはユーリと共にらせん階段をのぼった。ユーリは慣れた様子でひょいひょいとのぼっていくが、アデールはしばらくすると息ぎれがしてきて、たびたび立ち止まった。まるで登山だ。後ろにつかえる護衛の者たちがアデールを背負ってのぼろうとしてきたので、あわてて断った。

ようやく開けた景色は、絶景であった。

目の前には青々とした海が広がり、あたたかな日差しがさしこんでいる。手すりをつかんで身を乗り出せば、空と海が同時に手に入りそうだった。ユーリは無邪気にそうしていたが、アデールは手すりに右手をそっとのせて、景色をながめるにとどめた。

「すばらしい景色です」

「あなたのおじいさまが見た景色ですよ、アデール王女。この塔はラルフ王のために建てられたのです。ニカヤの友人よ、私が旅立つときにここから見送っておくれ、とラルフ国王はおっしゃったと言います。そうしたら、船の上からも白い塔が見えるからと」

春は若き日の空の上に
春は老いた夜のさざめきのなかに
それぞれのぬくもりを運んでくる
冬が終わり　朝がめざめ　鳥のさえずりが春を呼ぶ
そのときは応えよ　声がする彼方《かなた》、そこに王国がある

ユーリは一節の詩《うた》を、歌ってみせた。その歌声があまりにも美しかったので、アデールは聞き惚《ほ》れた。

「なんという詩？」

「名前はありません。船の上で、僕のひいおじいさまがずっと歌っていたものらしいです。僕はこの詩が好きです。どんなにおそろしい冬も、いつか終わりがやってくる。春は僕らを呼んでくれる。応えれば、王国はそこにあるのですから」

どんなに恐ろしい冬も、いつか終わりがやってくる――。

アデールは水平線の向こうを、じっとながめた。

太陽が姿を消すように、焼け付くような光を放って海に沈みながら、争いのある日々に

終わりを告げてくれるのだろうか。

「僕たちニカヤ一族は、兄上の説明した通り海賊《かいぞく》でした。ひいおじいさまたちは貧しい家庭に生まれ、日常的に盗みや暴力を繰り返していた。生まれた村を追われても、また悪さをしては戻ってくる。ついに体をいかだにくくりつけられて、海に放られたのがきっかけで、放浪の民となりました」

死へ続く、海の旅になるはずだった。だが奇跡的にいましめられていたロープが解け、島へ流れ着いた。若者たちの一部はそうして命をとりとめた。わずかな仲間たちと共に、彼らは大陸のほうぼうを転々とした。

そのたびに、彼らは蛇蝎《だかつ》のごとく嫌われ、追い払われてきた。たまに親切な人に手を差し伸べられて、更生しようと思う。だがそんな殊勝《しゆしよう》な気持ちも長続きせず、いたずらに年齢を重ねた。最後は海の物盗《ものと》りとなり、その名をとどろかす海賊の一味となっていた。

「ラルフ国王がいなければ、僕らは今も海をただよう流れ者だった。世間に後ろ指をさされ、犯罪と暴力にまみれた生活をしていただろうと思います。イルバスの国王は、僕にとっては救世主なんだ」

ユーリは、アデールの金色の髪を手に取った。

「とても似ている。あなたには国王の器《うつわ》がきっとある。あの偉大な国王の孫娘なのだから」

「今の私には、その器はありません」

　アデールはきっぱりと言った。

「私は八歳の頃から、暗くて寒い塔の中に閉じ込められていました。国は姉が治めています。自信もありません。私は世間知らずで判断を他者にゆだねる女なのです」

「でも、変わろうとしている」

「ええ。ニカヤで学んだことを持ち帰り、イルバスの統治に生かします。ニカヤとも良い関係を築けたらいいと思います。春の国は、私の理想です、その詩は私の希望そのものです、ユーリ王子」

　ユーリはにっこりと笑った。

「以前、この地はとても荒れていました。そこら中浮浪者だらけ、まともに働こうとするものはひとりもいない。島は荒らされ、汚物が流され海が汚れ、疫病《えきびょう》が蔓延《まんえん》したり、子どもが餓死《がし》したり。そこら中が死と病にまみれていたんです。ほとんどの民とは言葉が通じず、意思の疎通《そつう》もとれない。さすがのひいおじいさまたちも、ここに国をつくるのはためらったそうです」

　ラルフ国王は言った。ここにいる人々こそが最大の友人だと思い、なかでも頼りになりそうなやつをひとりふたり選んでみろ、と。

　選ばれたのは大陸の元政治犯と派閥《はばつ》争いのすえに居場所を追われた裏組織のリーダーだ

った。彼らの思想を読み取り、それぞれに合う役割を与えた。一定の質の食事と住まいを提供するかわりに、仕事を与える。彼らにならって、他の者も動き出す。

「信じなければ物も仕事も与えられない。互いに信用にたる人物を見極める眼を養えと」

「簡単なことではないですね」

「ええ。信じようとしても、人の目はどうしても曇りますからね。疑心暗鬼になれば迷路にはまるし、盲信すれば破滅をもたらす。だから最後は……直感しかないって。兄上は言うんです、結局のところ」

「直感……それはまた」

それこそ目が曇った、という結果になればどうするのだろう。

炎帝が言うにはこうである。

人間もしょせんは動物。究極に追い詰められた局面では勘に従え。それはあらゆる事象において、正しい選択となる。

「ラルフ国王は、その勘がばつぐんに優れていたそうですよ」

「それは、存じ上げなかったわ」

「あなたは、どうですか？　僕のことを信頼にたる友人だと思ってくださる？」

ユーリは、アデールの瞳をのぞきこんだ。

「信じるわ」

「どうして？　勘ですか？」

アデールは、ユーリの瞳をじっとのぞきこんだ。青みがかった、灰色。不思議な色合いの瞳だ。

「いいえ。私には優れた勘はありません。でもあなたがラルフ国王のことを、信頼しているのがわかるもの。孫娘の私がその信頼にこたえたい、そう純粋に思えるからです。政治の思惑を抜きにしてもね」

アデールの言葉に、ユーリは満足したようだった。

「もう一度、春の詩を歌ってくださらない？」

「喜んで」

下りのらせん階段には、ユーリのご機嫌な歌声がひびいた。塔の中にこだまする祝福の詩を聞きながら、アデールは地上へ向かって、ゆっくりと降りていった。

＊

夜に耳を澄ませながら、グレンは庭園を歩いていた。

アデールは、王妃のサロンに呼ばれている。

このところ、グレンはアデールのことがよくわからなくなっていた。以前はもっとわかっていなかったかもしれないが、少なくとも、彼女とうまくいかないことには理由があった。

今のアデールは、グレンのそばでは彼の望むようにできるだけふるまってくれている。彼女なりに気遣ってくれているし、自分のことを知ろうとしてくれているのもわかる。

それが余計に、彼を焦らせるのだ。

アデールは、あきらかにグレンのために努力をしていた。グレンが機嫌を損《そこ》ねれば、彼のために笑顔を浮かべ、寄り添ってくれる。以前の、自分との距離感をわかりかねていたころに比べれば驚くべき変化だった。

妻の愛情を感じないわけではない。

だが、グレンの持つ愛情と、妻のそれとは別な気がする。胸が焦げ付くようなやり場のない気持ちの発露を、彼女が自分に向けたことがあっただろうか。

アデールは、どんどんきれいになる。長いまつげにふちどられた、澄んだ緑色の瞳。豊かな金色の髪をかきあげれば、抜けるような白い肌があらわになる。それに見とれてしまうのが自分だけではないことも、よくわかっている。誰にでも寄り添おうとするその心ばえは立派だが、つけこみやすい。思わず彼女の行動を制限したくなるのは、そのせいだ。

自分はこれだけ彼女のことを想っているのに、いつも報われない気がする。

「お散歩ですか？　グレン殿」

人なつっこい顔をしたユーリ王子は、庭で小型犬とたわむれている。

イルバスの宮廷に犬はいない。ジルダは動物嫌いなのだ。

「サロンは男子禁制ですからね。僕もこうしてしめだしをくらいました」

「今日はずっとこうでしょう。妻はニカヤに来てから、本国にいるよりもかくべつに忙しいようですから」

年下の、まだ少年らしさが抜けない年齢の男子にあてつけてしまうほど、自分は余裕がなくなっているらしい。

「ははあ。僕に嫉妬《しっと》なさっているのですね、グレン殿」

先ほどからなめらかなイルバス語である。あくまでグレンと、ニカヤ語で会話するつもりはないらしい。

「夫婦関係がうまくいっていないのではないですか？」

「そんなことはありませんよ。妻のことは愛していますし、彼女も同じ気持ちのはずだ」

うまくいっていないはずがない。結婚当初よりもずっと、一緒に行動しているし、アデールは自分を拒《こば》んでいない。

そう言い聞かせていないと、彼女はたちまちどこかへ飛び立ってしまいそうだ。

「あなたといるときのアデール王女は、なんだか気を遣いすぎていて、見ていてかわいそうになります」

「といいますと？」

「彼女は、廃墟の王女と呼ばれていたそうですね」

ユーリはもったいぶった口調になった。

若い青年特有の、自信に満ちあふれて、少し愚かで、夢みがちな目をしている。

少し前まで自分も彼と同じような年齢だったはずなのに、グレンは自分がずいぶん年を重ねたような気がした。

「革命家たちの手により、幼い時からけわしい山の中に建つ廃墟の塔に閉じ込められていたとか」

「ええ」

「そうして遮断《しゃだん》された世界から、宮廷に戻ってきた。あなたという夫のそばに従うことを強要されて。廃墟の王女にとって、あなたほど魅力的な男性はいないでしょう。過保護に守ってくれるし、危険から遠ざけようとしてくれる。いつでもあなたはアデール王女の騎士だ」

グレンは、ぐっと黙った。ニカヤに来てからよりいっそう、アデールの身辺に気を遣うようになったため、そのことは周囲にもわかりやすいほどであったようだ。

「妻はイルバスの王位継承者です。夫としても当然のことですが、国のために、より身辺に気を遣う必要がある」

自身が嫉妬深いことにたいするつまらないいいわけにしかならなかった。ユーリは無視して続けた。

「でも、今の彼女は違う。僕は彼女と共に過ごして確信しました。彼女はもっと気概《きがい》のある女性だし、広い視野でものごとをとらえることができるはずだ。あなたの背中で、息をひそめているのはふさわしくない。それに、きっとよく笑う人だ。彼女はそうなることを望んでいるけれど、まだ隠している。あなたがいるから」

ユーリは言葉を切った。

「あなたが、アデール王女が内にこもり、自分だけを頼りにするように望んでいるから」

「ずいぶんイルバス語がお上手なようですね。アデールとはニカヤ語でしかしゃべらなかったのに」

わざとだ。グレンが内容を理解できないように、わざと早口のニカヤ語でしゃべっていたのだ。

「アデール王女にとって、あなたはけして良い夫にはなりえません。もう少し僕が、早く出会っていたなら良かったのに」

グレンはついに語気を荒くした。

「そのような言いよう、誤解されてもいたしかたないですが。ユーリ王子」

「誤解ですむのですか？　この宣戦布告が」

いよいよたちがわるい。エタンの時とちがい、彼には第三王子という身分がある。外交にきてもめ事を起こすわけにいかないグレンは、こぶしをにぎりしめるほかない。

アデールは、もともとは人好きのする性格だった。大人たちからかわいがられ、見知らぬ人にも物怖《ものお》じせず、人の心に寄り添おうとする。

幼い頃、グレンがどれだけ自分に注目させようとしても、彼女の心は彼の元にはとどまらず、すぐに興味をしめさなくなった。父や兄たち、家臣たちのもとへ、ふわふわと足を向けてしまう。グレンはそれが気に入らなくて、たびたび彼女に意地悪をした。

ところがアデールは廃墟の塔で生来の魅力を損ない、人形のような少女になってしまった。

彼女の変化を、内心喜んでいたのはグレンだった。

これでいよいよ、アデールは自分だけのものになる。彼女は人をおそれるようになったし、心をゆるすのは身内だけになるはずだ。

それなのに、アデールはエタンにはほほえみかけていた。エタンならまだ、仕方がない。彼女を廃墟の塔から救い出し、教育を受けさせたのは彼なのだ。悔《くや》しいが、それは認めざるをえなかった。

それにエタンはジルダの非公式の恋人のようなものであり、たとえ火遊びがあったとしても、最終的にアデールが彼を選ぶことはありえない。

（ユーリ王子が、アデールに興味をしめしたのはまずい。もし国に有事があったら……立場的に俺は、勝ち目がなくなるかもしれない）

結婚の誓いをかわしたとはいえ、ふたりのあいだに子はまだいない。

結婚後に他国の国主に見初《みそ》められ、強引に離婚させられた姫は大陸にも存在するのである。

「二番目の兄が結婚したら、次は僕の番です。本当なら僕はアデール王女と結婚したかった。彼女は僕の尊敬するラルフ国王によく似ているし、きっとニカヤの民も彼女を好きになる。うらやましいですよ、グレン殿。アデール王女の気持ちがどうあれ、今は彼女はあなたの妻だ」

「……ユーリ王子はまだお若い。美しい大国の姫と結婚することも可能でしょう。そのさいは、ぜひ我々夫婦をお呼びください。結婚祝いにかけつけます」

グレンにしては、感情をおさえた精一杯の牽制《けんせい》だった。

ユーリは笑みをこぼすと、犬を抱えて行ってしまった。

残されたグレンは、舌打ちをして、部屋に戻らざるをえなかった。

＊

アデールが王妃のサロンから戻ると、グレンがじっとベッドに腰をかけていた。

かなり遅い時間になってしまったのに、先に眠らずに待っていたとは、なにか話したいことがあるのかもしれない。

(軍事施設の見学の件かしら)

彼はアデールと別行動し、昼間は第二王子ブラガと共に施設の見学に行っていた。

アデールは「着替えてくるから少し待っていてね」と声をかけ、アンナを呼ぼうとしたが、彼はずかずかとこちらへやってくる。

アデールは思わず肩をびくつかせたが、たずねた。

「どうしたの、グレン。なんだか怒っているみたい」

「ユーリ王子には気をつけろ。あれは人のものを盗《と》る天才らしい」

「なにも盗られていないわ」

むしろドレスに食事に、ニカヤ国からは贈り物をもらってばかりだ。

「そんな言い方は失礼よ、せっかく私たちが見聞を広げるために協力してくださっているのに……」

「彼は王妃に懸想《けそう》し、過去には何度も恋人のいる女性と浮き名を流しているそうだ。あなたもうかうかとふたりきりにならないようにしろ」

そういえば、いつかの宴《うたげ》のときに炎帝や王妃がユーリ王子の件で少しばかり気にしているようなそぶりを見せたことがあった。

——あれは欲しがりだからな。人の物とわかると、余計に手に入れたがる。せいぜい、夫の機嫌を損なわないように気をつけるんだな——。

そのような言葉をかけられたのだった。

だがけして、グレンが疑うようなことがあったわけではない。ましてや今日は護衛が大勢ついていたし、ふたりで彼らをまいてしまうようなこともなかったのだから。

アデールは夫の手をとった。

「心配しすぎよ。私はもうあなたと結婚しているのだし。彼はまだ若いし、天真爛漫《てんしんらんまん》な性格だからついつい女性たちは世話を焼きたがるのでしょう」

「そうとは思えない」

「グレン。昼間の軍事施設についてはどうだったの？」

話題を変えた方が良いだろう。グレンはたまに、思い込みの激しいときがある。

「あなたには難しい話だ」

「でも、ニカヤの軍事のやりかたはあなたの騎士団に生かせそう？」

「ニカヤ国は自衛のための軍事だ。イルバスの状況とは違う。あんなに生ぬるいものでは足りないだろう」

グレンはアデールを抱きしめた。

「仕事の話ばかりだ」

彼のコロンの香りが、ふわりと香る。

アデールはどきりとしたが、たしなめた。

「グレン……私たち、仕事で来ているのよ。夫婦でお姉さまのお役に立たないと」

どうしたのだろう。彼らしくない。なにかにせきたてられているかのよう。

イルバスにいたころは、グレンは今よりも余裕があった。

アデールは心配そうに、彼の顔をのぞきこんだ。

「どうしたの？　グレン。目が痛むの？」

「俺は、イルバスに帰りたい」

ニカヤの国の風土はグレンには合わないのだ。アデールは彼を抱きしめ返した。

「ユーリ王子とはなにもないわ。大丈夫よ。帰ったらイルバスでやることはいっぱい」

「わかってる」

「お姉さまたちのことも、片付いていない。私たちが力にならないと」

「それもわかっている」

グレンはもともと、探り合うような交渉ごとや、まどろっこしいやり方を好まない。姉たちの争いごとと、水面下でうごめく貴族たちの思惑に辟易《へきえき》している。アデールの手前、そのことをあまり口に出さないだけで。

「そうよね。寝室に帰ってきてまでずっと仕事の話じゃ、息が詰まるわ」

「アデール」

言葉も満足に通じない、他国の王宮という緊張をしいられる場所で、ずっと働きづめだ。夜は報告書を書いて、自国においてきた仕事の進捗《しんちょく》を大使と確認している。鬱憤《うっぷん》がたまっているのかもしれない。

「グレン。私、狩りをしてみたかったの。ずっと」

これは本心だった。廃墟の塔にいたころから、狩りができればおなかが満たせるのにと何度も考えていたし、ここに来てから見た大鯨《おおくじら》はアデールを圧倒した。

グレンはようやく、少しだけ笑ってくれた。

「鯨でも捕る気か?」

「違うわ。それは、捕れたらいいとは思うけど」

「無理だな。あなたでは銛《もり》を持ち上げることもできない」

「マラン国王や王妃さまはウサギとか、リスも狩るようなの。宴に肉が出たでしょう?」

ニカヤ国に生息するウサギやリスは、森の中に隠れ、犬や鷲《わし》などを使って追い立てて狩る。狩猟は炎帝の趣味で、夫婦でつれだって狩りに出るのだとか。

宮廷は堅苦しい。

狩り場では国事に関して、もっとあけすけな話ができるはず。

「ご一緒しましょうよ。お姉さまもエタンも、狩りなんて教えてくれそうになかったもの。でもグレンはこういうの、得意でしょう?」

「それは……まあ」

「私だけだとマラン国王は退屈されるわ」

グレンはため息をついた。

「銃を握ったこともないのに、いきなり狩りとは」

「だめかしら」

「俺が教えよう。ただし、あなたはどんくさいからな。一生かかってもうまくならないかもしれない」

もう、いつも通りのグレンだった。意地悪を言いながら、アデールのこめかみにキスをする。もう一度彼が身をかがめようとすると、アデールが制した。

「待って、ほんの少しだけ」

グレンがけげんな顔をする。

「ドレスがしわになっちゃう。アンナを呼ばないと……」

「それくらい、俺でもできる」

彼は譲《ゆず》らなかった。アデールは仕方なく、彼に任せることにした。

「やっぱり、このドレスは薄すぎる」

腰のリボンをほどきながら彼が不満そうにこぼしたので、アデールは思わずくすくすと笑ってしまった。

＊

「つまらない」

ユーリ王子はイルバス語でもニカヤ語でもない、この島に住む少数民族がわずかに使う古代語でつぶやいた。

「あのふたり、いつのまにか仲良くなってる」

彼の視線の先には、イルバスからやってきたオースナー公爵夫妻がいる。銃のかまえかたや弾の使い方を、夫のグレンがつきっきりになって教えている。アデールはおっかなびっくり銃にふれたり、グレンが撃った銃の音に驚いたりしていた。

「僕だって、ウサギくらい撃てる」

「そのくらいにしておけ。国際問題になるぞ」

二番目の兄ブラガは、念入りに銃を手入れしている。自分の銃はけして他人に任せないのが彼の信念で、己の魂の分身のように扱っている。

たとえそれが手慰《てなぐさ》みにウサギを撃つときでも、あるいは侵略者に向けられるときでも、彼の一弾の正確さは変わらない。兄弟の中で一番狩りがうまいのはブラガだった。

だから、ユーリはアデールにいいところを見せたいがために、彼とは別のグループにわかれて狩りをしようと提案したのだ。

ところが、ユーリは活躍の場を奪われた。さっそくグレンがウサギを仕留めたのだ。

「狩りの腕は、残念ながらオースナー公爵の方がお前より上だな」

ふっと銃に息をふきかけ、ブラガは言った。

ウサギのような小動物は、罠《わな》をしかけてとる方法もあるが、狩りの腕をためせるのは馬に乗って獲物を追い詰め、撃ち殺す方法だった。猟犬たちにウサギを追い詰めさせ、馬上から狙い撃つ。

ウサギはすばしこいため、相当に慣れていないとこの方法で獲ることは難しい。

「残念ながら、剣の腕もね」

ユーリは渋面《じゅうめん》だ。

グレンは剣の腕もすこぶる良く、マラン国王はぜひにと彼を誘って、親善試合を行った。グレンもマランも、力で斬《き》り伏せるような剣の使い方をする。ぶつかりあう剣戟《けんげき》に会場は大盛り上がりであった。

「銃くらいは僕が上じゃないと格好がつかない」

「あちらさんは二年前まで銃も剣も国内の革命騒ぎで嫌でも使っていたんだ。人を斬ったやつは強さが違う。ウサギを撃っていい気になっているうちはあきらめろ」

グレンは優秀な戦士だった。それは間違いない。

生真面目《きまじめ》で礼儀《れいぎ》正しく、欠点と言えば笑顔が少ないことくらい。

そう思っていたのだが、ユーリは彼の表情のわずかな変化を見逃さなかった。妻のアデールと離れるさい、彼が不安の色をのぞかせたのである。

のちのちカマをかけたが、やはりグレンの弱点はアデールだった。

アデールは、グレンがいなくとも強く生きていけるだろう。だがグレンにとってはアデールこそが生きる理由なのだ。

「よそよそしい夫婦みたいだったし、少し押せばいけそうだったんだけどなぁ」

「兄上に注意されたばかりだろう。イルバスと親しくなりすぎても我が国にうまみはない。下手《へた》に同盟をくんで戦争に巻き込まれれば、我が国の平和のために尽力した者たちの努力、すべてが無駄になる。あの王女を受け入れているのは、ラルフ国王への恩義があるからにすぎない」

アデールと目が合った。ユーリが大きく手をふると、彼女も少し首をかたむけて、愛想良く手をふってくれる。

金色の髪がきらきらと揺れて、新緑の瞳をひきたてる。乗馬用のドレスからのぞく色素の薄い肌は、まぶしく太陽を受ける。

「でも、彼女はきれいだ」

「ユーリ。いい加減にしろ。俺の言ったことを聞いていなかったのか。この間付き合っていた娘はどうした」

「別れたよ、とっくに」

「手を出すのは女官程度にしておけ。そのくらいなら兄上も許してくださる」

ユーリの手口はいつも決まっていた。無害な子犬のように女性に近づき、弟のようにかわいがってもらう。世話を焼かせて、彼をほうっておけなくする。そのうちに彼女たちは、今の恋人や夫たちの不満を漏《も》らすようになる。「弟」だから安心して愚痴《ぐち》をこぼせるのだ。

多くの女性たちは、身を焦がすような恋に落ちても、数年もすれば目がさめる。そして今まで神聖視していた男が、取るに足らないつまらない男に思えてくる。

それに比べて、新しくできた弟はどうだろう。いやなことひとつ言わないし、自分をつまらないもののように扱わない。小さな出来事も大げさによろこび、自分を笑顔にするためならどんな努力も惜しまない。彼が自分の恋人なら、どんなに良いか。

彼女たちがそう思った頃を見計らって、ユーリは狩りを実行する。出会いの時からすべて彼が巧妙にしかけた罠なのだ。

女性たちはあっけなく、ユーリのものになる。

しかし、狩りは獲物を仕留めたらしまいだ。捌いて食べて楽しんだら、後片付けをして次の獲物へ。ユーリの去り際は、あまりにも冷淡だった。

「アデール王女はイルバスの民に愛される第三王女だ。彼女になにかあれば、それこそここが戦場になる」

「でも僕、今度こそ本気になれそうな気がするんだ」

彼女の滞在中、ユーリはずっとアデールについてまわった。

アデールは最初戸惑っていたが、ユーリの生来の気安さもあってすぐにうちとけてくれた。だが彼女は、ユーリの思うとおりに動いてはくれなかった。

肝心《かんじん》なところで、無防備になってくれない。夫に対してなにか不満を持っているのかと思ったが、どこに行っても「グレンに見せてあげたい」「グレンに食べさせてあげたい」とふたことめにはそれなのだった。

一度、聞いたことがある。「グレン殿は、アデール王女にとってどのような方なのですか」と。

彼女は少し考えるようなそぶりをして、こう言った。

「大切な人よ。命がけで私を守ってくれたし、今も大事にしてくれる。私も彼を大事にしたいけれど、やり方がわからなくて失敗してばかりね。侍女《じじょ》が言うには、私はずっと愛のない場所で育ってきたから、時間がかかるみたい」

この言葉で、ユーリはようやく合点《がてん》がいった。彼女の愛は瞬時にもえあがるものではなく、少しずつ与えられるものなのだ。

「愛し方なんて、すぐにわかるようになりますよ、あなたはニカヤの民にも愛されている」

「ユーリ王子はきっと、愛し方も愛され方もわかっているのね」

「そうですかね」

「だからいつも、少しさみしそうなのだわ」

ユーリはどきりとした。それは本当のことだった。

彼が狙った女性たちはみな自分のことを愛してくれたが、しょせんは誰かと比較して、ユーリの方が魅力的だと思った結果なのだった。ユーリ・ニカヤという個人を、なにかと比べることもなくまっすぐに愛してくれる人はいなかった。

一度本気になった女性は、ユーリに心を許してくれたが、あくまで家族としてだった。

彼女は言った。いつか、抜け目ない計算などしなくとも、そのままのあなたを愛してくれる女性があらわれます、と。

そう言った本人は、今は国王の隣で馬に乗り、ほほえんでいる。王妃はユーリの初恋の人だった。

ユーリの母親は、彼を産み落としたのちに産褥熱《さんじょくねつ》で帰らぬ人となった。

母のぬくもりを知らないさみしいユーリをなぐさめてくれたのは、現王妃が好んで聞かせてくれた、曾祖父《そうそふ》たちのすさまじい建国の歴史だった。そこにはいつも遠くからやってきたイルバスの国王がいて、ユーリを導いてくれた。大きくなってからも、ユーリは時折ラルフ国王の肖像画をじっと見つめて、己の世界に浸っていた。退屈と恋情でただれた世界から、王子としてあるべき知性と秩序の世界へ。

アデールと一緒なら、いつだってその世界へ行ける気がする。彼女は年頃の娘が夢中になるような火遊びではなく、国と共にどう生きるかを第一に考える女性なのだ。

「兄上にお願いしたらどうにかならないかな？」

「なるものか。ほら、ご執心の姫さまが兄上と狩りに出られる。ウサギを持ち帰れるかな？」

アデールは国王夫妻と狩猟地へ入る。猟犬たちが放たれ、あたりいったいがそうぞうしくなった。

「イルバスの情勢はおだやかじゃない。彼女は国内で命を狙われたそうだ。僕と結婚したほうが、彼女は安全に暮らせるのに」

「おい、ユーリ」

ユーリは馬に乗り、すさまじい速さで狩り場を離れてゆく。ブラガは眉《まゆ》をよせた。

弟はまだ若すぎる。それに、うかつだ。

「問題を起こしても知らんぞ‼」

馬上で、アデールが目をぱちくりとさせている。思わずニカヤ語が出てしまったようだ。

ブラガは舌打ちし、従者に己の馬をとってこさせた。

銃の重みは、ずっしりとアデールにのしかかった。

「こういったものは、もう少し軽量化できないのでしょうか」

改めて、銃を担《かつ》いでさまざまな訓練をこなすイルバスの兵士たちにアデールは感謝した。彼らは女王を守るために、日夜働いてくれている。

「あまりに軽くすると、弾を吐き出す衝撃に耐えきれず本体が暴発する。それが撃ち手の死因になることもある」

炎帝がおそろしげなことを言うので、アデールは思わず銃をかまえる腕がぶれた。

「銃を作るには上質な材料が必要だ。腕の良い技師も」

炎帝がウサギを仕留めた。火薬の匂《にお》いがけむくたちのぼる。

「お見事です」

アデールが手を打つと、炎帝は続けた。

「もうすぐ滞在期間も終わりだな、アデール王女。なにか得るものはあったか」

「はい。国に帰ったら、国民が自由に職業を選択できる体制を整えたいと思います。鬱屈《うっくつ》した不自由さは過激な思想を生みます。地方監査官に任せきりにするだけでなく、もっと民に寄り添って彼らの声を聞くべきです。監査官の見直しも考えなくてはなりません」

「立派な心がけだが、中央の締め付けをひどくしては中間職の反感を買うぞ。時にしてそれは、危険をともなう」

炎帝の言うとおりだ。グレンも眉を寄せている。

「今の仕事ぶりを罰するのではなく、見直すだけです」

「反対勢力も出る。きれいごとだけではうまくいかない」

「やってみなくてはわかりません」

犬に吠え立てられ、ウサギが跳びだした。アデールは習ったばかりの構えで、ウサギが逃げる方角へ銃をかまえる。

衝撃ののちに、するどい銃声がこだまする。

「外れだ」

炎帝はふっと笑った。アデールの弾はウサギではなく、その後方の太い木の幹に当たった。命拾いをしたウサギは地面を蹴《け》る。

「いいえ、当たりです」

歯をむきだしにした猟犬が、ウサギにかぶりついた。グレンがすかさず銃をかまえ、ウサギの脳天をめがけて射撃した。

「見事なものだ。片目だというのに」

「恐れ入ります」

アデールは、すっと息を吸った。

「改革はひとりの意思だけで成し遂《と》げられるものではありません。けれど意思を示すことができれば、必ずどこからか追い風が吹く。そう信じなければ、なにもできない。そうではありませんか？　マラン国王陛下」

「では風を起こせるような嵐になることだ、アデール王女」

グレンとアデールの獲物は、すぐさま護衛たちに引き渡された。捌《さば》くのは後方にいる彼らの役目である。手早く皮を剝《は》ぎ、解体したのちに獲物は彼らに下げ渡される。

グレンは汗をぬぐってから、口を開いた。

「マラン国王陛下。イルバスの情勢はおだやかとはいえません。私たちがこうしてやってきたのも、少しでも多くの友人を得るためです」

「友人？　都合が良いときだけ助けてくれる便利屋のことか？」

アデールは訳しながら、グレンの様子をうかがった。

彼はくちびるをかんでから、炎帝をじっと見つめた。

「必ず、我らもニカヤ国の力になるとお約束します」

「具体的にどのように？」

「軍事施設を見学させていただきました。ニカヤ国の成り立ちを考えれば当然のことですが、海上戦には長《た》けていらっしゃるようです。大砲を積める船もお持ちだ。だが陸地が戦地と化した場合、建物はあまりにももろすぎるし、攻め入られやすい街の作りをしている。それに、接近戦に強い兵士があまり育っていないように見受けられます。ニカヤは今、めざましい発展を遂《と》げていて、大陸の国のあちこちが目をつけています。陸、海、どちらにも隈《くま》なく備えておくべきです」

「軍事施設ひとつ作るにも、議会で強い反対がある」

「我々が軍をお貸しします。駐留軍を作りましょう。逆にイルバスは海の守りが弱いのです。ニカヤの知恵をお借りしたい」

炎帝はグレンの提案について考えているようだった。もともとさまざまな民族が寄せ集まってできたニカヤ国なので、イルバス人が多少入ってくるのは大きな問題ではない。イルバス側も、多様な人種が平等に生きるニカヤでなら現地駐在の任を受けた戦士たちは安心して過ごせるはずだ。ただ、イルバスの軍事を受け入れたことで、のちにやっかいごとにニカヤが巻き込まれる可能性は大いにあった。

アデールは口を開いた。

「今のイルバスが、ニカヤ国のためにできることは正直なことを申し上げますとかなり少ないとは思います。マラン国王陛下のご憂慮《ゆうりょ》はもっともです」

自分が彼の立場だったら、快諾《かいだく》はできない。イルバスは王政復古《おうせいふっこ》でベルトラム朝が戻ってきたばかりだ。国民たちも権力者たちも立っているのがやっとな、貧しい国。あるのは昔の栄光だけ。自国を守ろうとする君主が、なぜ手を組む必要があるだろう。

「無理にとはもうしません。五年後、十年後……三十年後に私たちのおさめるイルバスがあったなら、そのときは我が国が『春の国』であれば良いと思っています」

「春の国……」

「ユーリ王子から教わりました。……春は若き日の空の上に　春は老いた夜のさざめきのなかに　それぞれのぬくもりを運んでくる」

アデールに続けて、マランは詩を繋《つな》いだ。

「冬が終わり　朝がめざめ　鳥のさえずりが春を呼ぶ　そのときは応えよ　声がする彼方《かなた》、そこに王国がある」

冬が去って行くのを見送り、ふりかえれば、そこに王国があるのなら。

アデールはただ信じて、盤石《ばんじゃく》なイルバスを作るだけだ。

「イルバスの冬を終わらせ、春を呼びたい。そのためにできることを私たちはします。今は、見守っていてくだされば充分です」

獲物はもういない。あたたかな太陽が差し込む真昼の森は、しんと静かだ。

ずっとなりゆきを見守っていた王妃が、口を開いた。

「私は、その詩が好きです。どのような果ての地にも、人々の心にはかならず春がおとずれる。このニカヤのように。アデール王女が志《こころざし》を同じくしてくださるようで、安心しました」

　そして、背負っていた弓をかまえ、強く放った。巨大な蛇がつらぬかれ、あわてて護衛たちが取りに行く。

「やり方は様々です。あなたの気構えを見せてください、アデール王女」

　聞きしにまさる弓の名手だった。そういえば彼女は自分が狩った大トカゲを披露していたのだ。

　炎帝は鷹揚《おうよう》に笑った。

「そういうことだ。軍の話は前向きに考えておこう。オースナー公の言うとおり、たしかに陸地での戦いでこの土地は不利なつくりをしている」

「ありがとうございます」

　アデールとグレンは目を見合わせた。

　この外交、たしかな手応えがあった。

（はやく、お姉さまに報告したい。エタンにも。イルバスはきっと、もっと良い国になるって）

　アデールは胸を高鳴らせ、遠い故郷に思いを馳《は》せた。

＊

窓の外は、粉雪が静かに舞っていた。

侍女たちは重たいカーテンをおろし、ランプに火を入れる。

エタンは目を細めた。届けられた手紙には、アデールの喜びが詰まっている。どうやらこのニカヤ行きは、彼女にとって良い刺激になったようだ。

「アデールはどうしている？」

「無事にニカヤ国と交渉ができているようです。メルヴィルの報告でも、首尾は上々と。かなり活動的に行動されたようで、あちらの宮廷ではみなあたたかくアデールさまと接してくださったとか」

「そうか」

ジルダは、ぼんやりと目の前の絵画を見つめている。それらは近隣諸国から集められた、王子たちの肖像画だった。すべてジルダの王配《おうはい》候補たちだ。

「どなたとお会いになりますか？　それとも全員？」

「みな醜男《ぶおとこ》だな」

「仕方がありません。正直言って、全員『余り物』なのですから」

大陸の中でも、イルバスは田舎《いなか》だ。娯楽《ごらく》も少なく、暗く寒々しい宮廷。それに革命が起こったばかりとあっては、すすんでこの国に来たがる物好きはいない。

しかも、彼らはただの女王の夫として飾り置かれるのが決定しているのだ。能力がある者、美しい者たちではなく、どの王室でも扱いに困っている魅力に乏《とぼ》しい王子を送り込もうとしているのは当然のなりゆきだった。

「肖像画でこれでは、現物は目も当てられないだろうな」

「こういったものはだいぶ美化して描かせますからねぇ。この方なんてどうです、結構ましなほうだと思いますが」

エタンが指さした方向には、三十代も半ばを過ぎた王子だ。見た目は凡庸《ぼんよう》だが、博識で大人しい性格らしい。ただ、彼の前妻がふたりも不審死していることがきなくさい。巷《ちまた》の噂《うわさ》では、彼が毒殺したのではないかと疑いの目を向けられているのだとか。

「大人しい男ほど、本性は醜悪《しゅうあく》かもしれない」

「では次。フルタニア国の第四王子。素行が悪く、兄王の手で長いこと地方に飛ばされていましたが、あなたと結婚するなら領地を戻してやると条件をつけてしぶしぶの参加表明です」

「まともな奴はいないのか、そろそろ」

「肖像画はありませんが、あてはあります。ニカヤ国の第三王子です」

ジルダはかたちのよいあごに羽ペンをあててもてあそんでいたが、エタンに向き直った。

「ニカヤか」

「メルヴィルの報告によれば、ユーリ王子はイルバスに親しみをおぼえていらっしゃるよう。まだ十七歳とお若いですし、幸いなことに美男子です。遊びたい盛りですので、国政にうるさく口を出されることもないでしょう。第二王子のブラガさまにはすでにお相手がいるようなので、あいているのは彼だけです。イルバス語も堪能《たんのう》だそうですし、今回アデールさまが彼《か》の国と良い関係を築けたのなら、だめでもともと、交渉してみる価値はあります」

ジルダはぼんやりと肖像画の束をながめていたが、やがて侍女たちに下げさせた。

「アデールが帰国して様子を聞いてから、打診をしよう」

「かしこまりました」

ややあって、ジルダは口を開いた。

「ミリアムの動きはどうだ」

「穏やかとはいえません。一家揃ってイルバス中を転々としているようです。本人たちは旅行だと言っていますけれど、地方貴族たちを取り込もうと考えているのではと」

「監査官たちに圧力をかけろ。けして甘言《かんげん》には乗らないようにと」

「手配済みです」

「相変わらずの仕事ぶりだな」

ジルダは眉間《みけん》のしわをのばすように、指先をあてた。このところ彼女はずっと渋面《じゅうめん》だ。

「次のご予定まで、休憩されますか？」

「いや……かまわない。ところで、お母上は健在か？」

エタンは薄く笑った。

「ええ。クイザの空気は身が引き締まるようで、気分転換になっているようですよ」

「良い方向の転換だといいがな」

「もちろん、それ以外があってよいはずがない」

ジルダは、エタンを見上げた。彼がずっとフロスバ家の人間をうらんでいることを、彼女は知っているのである。

父親のジョージはまだ利用価値があるが、義理の母親と兄はエタンにとってお荷物だ。先日、彼は兄のエヴラールと仲違《なかたが》いをした。エヴラールの肩を持ち、たびたび金の無心にこたえていた母親ごと、うら寂しい田舎の土地へ追いやってしまった。

彼の母親はショックのあまりすっかり老け込み、そして兄のエヴラールは日に日に痩《や》せ衰えているようだ。

「あのあたりは、治安が悪いですからね。警護も万全にかためていますから、万が一のこともないでしょう」

クイザを出ようとしても、エタンの手の者たちがたくみに彼らを屋敷に押し戻してしまう。事実上の幽閉《ゆうへい》状態だった。

本来彼らを助けるべき、ジョージ・フロスバも見て見ぬふり。うるさい妻とやっかいな息子がいないのをいいことに、今は悠々自適《ゆうゆうじてき》の生活を送っている。

「今頃、クイザはもっとも寒さが厳しい時期。体調を気遣う手紙でも送っておきますよ」

おそらくそんなものを送っても、エヴラールなどは怒りのあまり破り捨てるに違いないが。

だが、エタンは母親が生活に困らない程度の財は持たせている。

そしられるいわれはないというわけだ。

「お前も私も、孤独だな」

ジルダがつぶやくと、エタンはにこやかにこたえた。

「心外だな。僕がいるではないですか、女王陛下」

彼の言葉を鼻で笑うと、ジルダは銀時計の蓋《ふた》をあけた。

「次の会合の時間だ」

侍女たちが彼女のマントを用意する。エタンはジルダに王冠をのせ、髪のほつれをなおしてやった。

「お供しましょう、女王陛下」

ジルダの表情はかたい。

もうすぐ、アデールが春を連れて戻ってくる。

(流れが変わればいい)

重々しく扉が開かれ、女王は歩き出す。

アデールが帰国し、王宮にあたたかな光が差すのを、宮廷中が心待ちにしているのである。

*

「アデール王女」

呼び止められて、アデールはふりかえった。

昼間の狩りを終えてから、アデールは王妃から借りた、貴重な資料をうつさせてもらったのだった。グレンはメルヴィルと先ほどの軍事について細かい点をつめている。

イルバスには予定通りに帰国する。明日の昼頃、港を出ることになっていた。

休憩がてら廊下《ろうか》に出て、凝《こ》り固まった首をまわしていると、声をかけられたのだ。

「ユーリ王子。ウサギ狩りの途中でいなくなってしまわれたので、心配していました」

ユーリは興奮した様子で、頬《ほお》を紅潮させている。その手には、かわいらしい小さなブーケがあった。赤い花の、甘く匂《にお》いたつ香りがする。

彼はアデールにその花束を渡した。

「ジンジャーリリーです。香料にしたものが女性に人気なんですよ」

「本当にすてき。姉が喜びそう」

鮮やかな赤は、きっとミリアムに似合う。香料があるなら、アンナに頼んで買ってきてもらおうか。

ユーリは不満そうだ。

「金髪に似合うと思って、とってきたのに」

「ごめんなさい。とても素敵な花だから、私にはもったいないくらいだと思ったの」

思わず口をついて出てしまった言葉だったが、自分に贈ってくれたものなのに、「姉が喜びそう」は失礼だった。アデールは己の失言を恥じた。

「お心遣いはうれしいです。イルバスの花はあまり元気がないから」

「あなたが喜ぶものはなんですか？」

ユーリ王子にたずねられ、アデールは首をひねった。

「そうですね。ニカヤの方からはいろいろなことを教わりました。その真心、とてもうれしかったです」

「僕がなにか、力になれることは？」

「ユーリ王子は特に親切にしてくださいました。このまま友人でいてくだされば、なによりも心強いですわ」

「友人以上には、なれない？」

ユーリが体を寄せてきたので、アデールはびくりとした。

グレンの言っていたことを思い出した。「他人のものを盗《と》る天才」。アデールは悪い考えを追いやった。少しでも動揺《どうよう》するそぶりを見せては、たちまち立場をなくしてしまう。

「親友になりましょう、ユーリ王子。それとも姉弟？　私、一番下だから弟ができたらうれしいわ」

ユーリは落胆《らくたん》しているようだった。アデールの手をとって、己の胸に当てた。鼓動が早鐘のように鳴っている。

「こんなふうになるまで勇気を出しているのに、姉弟ですませたくない」

「ユーリ王子」

「アデール王女。あなたが好きです。妻にするなら、あなたのような女性がいい」

アデールは困り果ててしまった。グレンにすら、このようにまっすぐに伝えられたことはなかった気がする。

「お気持ちはうれしいです。でも、私はすでに夫ある身ですから」

「過去には、あなたのような立場の方でも愛をつらぬかれた方もいる」

「あなたのお義姉《ねえ》さまのように？」

ユーリは黙り込んだ。王妃が財務大臣の元妻であるのはこの国の公然の秘密のようになっている。

（真心をお伝えしないと、だめだ）

はぐらかして、おしまいにすることもできる。だが彼はイルバスの客人たちにとても親切にしてくれた。せめて誠心誠意、こたえなくては。

「私は、一度グレンを失いかけました。そのときに、一生分の後悔《こうかい》をしたのです。なぜ夫にもっと歩み寄れなかったのだろうと」

自分の代わりに矢を撃たれ、彼が昏睡《こんすい》状態に陥《おちい》ったとき。アデールはあのとき、声をあげようと決めたのだった。鳴かない鳥でいることをやめ、鳥かごの外へ出ようと。

「グレンとは、たしかに未だにうまくいかないこともあります。でも、彼といて良かったと思うこともある。おそれずに自分の気持ちを伝えて、時間を重ねて愛を知ろうと思っているの。彼を裏切るようなことはできないわ」

「でもあなたは、本当の意味でグレン殿のことを愛していないですよね？」

ユーリは断定的だった。アデールは「本当の意味」がどういうことなのかを、じっと考えた。

「あなたがたふたりは政略結婚で、義務感で一緒にいて、少しずつ気心が知れてきた。まだそんな段階ということでしょう？」

「言ってしまえばそうかもしれません。でもこれからは違うわ」

「でも、グレン殿はそう思ってない。アデールさま、あなたのことを愛しています。あなたがその愛に同じように返せないのなら、答えはもう出ているのではないのですか？　グレン殿のことを、公務のパートナー以上に思えないって」

「あなたと一緒にいてもそうなるかもしれない」

アデールの一言は、ユーリをひるませた。

ややあって、彼女は続けた。

「春の詩を教えてくださいましたね。どんなにさみしい冬の後も、救いの春が来る。それは私にもきっとそうだし、ユーリ王子にとってもそうだわ」

彼女は、イルバスで帰りを待ってくれている人たちのことを思い出していた。

今もきっと冷たい王宮の中にいるジルダ、彼女と対立するミリアム。そして、アデールを送り出してくれたエタンのことを。

アデールには、幸せになってほしい人がたくさんいるのだ。

「私はいつか、グレンのことも幸せにしたいのよ。誰のものでもない、私の手で」

ユーリは目に涙をためていた。かわいそうだが、ぬぐってやることはやめにした。

「ブーケをありがとう」

「僕はあきらめません。明日の出立《しゅったつ》の日、いつも通りのあなたでいて」

「わかりました」

彼は背中を向けて、去って行く。

アデールは嘆息《たんそく》した。

もう少し出会うのが早かったら、自分は彼と結婚していたのかもしれないし、この国で生きていたのかもしれない。そう思えば思うほど、彼に必要以上に優しくするのは残酷《ざんこく》であるような気がする。

（いつも通り、それが一番なのだわ）

アデールが部屋に戻ると、そこにはグレンが立っていた。はっとしたような顔をしている。

「盗み聞きしていたのね」

「あなたがたが勝手にそこで始めたから」

「いやな言い方をしないで」

アンナを呼んで、ブーケをあずける。グレンは少しの間、口をつぐんでいた。

「……ユーリ王子、きっとあなたが後ろで聞いていることを知っていたのね。だからさっきのやりとりはイルバス語だったのだわ。かまってほしくてわざと意地悪なことをするなんて、昔のあなたみたい」

「アデール」

アデールは、グレンの腕に体を預けた。

グレンはなにも言わなかった。痛いほどの気持ちをぶつけられて、アデールが動揺《どうよう》していたのがわかっていたからだ。

感情を殺して生きてきたアデールにとって、愛はもっともわかりづらいもののひとつだ。愛情深く国民たちと接するユーリを、アデールは手本にしたいと思っていたのだった。

彼の気持ちにまったく気がつかなかった。全部厚意でしてくれているものだと……。

それに、グレンへの気持ちが、本当の愛ではないと言われたことも心に突き刺さっている。

「あなたの言ったこと、信用しなくて悪かったわ。たしかに……ユーリ王子はちょっと、問題ありだったわね。私たちにとって」

「そうだな」

「私……あなたのことを愛していないわけじゃないわ。本当の意味って、なんなの？」

「言いたくないことは、言わなくていい」

グレンは彼女の髪を撫《な》でた。

アデールは彼を見上げた。薄紫の右目に、自分の不安そうな顔がうつっている。

「俺は……あなたが彼の手をとらずに、ほっとしている。それだけでいい」

グレンはもっと激高するかと思っていた。アデールが思っていたより、彼は落ち着いていた。

まだ手のひらに、ジンジャーリリーの甘い香りが残っている。

＊

船の上で、アデールとグレン、マラン国王と王妃は向かい合っていた。

「大変お世話になりました」

ふたりが礼をすると、王妃が首にかけていた宝石飾りを取り、アデールの手に握らせた。

「これは……」

「本来は、母親が船旅に出る子どもを送り出すときに渡すものです。アデール王女、あなたのお母さまは残念ながらもういらっしゃらないから、代わりに」

「大事なものなのでは？」

「国に帰って、やることがあるのでしょう。船旅は安全ではないわ。もっておくとよろしいでしょう」

他にも、鯨《くじら》の骨を使った護身用の剣や狩猟用の弓矢など、さまざまなものを持たせてくれた。

後ろの方で、ユーリはいつも通りの人なつっこい笑顔でいる。ただそこに少しだけ影がさすのは、彼がまだ昨日のことを引きずっているからかもしれない。

「あれのことは、気にするな」

マラン国王が、声を小さくして言った。

「なにがあったかは大体想像がつく。弟が迷惑をかけたようだ」

「いいえ、そんな……」

「ブラガから、決定的なことはなかったようだと報告を受けている。もしそうなら忘れてくれ。互いのために」

アデールは静かにうなずいた。

別れの挨拶《あいさつ》をおえ、船が出航する。アデールは、送り出してくれたニカヤの民に手をふって応えた。途中まで、捕鯨船《ほげいせん》がそばについてくれた。甲板で、いつか話を聞かせてくれた漁師たちがにぎやかに詩を歌っている。

ニカヤを作り上げた、春の詩だった。

「歌詞がわからないのが、残念だ」

グレンがそう言うので、アデールはイルバス語に訳して歌ってやった。

彼はアデールのそばで、じっと彼女の歌声に耳をすませている。

「良い詩だな」

「ええ、とても」

「ユーリ王子に教わったというのが、しゃくだが」

グレンはまだすねているが、イルバスに帰るとあって、安心しているようだ。横顔はおだやかである。

ふとかたわらの船を見ると、そこには浅黒い肌の青年が、手をふっていた。

「ユーリ王子」

いつのまにあちらに乗りこんだのだろう。アデールが目をしばたたかせると、彼は笛をひとならしした。船の下に黒い影がうつりこんで、しぶきをあげる。

「イルカだ」

クジラ同様、書物でしか見たことがない。グレンも驚いたようで、目を見開いている。人に慣らされたイルカだった。くるりと円を描いて、また海へ戻ってゆく。

ユーリは、満面の笑みだった。

国王は忘れてくれと言ったけれど、彼にはそのつもりは毛頭《もうとう》ないらしい。でも、暗く引きずったりしないのがユーリらしかった。

「やられたわ。いつも通り、笑顔で別れないと」

王妃からもらった首飾りを手に、アデールが身を乗り出して手をふると、ユーリを乗せた船は、少しずつ離れてゆく。

アデールは、ぶるりと肩をふるわせた。そういえば、ニカヤでもらったドレスを着たまだ。このままイルバスに帰ればしもやけになってしまうかもしれない。

「アンナ。着替えさせてちょうだい。グレンも中へ」

船の中では、イルバスに戻るための準備が着々と整えられていた。メルヴィルが、議会で経過を発表するために机にかじりついて資料を作っている。

彼はいつもグレンにひっついていて、あちらこちらと書記官がわりについてまわったので、相当に体力を使ったらしく、腰を痛めてしまった。今も不自然な格好で座っている。

「アデールさま。お召し物の準備が整いました」

アンナに呼ばれ、婦人用の客室へ向かう。何枚も生地を重ねたドレス、重たいマント、刺繍《ししゅう》入りの靴《くつ》。

「さあ、やることが山積みよ」

アデールはサテンの靴を脱いで、意気込んだ。

＊

イルバスに帰ってからのアデールは、宣言通り奮闘した。

まず、イルバスの民に教育を。各地にしかるべき教師を派遣すること。彼女の目標はそこに定まった。

　文字の読み書きや計算、職業訓練。新しく学校を設立するには費用がかさみすぎるので、教会にはたらきかけ、週に二度、すべての子どもたちのために場所を開放してもらえないかと提案する。

「私も地方へ参ります。語学だけでなく、植物学にかんしても知識を共有することができそうです」

　ジルダの前で、アデールは簡単なニカヤ訪問の報告の後に、そうしめくくった。詳細はメルヴィルから、すでに分厚い書類があがっている。

「この国の状況はわかっているか、アデール。いつ戦争が始まってもおかしくない。我が国の弱体化は、他国もよく知っている」

　いますぐになすべきことは、教育ではない。ジルダはそう言いたいのだろう。

「お姉さま。そのために我が夫はニカヤ国との共同軍事に向けてはげんでおります。私も、イルバスの王室を信頼していただくために、まずは民の暮らしぶりを知らなくてはなりません。考慮《こうりょ》するべきことがあれば、お姉さまにすみやかに報告いたします」

「ならば夫の補佐に専念しろ。今は金の使いどころを誤ってはならない」

　今、イルバスが必要としているのは避難所や武器を作る金だった。ただし、大々的に始めてしまえば国民の不安をあおるかたちになる。だからこそ、今回の試みは必要なことだとアデールは考えている。

「お言葉ですが、お姉さま。国民の視野が狭いままでは、悪意ある扇動《せんどう》に簡単に誘導されてしまいます。貧しい暮らしは変わらぬ王族たちのせいだと吹き込まれてしまえば、みな政治に疑心を抱くようになる。そんな時に軍事拡大すれば反感を買うことは必至です。でもこれはあくまで、国民を守るためであることをわかってもらわなくては。正しい考え方を身につけ、私たちと目的と同じくする新しい世代の国民が、早急に必要です」

アデールは譲《ゆず》らなかった。ジルダは「……お前の言うことにも一理はある」とため息をついた。

彼女の報告を聞いていたエタンは、ゆっくりと話し始めた。

「ニカヤと良い関係が築けたようで、こちらも安心いたしました。女王陛下は、イルバスの情勢が再び不安定になっているため、主に軍事に力を入れたいとお考えです。グレン殿は良き成果をあげられました」

「夫にかわり、感謝申し上げます」

今、グレンはさっそく騎士団の編成と、他国からの軍事攻撃を想定した設備を整えている。休む間もない働きぶりだ。

「それから、もうひとつ。女王陛下の結婚について、ニカヤ国に打診をしようかと」

「ニカヤ国に……」

二番目の兄、ブラガならたしかにジルダと年齢の釣り合いもとれる。

「今回の件で、マラン国王もアデールさまを気に入っておいでです。だめでもともとのつもりですが、うまいこと運ぶかもしれません」

「良きご縁が結ばれるよう、私もお祈りしておきます」

「相手はユーリ王子だ。あちらではよくお前たちの世話を焼いてくれたそうだが」

相手は、ブラガではなくユーリ。

アデールは、一瞬のことだが体が凍り付いた。

ユーリがアデールに好意を伝えてきたことは、もちろん報告していない。

「……そうですか。とても親切にしてくださって、イルバス語もお上手な方です」

そう答えるのが精一杯であった。

「政治に興味はありそうか？」

「私の見たところでは、マラン国王に比べれば、そこまで。国民たちからは好かれています」

「いろいろと口出しされては面倒だからな。一番やっかいなのは、野心家で、国王になろうとたくらむ者だ」

「激しい性格の炎帝の下で、己の役割を理解しておいでのようでした」

「そういった人物なら良い」

「とても、語学が堪能《たんのう》な方ですので、ユーリ王子がイルバスへ来てくだされば助かります」

事実、彼が王宮に来てくれるなら、この冷たい王室の雰囲気《ふんいき》も変わるだろう。それに、ニカヤ国との強いパイプができれば心強い。

あくまで王族の結婚は、政治的要因が強い。恋ができるのは、正式に許嫁《いいなずけ》が決まるまでのこと。それにユーリとアデールの間には、もちろん何もなかったのだから、心配することはない。

(私のことで、お姉さまの結婚に障《さわ》りがなければ良い)

アデールは冷や汗ものだった。

ジルダはもっとユーリの話を聞きたがった。婚約を申し込む男性なのだから当然だ。外見や性格、どのような娯楽《ごらく》を好むのか、腕は立つのか、頭は良いのか。アデールが言葉に詰まると、エタンが助け船を出す。

「アデールさま、顔色が優れない様子。少しお休みになられては。学校事業でまったく休まれていないと聞いていますが」

「それは良くないな。誰かアデールを控えの間へ」

ジルダが命じると、すかさず重臣たちがアデールを支え、女官を呼びつける。

「学校の件は、財務大臣と相談した上で、低予算ならばやっても良い。軍事ばかりに力を入れては、たしかに国民の不安をあおるだろう。ただし、教育を受けさせる子どもたちには私への忠誠を誓わせろ」

「おおせのままに、お姉さま」

本来、このような忠誠は統治者が押しつけるべきものではない。ニカヤで学び、そのことはよくわかっている。ニカヤでは、春を愛する気持ちが国をかたちづくっているのだから。

だが当座のところ、アデールは周囲を納得させる必要があった。ニカヤにはニカヤの、イルバスにはイルバスのやり方がある。民の暮らしぶりが良くなるのなら、なんということはない。アデールはひとまず、目の前の問題にとりかかることにした。

＊

休憩を挟んだのちに財務大臣との相談を終え、アデールは王宮のあずまやで、ぼんやりとしていた。ここは静かだ。冷たい風が吹いているけれど、屋外用の小さな暖房がとりつけてあり、女官が火を入れてくれた。

子どもたちに、どんなことを教えようか。この国で生きていくために。

さまざまな国で使われている教科書をなんとはなしにめくっていると、声をかけられた。

「なにかあったのですか」

エタンだ。昼間顔を見たばかりだというのに、なんだかもう長いこと、彼と会っていなかったような気がする。

少し離れていたものの、彼に変化はなかった。いつも通り、整った顔立ちにうっすらとした笑みを浮かべた、油断ならない青年である。

「あなたには、すぐにわかってしまうのね」

「まあ、わかりやすいほうです、アデールさまは」

彼は許可も得ずにあずまやに入ってくると、ゆっくりと椅子《いす》に腰を下ろした。

「お姉さまは、とうとう結婚なさるおつもりなのね。思ったよりも早かったわ」

「我が国の情勢を考えれば、他国の有力者を引き入れることは必須です」

「しばらく独身をつらぬかれるかと思っていたの」

「女の王は、気まぐれで愚かで、男ほどの能力はないと言う輩《やから》もいます。女王陛下はそういった者たちをよく抑えている方です。ですがそのうち折れてしまうでしょう。夫は必ず必要です」

アデールは憂《うれ》い顔で庭をながめる。手入れはされているものの、王宮の庭園はほとんどが石や造花で作られており、無機質ながめである。

「お姉さまのお気持ちは、不安定なの？」

「アデールさまの心配にはおよびません。国を背負うからには、それなりの重みがのしかかるというだけのことです。女王陛下は覚悟の上でイルバスに戻ったのですから」

「私にできることで、お姉さまの力になるわ、必ず」

　エタンはほほえんだ。

「ニカヤはどうでしたか？」

「すばらしかったわ。なにもかもが、見たことのないものばかり。でも当然ね、私はずっと幽閉されていて、国内のことすらよく知らなかったのだもの。あちらへ行って、そのことがよくわかった」

「さようで」

「イルバスを変えるには、もっとイルバスのことを知らないと。そのための学校事業よ、成功させてみせるわ」

「変わりましたね」

　エタンは、アデールの方を見て目を細める。

「以前はいつも、暗い顔をして僕や女王陛下の言うことにうなずいてばかりだったのに。まさかあなたの口から『お言葉ですが』なんて科白《せりふ》が出てくるとは思いませんでしたよ」

　先ほどの謁見《えっけん》でのことだ。

　ジルダは内心、アデールの変化を快《こころよ》くは思っていないだろう。学校事業を任せてくれたのも、それが国益になると判断したからに過ぎない。その証拠に、大臣たちからは地方の教会への訪問はとりやめにするように言われている。

アデールも、暗殺未遂《みすい》があった手前、一応うなずいてはいるものの、とりやめにするつもりは毛頭《もうとう》ない。そんなことでは一生、どこにも出かけられないではないか。

「あなたとも、一緒に地方へ行けたらいいのに。王宮にずっといるのは、窮屈《きゅうくつ》じゃない？」

「僕はもともと出不精《でぶしょう》ですよ。それにグレン殿に殺されたくはない」

「彼は過保護すぎるわ」

「それくらいでちょうどいいのです、あなたにとっては。番犬は優秀な方がいい」

「犬と同じにするのは、かわいそうよ」

「王杖《おうじょう》は国王の犬ですよ。彼も王杖のひとりだ、同じです」

女王が夫を迎えたら、イルバスの勢力図は変化するだろうか。ジルダ派とミリアム派、ふたつに割れた勢力が、ひとつになってくれれば。

嵐を呑《の》み込むには、自身が更に大きな嵐になるほかない――。

「ミリアムお姉さまは、お変わりない？」

「ええ。気味が悪いほど静かです。嫌な兆候だ」

だからこそ、今のうちに女王の足場をかためる。エタンはそう考えて、ジルダの結婚話を進めようとしているようだ。

「王配《おうはい》が来てくれれば、あなたも少しは気が楽かしら？」

「どうでしょう。僕はイルバスに骨をうずめる覚悟でいますからね。女王陛下が僕の任を解かない限りは、国事はずっと僕につきまとうでしょう」

　エタンは、ジルダの重要な頭脳だ。解任されることはまず考えられない。

「あなたが望むことはないの？　エタン」

　アデールは、国民の望むものを知りたかった。よりよいイルバスを形づくるために。

　そのうえで、彼の話を聞きたくなった。そういえば、アデールはエタンの望むものをたずねたことがなかった。王杖という立場や、公爵家の身分、彼はイルバスの王宮であらゆるものをすでに手にしていたから、それが彼の望むものだと理解していたのである。

「僕が望むことですか？」

「ええ」

「そんなことを聞いて、何になるのです」

「興味が向いただけよ。嫌だったら答えなくても……」

「僕の本当の願いは、あなたには言えません」

　きっぱりと言われて、アデールはやっぱり、と思った。エタンは秘密主義だ。重たいものも、全部ひとりで抱え込んでしまう。

「では、言えるようなお願いにしぼって」

「案外食い下がりますね」

彼はぽつりと言った。

「また、あなたとどこかへ」

「え？」

「あなたを乗せて馬を走らせ、キルジアの国土を駆けたときのように。そんな時間が、またおとずれたらいいのにとは思います」

思いも寄らぬ答えだった。アデールは口ごもった。

「あなた、あのとき怒っていたじゃない。私は吐いてばかりだったし、物知らずだって」

「ええ。でも存外、楽しんでいましたよ。これからこのみじめな王女が、どのように成長していくのか。あなたにはなにもなかった。可能性しか持っていない。でもそれは、確かなものだ。ベルトラムの血を引く限り」

過去に想いを馳《は》せているのだろう。エタンは、アデールを見つめながら、その瞳は遠く彼方《かなた》を見ているようだった。

「金の卵を授かったかのような、誇らしい気分でした。僕の手でずっと育てられたら良かったけれど、さっそくグレン殿に奪われてしまいました。でも、もう彼の手には負えないようだ。きっと僕の手にも負えない」

エタンは立ち上がった。

「議会があるので失礼させていただきます。体を冷やさぬよう、アデールさま」

「頑張って」

「そんな言葉をかけられるのは久方ぶりです。みなが僕のことを、疲れを知らない冷徹な仕事人間だと思っている」

「少しは思ってるわ」

「笑わせないでください」

エタンはテーブルの上に、革袋を置いていった。まだ持っていたのか。懐かしい、彼と出会ったときの味だ。

アデールは干しレモンを取り出して、ひとつ、口の中へ放り込んだ。

＊

ミリアムの腕の中で、赤子が泣く。次男のジュストはかなりのきかん坊だ。ちょっとしたことでもぐずり、夜泣きをしてばかりいる。

彼女は子育てを乳母に手伝ってもらってはいたが、まかせきりにすることはなかった。自分が誰を守るのか、腕にかかった命の重みを知ればはっきりとする。

我が子だ。そして、我が夫。

ミリアムは王女だった。ベルトラム王家に生まれ、イルバスの中でもっとも輝かしい場所にいた。飢《う》えや貧しさからは無縁の、贅沢《ぜいたく》で理想的な生活を約束されたはずだった。

だが、国は傾《かし》いだ。そして王女たちはちりぢりに幽閉された。

祝福は取り上げられた。革命は、ミリアムから王女としての尊厳を奪った。

「マリユスとジュストに王位継承権が認められない限り、イルバスに身を置く意味がないわ」

我が子に同じ辛酸《しんさん》をなめさせてなるものか。ミリアムは、窓の外の風景をきつくにらみつけた。

今にも襲いかかってきそうな森が、ざわめいている。

ミリアムは、旅行と称してイルバスの各地を転々とし、地方領主のサインを求めた。夫のレナート・バルバに爵位を認め、彼女の子どもたちに継承権を与えるように求めた嘆願《たんがん》書《しょ》だ。さすがのジルダも、イルバス各地の領主たちの口添えがあれば今まで通り無視するというわけにもいかない。

だが、この計画は難航した。ジルダの側近、エタンがあらかじめ手を打っていたのか、領主たちはミリアムを表向き歓待はするものの、肝心《かんじん》なところでサインをしようとしなかった。

ただ夫に爵位を認めてもらいたかっただけなのだが、エタンは「反逆罪」の可能性をちらつかせたようなのだ。ミリアムの息子を次期国王にまつりあげ、今の体制に反逆しようとしている。そうとらえられては困ると、彼らは弱腰だ。

実際、遅かれ早かれジルダには背くことになるだろうと、ミリアムは思っている。

「ここに来てアデール王女にも出てこられるとなると、やり辛《づら》いね。ミリアム」

長男の遊び相手をしてやりながら、レナートは言う。マリユスに引っ張られて、タイはすっかりぐちゃぐちゃだ。

「アデール？」

「先の街では、彼女が教会を訪問しているようなんだ。学校を作るとかなんとかで」

「学校？　今更そんなものを作ってどうするっていうの？」

「さあね。職業訓練もするそうだよ。そうなってくると、カスティアに国民を派遣して教育を受けさせようとする僕たちの計画も、雲行きが怪しくなってくる」

ミリアムはくちびるをかんだ。

今まで、この派遣計画を歓迎し、サインをしてくれる者もいたのに。

国内に教育施設などを作られては、国民が勉強のためにカスティアへ渡る意味がなくなる。

「あの子には、わからせてやらなきゃいけないわ。姉の私が教育しないとね。アデールは、廃墟の塔に入ってすっかり弱ってしまったもの。ちょっと厳しくすればすぐ折れるわ」

「幸い、オースナー公爵は軍事にかかりきりで、アデール王女とは別行動だ。彼女には多くの護衛がついているらしいが」

「関係ないわ。姉妹同士、水入らずで話をするだけよ」

ジュストが、火が付いたように泣き出した。この子は他人の感情の機微に敏感で困る。そんなことでは、敵が多い王宮ではやっていられない。ある程度鈍感なくらいがちょうどいいのに。

「私にイルバスを売らせないでちょうだい、アデール」

ミリアムはジュストをあやす。我が子の愛らしさは、どんな憎しみよりも勝る。

王宮を追われたミリアムは、幽閉生活の中で悟った。自分がほしいものははっきりしている。命を守ることのできる財、安心して身を任せられる夫、そして愛すべき家族。ここまで墜《お》ちた自分が這《は》い上がり、人生を完璧《かんぺき》にするならばその三つは必ず必要だった。

レナートと結婚し、子どもを持てれば、もう自分が王女だったことを忘れてもいいかもしれない――。そう思っていた時期もある。

だが、ミリアムの中の憎しみはそう簡単には消えなかった。ベルトラム王朝が歴史の笑いものになることは、王女の子であるマリユスやジュストの人生にも暗い影を落とすことになる。

毒を食らわば皿まで。どうせなら、ベルトラム王家の一員として、我が子を立派な君主に育ててみせる。そうして汚名を返上し、さらに完璧な人生を歩むのだ。

それが叶わないのなら、違ったやり方で、イルバスを乗っ取るほかない。

ミリアムは、ジュストの丸い頬《ほお》にふれた。

母親は、我が子のためならどんなことでもできるのだ。

＊

イルバス南部の街の教会を出て、アデールは空を見上げた。今にも泣き出しそうな曇り空だ。

アンナは明るい調子で言う。

「良かったですね。学校の件、承諾《しょうだく》してもらえて」

「算術や語学の授業は女子修道院の方々にも手伝ってもらえるようで。読み書きができれば、近くの印刷工や屋敷仕事の就職を斡旋《あっせん》してもらえる。良かったわ」

それでも、就職の受け皿は少ないが。アデールも農地を見学し、学んだ知識をできるだけ生かせるように、助言をした。

もう少し、工業を盛んにできれば働き手も増える。土地が痩《や》せ衰えているイルバスでは、そちらに力を入れた方が良いかも知れない。

突然やってきた王女に、人々は興味と畏《おそ》れと困惑、それぞれの気持ちを抱いていたようだが、彼女が笑顔で、少しでも彼らの声を聞こうと接するうちに、ひとり、またひとりとアデールのそばに来てくれるようになった。

「大所帯で滞在できる場所が少ないのが、くやしいわね」

グレンの言いつけでものものしい護衛を引き連れての旅路となったのは致し方がないことだが、各地の貴族たちの屋敷に世話になることでなんとかしのいでいた。長逗留《ながとうりゅう》をし続ければ、領主たちにも迷惑をかけることになる。

どこへ行っても、アデールがかけられる言葉は決まって同じだった。「あのときは大変お辛かったでしょう」というものだ。

「未だに廃墟の塔にいたときのことを同情してもらえるとは思わなかった」

「アデールさまをあの塔に送り込んだのは、国民たちです。彼らも良心の咎《とが》があるのでしょう」

「……そうね。誰かと一緒でなければ、もうリルベクには行けそうにないわ。足がすくんでしまって」

いずれあの村にも、今回の学校事業の試みを着手しなければならないだろう。

アデールにとっては、冷たい過去の思い出。厳しい冬を耐えた場所だ。

だが、塔の管理人をしていたジャコや、食べ物をくれた村人たちがどれだけ貧しい暮らしをしているのかもよくわかっている。

「グレンさまと一緒に行かれれば良いですよ。数年がかりの試みですもの。まずは気候の安定している南部から、というのも女王陛下のご命令ですし」

　寒さの厳しい北部は、学校事業よりも先に道を整えたり、崩れかけの建物を補修したりする方が先だった。学校の授業は主に教会や貴族の別荘を借りて行う予定なので、まずは子どもたちが通学できる環境を整えるのが先決だ。

「それまでに、リルベクに派遣するための教師を育てなくてはね」

　馬車が停まり、アデールたちは今宵《こよい》の宿、プラナ子爵家の屋敷の前に到着する。

　二十名を越える護衛とアデールとアンナの逗留を受け入れてくれた子爵たちは、玄関前に出迎えてくれた。

「今回はお世話になります、プラナ子爵。寒い中、外で待ってくださったのですね」

「アデールさまがいらっしゃるのです、当然ですよ」

　プラナ子爵は六十手前で、優しそうな面立《おもだ》ちだったが、突き出した腹やきれいに整えられたシャツや上着から、それなりに裕福そうだと判断できた。

「今日は、ミリアム殿下もおいでになっているのです。いやはや、このような片田舎《かたいなか》で王女さまをふたりもお迎えできるとは思わず、屋敷の者もはりきっております」

「え？」

　ミリアムが来ているのか、今ここに。

アデールが不思議そうな顔をすると、プラナ子爵は「ご存じなかったのですか？　いやあ、それはすごい偶然だ」とアデールを屋敷内へ案内した。

こぢんまりとした屋敷だったが、窓ガラスや壁はきれいに清掃され、カーペットにほこりひとつ落ちていない。出迎えた使用人たちはアデールたちの前で折り目正しく礼をし、花瓶《かびん》には高価な生花がふんだんにいけられている。たしかに気合いの入れようを感じた。

客間からこぼれる、子どもたちのにぎやかな声。アデールはすぐに甥《おい》たちのものだとわかった。

プラナ子爵との挨拶もそこそこに、客間に通されたアデールは、アンナと共にお茶をごちそうになった。しばらくして、ノックの音がする。アンナが扉をあければ、そこには次男のジュストを抱いたミリアムが立っていた。

「アデール、久しぶりだわ」

「ミリアムお姉さまも。旅行中と聞いていましたが、ここにいらっしゃっていたのですね」

「ええ。近くの湖を、子どもたちと見に行っていたのよ」

「それは、マリユスとジュストも喜んだでしょう」

「昼間さんざん騒いだのに、まだ元気が有り余っているみたい。男の子は本当にやんちゃよね。……あなたはどんな用事だったの？　アデール。グレンもなしで、まさか旅行というわけではないでしょう」

アデールは実は、と切り出した。

「学校施設をイルバスに作ろうと思ったのです。今は各地を転々として、教会のある街を中心に交渉に入っています」

アデールが自分の計画を語ると、ミリアムはじっと耳を傾けていた。そのうちにジュストがぐずりだす。どこからともなくレナートがやってきて、息子を連れて出て行ってしまった。

彼にきちんと挨拶をしそびれたと思っていると、ミリアムは出し抜けに言った。

「それは、私たちの提案した国民派遣計画を頓挫《とんざ》させるものだとわかってやっているの？　アデール」

アデールは一度口をつぐんだ。ミリアムの国民派遣計画は、国民にカスティアで教育を受けさせるかわりに、対価として労働力を与える。そういった名目の計画であった。

彼女はこぶしをにぎりしめる。

イルバスの混乱を止めるために、嵐を呑《の》み込むような、より大きな嵐にならなくては。

「結果的には、そうなってしまうかもしれません」

「結果的には？　あなたが動き出したおかげで、私たちの計画から有力者は次々と手を引いているわ」

「イルバスの民には、この地で教育を受けさせたい。イルバスの風土に見合った暮らし方を教え、この国を愛してもらいたいのです。若者たちを早々によそへやってしまえば、愛国心はめばえません」

「私のやることを否定するというの」

「派遣労働の計画自体は、悪くないと思います。ただし国内の教育課程を終えたうえで、国民の選択肢《し》を広げるという意味ならです。あちらでイルバス人が不当な労働を強制されないよう、とりはからう必要があります。カスティアとは労働者が最低限に守られる権利を約束し、徹底させなくてはなりません。正直なところ、そうそうにそこまでの準備を整えられるとは思っていません」

アデールがなめらかに答えると、ミリアムは扇《おうぎ》で不愉快に曲がった口元を隠した。

「あなた、殺されかけてどうかしちゃったんじゃないの。お姉さまから頼まれてもいないのに、あれこれと奔走《ほんそう》して。またどこかの誰かから、刺客《しかく》を放たれても知らないわよ」

「そのときは、私の天命がそこで尽きるだけのこと」

アデールがふっきれた様子だったので、ミリアムは口調を荒げた。

「こういうことは、私にも声をかけてもらわなくては困るわ。お姉さまだけでなく、あなたまで私をないがしろにするなんてね。この状況をわかっているのなら、あなたが真っ先に私とお姉さまの仲を取り持つべきでしょう。なんて薄情なのかしら」

「ミリアム殿下。アデールさまはただ……」

「アンナ。お前は黙っていなさい。姉妹水いらずで話したいの。部屋の外へ出て」

アンナは迷っていたようだが、アデールがうなずくと、仕方なく場を辞した。

「ミリアムお姉さまのお怒りは、もっともです」

グレンにも、さんざん注意されていた。アデールのやろうとしていることは、ミリアムの反感を買うのは間違いないと。

それでもアデールは彼女に何も伝えなかった。伝えてしまえば、この計画を邪魔されてしまう。思ったよりも彼女が気づくのが遅かったことを考えると、この計画のために集められた側近たちは、エタンが選《よ》りすぐったジルダ派であったのが幸いしたためだろう。

「ミリアムお姉さま。国民のことをお考えなら、私の計画に協力してください」

ミリアムは眉をひそめた。

「なんで私があなたに」

「そうすれば、バルバさんの爵位について私からジルダお姉さまにとりなすことも考えます」

アデールにできるのはこのくらいだ。むしろこれで派遣計画がなくなるのなら、ジルダとて認めないわけにはいかないだろう。

「生意気に、取引をしようというわけ」

「お姉さまと私の目的は同じなはず。国民を飢えや貧しさから解放したい。自国で教育をした上で、将来的にはカスティアへ派遣労働を志願するものを後押しすれば良いではありませんか。バルバさんのお力添えは、きっと良い方向へ向かいます」

ミリアムはぐっと黙っていた。

アデールは最初から、彼女と目的を違えていることなどわかっていた。

（ミリアムお姉さまは、バルバ氏に爵位を与え、子どもたちに継承権を与えたい。イルバス内の確固たる地位がほしい。国民派遣計画は、そのための足がかりに過ぎない）

だが、国民を、地位を得るための道具にしてはならない。

イルバスを本当に平和に導くためには、その選択はあってはならないのだ。

「とんだ食わせ者になったものね」

「そんなつもりでは」

アデールは曖昧《あいまい》に笑ったが、ミリアムはこちらをにらみつけた。

「あなたの魂胆《こんたん》はわかっているわ。自分の学校事業を押し通し、私たちをあなたの味方に引き入れる。それで国内の混乱を丸く収めようというのでしょう」

「私はただ、ミリアムお姉さまやバルバさんに教えていただきたいことがたくさんあるだけです。マリユスやジュストにとっても、けして悪い話にはならないはず」

「いいえ。お姉さまはこの子たちに継承権を認めようとはなさらないでしょう。自分が相当に追い込まれないかぎりはね」

ミリアムはかたくなだった。どうしてそこまで決めつけてかかるのだろう。

「あなたはなにも知らないから、穏便に解決できると思っているだけ」

「私が、知らないこととは？　ミリアムお姉さまがなにかを抱えていらっしゃるなら、教えてください。お力になれるかもしれません」

「廃墟の塔にいればよかったのよ、アデール。お姉さまもよけいなことをしてくれたわ。姉妹が三人もいるからややこしくなる。ジルダお姉さまに、女王の器《うつわ》はないわ」

ミリアムの語気は激しくなる。いつのまにか、国事のことからジルダへの不満になっている。アデールは彼女を落ち着かせようと、腰を浮かせた。

「ミリアムお姉さま。まずは私の話を聞いてください……」

「来ないでよ。私はあなたのことなんて、昔から嫌いだったわ。いつも誰からもかわいがられて、能天気な子。あなたと手を組んでも、いつのまにか私が追いやられるに決まっているわ」

「そのようなことはございません。お姉さまは、大事な姉妹で……」

ミリアムは、扇《おうぎ》で思い切りアデールの頰《ほお》をたたいた。金具がふれて、アデールの頰から血がつうっと垂れた。

大きな物音に気がついて、レナートが部屋にやってくる。呆然《ぼうぜん》とするアデールを前に、あわててハンカチを差し出した。

「ミリアムがやったのですね。申し訳ございません」

「い、いいえ……」

アデールは驚いた。まさか手をあげられるとは思わなかったのだ。

たしかに彼女が苦心していた計画をくじくようなまねをしたのは自分だが……。

騒ぎを聞きつけてやってきたアンナは蒼白になった。プラナ子爵は、すぐに医師を呼ぶようにと使用人に怒鳴りつける。大げさだ。少しかすったくらいで。

だが、王族のけがはたとえかすり傷でも、大きな問題となる。王宮では、すりむいた程度で医務官があわててやってくるのが常だ。それがミリアムの手によるものとはいえ、自宅で起こってしまったのだから、プラナ子爵も運がない。

「私は謝らないわよ」

「ミリアム」

レナートがたしなめるが、彼女は止まらない。

「あなたは大人しくしていればいいのよ。国事にかかわる必要もない。グレンと結婚して、あとは子どもを産むだけよ。余計なことにかまけている場合じゃないわ。さっさと一等地にもらった屋敷に帰ったらどうなの」

「ミリアムお姉さまこそ、国を憂《うれ》える気持ちがあるのなら、このようなやりかたは望ましくありません」

「そんなもの、あるわけないでしょ‼　イルバスの国民は私たちを裏切ったのよ‼」

　とうとう本音が出た。レナートはすぐにプラナ子爵を部屋からしめだしてしまうと、人払いを頼んだ。

「あなたこそ、いいこぶってるんじゃないわよ。一番ひどい目にあったのはアデール、あなたでしょう。彼らを恨む気持ちはないわけ？　一度は王宮から追い出したくせに、革命派に愛想がつきたらまた戻すなんて、ひどいと思わないの？」

「戻ったのは、私たちの意思です。たしかに、昔のことを思うと胸が苦しくなることはあります。でも私たちが生きているのは今なのです」

　両親や兄たちを守ることはできなかった。ならば、今の家族を守らなくては。今の国を守らなくては。

　イルバスに凱旋《がいせん》したときの国民たちの顔を、おぼえている。誰一人晴れがましい顔の者などいなかった。絶望しながらも、まだ生きなくてはならないと思っているから、ようやくそこに立っているだけだった。

「同じことの繰り返しでは、革命の時からなにも変わりません。それでは先に逝《い》ってしまった家族も報われない」

　アデールが毅然《きぜん》とかえすと、ミリアムは鼻を鳴らした。

「どうしようもない子ね。きれいごとばかりじゃ、すぐに命を落とすわよ」

様子をうかがっていたレナートは、ようやく割って入ってきた。

「アデール王女。僕たちはジルダ女王に仇《あだ》なそうとは思っていません。僕たちのやり方を認めていただきたいだけです」

アデールはじっと、レナートの目を見つめた。彼の視線には熱がない。穏やかな人柄に見せているが、偽物だ。ミリアムの暴走を止めるべきは彼なのに、彼女をたきつけて姉と対立させている。

この人の言っていることは真実ではない。

なにごとも、信じることができなければ始まらない。

信頼できるかどうかは、最後は勘だ——。炎帝は、そう言ったという。

これ以上の会話は無駄になりそうだった。アデールはアンナを促し、この場を切り上げることにした。

「ジルダお姉さまには、そう伝えておきます。ですが私もこの計画から下りるつもりはありません。ニカヤ国で得たすばらしきものを、こちらに伝えるのが私の役目です」

「アデール！」

「私たちは、明日の朝には出立《しゅったつ》します。ミリアムお姉さまは、ゆっくりなさっていてください。マリユスやジュストにも元気でと伝えておいてくださいね」

甥《おい》にも会う時間を設けないと決めたアデールの態度に、ミリアムは歯ぎしりをした。

アデールは宣言通り、翌朝早くにプラナ子爵邸を発《た》った。

彼女がミリアムと顔を合わせたのは、これが最後となった。

*

ジルダは、信じられない思いでその書簡を見下ろしていた。

ニカヤ国から、婚約の申し込みにかんしてさっそく返事がきたのである。


身に余るお話に、驚いております。

イルバスは私の憧れの地です。今は苦難の多いときとなりましょうが、必ずやベルトラムの栄光を取り戻すことができると信じております。

ですが、私がジルダ女王のおそばでこの力を奮《ふる》うには、あまりにも経験が足りないことが多く、このままではお話をお受けすることはできないと判断しました。

ニカヤの地で出会ったアデール王女は、このような未熟な僕にも真心をつくして接してくださり、彼女の心ばえや姿勢に、亡きラルフ国王の面影《おもかげ》をたしかに感じました。

もし僕の隣にアデール王女がいたなら、互いに助けあい、良きイルバスを導くために尽力しようと思えたでしょう。

力不足を嘆《なげ》くばかりです。

ですが、もしなにか憂慮《ゆうりよ》すべき事由があれば、僕はイルバスのため、すぐに駆けつけることをお約束します。


「なんだ、この無礼極まりない手紙は」

走り書きのような文字だ。ユーリ王子のサインでしめくくられているため本物と思われるが、誰もこの手紙の内容を確認していないのではないか。

「つまりは、アデールさまでしたら結婚をお受けしたが、そうもいかないので残念だ、という断りの手紙ですね。かなり直接的に書いてきたな」

エタンはあごに手をあてて、手紙をのぞきこむ。

「直接的に書かなくてはいけない理由でもあったのか。断りの手紙なら、適当に代筆させれば良いものを……」

ジルダは言いかけて、眉《まゆ》を寄せた。

「アデールがたらしこんだのか」

「言い方がありますよ、女王陛下」

そう言いながらも、エタンは愉快そうにしている。

「メルヴィルの報告でも、ユーリ王子はかなりアデールさまに親切にしてくださったそうなので、その可能性もあるでしょう。イルバス贔屓《びいき》の若い王子なら、アデールさまと共に過ごすうちにくらっときてしまったのかもしれません」

グレンの立つ瀬はないが。

アデールは、こと恋愛ごとは苦手にする部類なので、なにも起こってはいないはずだが、ユーリ王子が勝手に燃え上がっている可能性はじゅうぶんにある。

「アデール王女とグレン殿の間にいまだに子ができないせいもあって、余計な期待をしているのかもしれませんね。炎帝も略奪婚だったと聞いていますし」

数十年前、大陸のある国の裁判で結婚が無効になった例がある。その国王夫妻は結婚後七年に亘り子ができず、王家の血筋が存続の危機となった。

国王は子を生《な》さぬことを理由に、妻との離縁を申し出た。かなりもめた事例だったが、最終的には結婚自体が無効となり、妻は結婚の記録も残さずに王宮を出た。国王は初婚として新しい妻をめとった。

以降、子宝に恵まれず、なおかつ関係の冷え切っている夫婦たちは、この判例を利用して「結婚自体をなかったこと」にすることで互いの経歴に泥を塗らずに円満離婚してきた。女性は二回目の結婚となるとなかなか相手が見つからないことも多く、苦労したからだ。

子を生さぬ夫婦は、夫婦にあらず。大陸の、特に血筋を大切にする家系に生まれた者は、そのような残酷《ざんこく》な現実を突きつけられる。

「アデール王女がご結婚なされて、もう一年が経ちます。そろそろ良い知らせがあってもいいはずですが」

「あの娘が、公爵夫人としての役目に徹さずに、余計なことばかりするから良くないのだ。学校など作らずに、家で大人しく夫を待っていればいい」

若い夫婦が、なかなか子どもに恵まれない。なにか理由があるのかもしれない。

アデールの母親も多産であったし、姉のミリアムもふたりの子を産んでいることを考えると、アデール側に家系的な問題は見当たらない。

「……少々、気になることが」

「なんだ」

「グレン殿が襲撃にあったときのことです。一晩高熱にうなされ、視力を失ったあのとき──」

ジルダは、最後まで言わずとも理解したようだった。

グレンは、もしかしたらあの晩に子を生せない体となったのかもしれない。

あくまで可能性の話だが、ジルダの顔は真っ青だった。

エタンは彼女を落ち着かせるようにして、ゆっくりと話した。

「医師に診《み》せてみないとわかりませんが。グレン殿は拒否しそうですね。彼の沽券《こけん》にかかわることですし。それで婚姻無効となればなおさら、妻だけでなく王杖《おうじょう》としての立場をなくす」

「もし事実なら、最悪だ。私は……それならばいつまでこうしていなくてはならない」

「女王陛下」

ユーリ王子からの書簡をぐしゃぐしゃにまるめて、暖炉《だんろ》に放り込む。白い紙は炎に焼かれ、たちまち黒ずんでゆく。

「なぜみなあの娘ばかり。こんな、小国の第三王子にすらばかにされて」

「そのようなことはございません。女王陛下にふさわしい男は、必ず存在します」

「誰よりあの娘の子どもを望んでいるのは私だ」

「存じております」

「ベルトラムの血が、私には必要なのだ」

取り乱す女王を、エタンは後ろから抱きしめた。

ジルダは優秀だった。いつも国政にかかりきり、休む暇はない。国中から噴出する問題に真っ向から取り組み、家臣たちにも油断せず、人任せにはしなかった。

誰よりも、ベルトラム家の子らしくあればと思い。

それが彼女を日に日に追い詰めてゆく。

エタンは、ふと気がついた。彼女の背中はこんなにも頼りなかっただろうか。雪降るイルバスで誰よりも燦然《さんぜん》と輝く銀の女王は、こんなに小さな存在だっただろうか。

ジルダは声を震わせる。

「アデールに子どもさえできれば、こんなことにはならなかった」

「まだ決まったわけではありません。僕の思い違いかもしれない」

「お前の考えが思い違いであったことは、今までなかった」

もしグレンとアデールの間にずっと子ができなければ、重荷は一生彼女にのしかかる。ゆくゆくは、ミリアムの子を継承者に指名せざるをえない。

「……それだけは、許せない」

「女王陛下？」

「ニカヤの王子のことは、今回は仕方がない。彼《か》の国と親交は深めてある。私はよそへあてを探すだけだ。だがアデールの子どもはほしい」

「ですが……」

ジルダはエタンの腕からすりぬけると、彼のタイを思い切り引いて、耳元にくちびるを寄せた。

「お前がアデールを孕《はら》ませろ」

一瞬、女王がなにを言ったのかが理解できなかった。

「……正気ですか」

我が耳を疑い、エタンは女王の青い瞳をのぞきこんだ。真剣そのものだ。

「アデールは、お前にはきっと心を許す」

「アデールさまに分別《ふんべつ》はあります。それにグレン殿が黙ってはいない。そのような命令が女王からくだされたと知っては、二度と彼はあなたを信用しない。彼には重要な軍事を任せています。王杖を失うおつもりか？」

いつも、女王の命令は忠実に遂行《すいこう》してきたエタンだが、今回ばかりは承諾《しょうだく》できなかった。エタンにとって、アデールは特別だった。自分の手で慈《いつく》しみ、育てたいと思ったひとりの少女。ちっぽけな彼女は大人の女性となり、ようやく安心して送り出せたと思ったのに。

「得意だろう、女の懐《ふところ》にもぐりこむのは。私にやったようにやればいい」

アデールさまとあなたは違います、といえばますますかんしゃくを起こすに違いなかった。エタンはため息をつき、彼女の手をふりほどいた。

「ひどいな。あなたには家臣に対しても妹に対しても、情というものはないのですか」

「情など、お前には一番言われたくない。知らせが届いているぞ。なぜ言わないのだ、母と兄を失ったと」

エタンは表情を変えずに、タイを直した。クイザに移していた屋敷で、フロスバ家の夫人と長男は親子ともども伝染病に罹患《りかん》した。そのまま命を失ったのだ、表向きは。

知られるわけにはいかなかった。この王朝を守るために。

すべてを守るには、そうするしかなかったのだ。

「アデールの子の、父親は誰でもかまわない。もしお前がやらないというのなら、それこそグレンとアデールを別れさせ、ニカヤの王子との結婚を取り持つだけだ。私の王配はそれからでもいい」

「女王陛下」

「ようは、他国との強い姻戚《いんせき》関係があればいいのだろう。私でもアデールでもかまわないではないか」

めちゃくちゃすぎる。エタンがくちびるをかむと、ジルダはせせら笑った。

「お前でも、そんな顔をするんだな。面白いものが見られたよ。この役目は、秘密を知るものにしか実行できない。お前だけだ、エタン。この国にかわいいアデールを留め置きたいなら、手込めにしてしまうが良い」

「……少し、休まれた方がよろしいでしょう。あまりにも冷静さを欠いています」

だが、ジルダはやると言ったらやる女だ。グレンとアデールを別れさせ、ニカヤの王子と結婚させる。残念ながら、そちらの方がよほど国益になる。

エタンは女王の執務室を辞した。

彼の表情は、めずらしく硬いままであった。

＊

明かりが落とされた大広間を、ジルダは燭台《しょくだい》だけを頼りに、かつかつと歩いていた。

彼女がひとりきりでここに来るのは、理由がある。

美しく磨《みが》かれた床に、ヒールの音が響く。ジルダが女王になってから、舞踏会はすっかりご無沙汰《ぶさた》になってしまったにもかかわらず、王宮の使用人たちは優秀だ。

とある絵画の前で、ひとりの女の姿がぼんやりと浮かび上がった。

「久しいな、ミリアム」

「お姉さまも、相変わらずのようで」

燭台に照らされたミリアムの顔は、亡きマルガ王妃そっくりだ。

ジルダは懐《ふところ》から銀時計を取り出し、蓋《ふた》を開けた。約束の時間ちょうどだ。ミリアムが時間を守ることはめったにない。今夜は大雪になりそうだ。

「そんな時計、まだ持っていたの」

「死者から託されたものをむげにするわけにもいくまい」

「お姉さまって、意外と感傷的だし、信心深いわよね。そんなおぞましいもの、さっさと捨てればいいのに。——実の父親からの贈り物なんて」

かちり、と時計の針が進む音が、やけにうるさく聞こえる。

この時計をマルガ王妃に贈ったのは、当時宮廷中を騒がせた色男の画家だった。銀色の髪に、つり目がちの青い瞳。氷像のように整った顔は、女性たちを夢中にさせた。誰もが彼の絵のモデルになりたがった。

だが、画家が名をあげるのに一番のモデルとなれるのは、王家の一族と決まっている。

マルガ王妃は、一世一代の恋をした。許されない恋だった。

それが、今のベルトラム王朝の秘密。知る者はほんの一握り。

ジルダとミリアム、エタン。ミリアムの夫も、おそらく知ってはいるのだろう。

ジルダは、過去の記憶に想いを馳《は》せた。

死の間際、マルガ王妃はふたりの王女に遺言《ゆいごん》を残した。

「最後に、あなたがたふたりに言わなくてはならないことがあります。もうベルトラム王朝は終わりです。だから――これを」

マルガ王妃は、病気だった。決定的な死因は斬首《ざんしゅ》によるものだったが、罪人として収監された塔の中で胸を悪くし、臥《ふ》せていることのほうが多かった。

彼女が取り出したのは、つるりとした銀の蓋がついた、美しい懐中時計だった。財のほとんどは奪われたのに、彼女はそれをずっと服の下に隠し、どうにか守り通したらしい。

「きれい」

幼いミリアムは、揺れる時計に触ろうとした。だがマルガは、ジルダにそれを託した。

「お母さま、これは？」

「あなたたちの、本当のお父様の持ち物です」

ジルダは言葉を失った。

自分の父親が、国王ではない。

それはすなわち、自分がベルトラムの子ではないことを意味していた。

たしかに、両親に似ていないと言われることはあった。だがベルトラム家はよその国と違い、血族結婚にはこだわっていなかった。青い目を持つ者も、銀の髪を持つ者も、どこかで現れていたはずだし、ジルダもそういうものだと思っていた。

でも、宮廷で時折、いやなうわさを聞いたことがある。母親が、昔は恋多き女であったということ。

――まさか、自分が不義の子であろうとは。

「それは、真実なのですか。お父さまはご存じで？」

「存じておいでです。私の小さな恋心も、最後には許してくださいました」

知った上で、ジルダに王女としての教育を受けさせていたのか。跡継ぎの男児は三人もいる。彼らはどこかしらベルトラム家に通じる特徴を持っていたので、出生ははっきりとしている。女子のひとりやふたり、己が恥《はじ》をかくくらいならと目をつむることにしたのか。

「ベルトラム王朝が終われば、あなたがたは王女としての立場を失います。なんとか隠れて生き延びて、本当の父親の元へ身を寄せるのです。彼は心優しい人、きっとあなたがたを助けてくださる……」

「なにを言っているのかわからないわ、お母さま。今更、その画家のもとへ行けというの。私とミリアムで？」

外には衛兵たちがいる。三人は、声をより小さくした。

「ベルトラムの血が流れていないとわかれば、極刑はまぬがれることができるかもしれません」

隣の監獄《かんごく》には、侍女《じじょ》のアンナと一緒に小さな妹がおさめられている。

「アデールはどうなるの？」

「見ればわかるでしょう、あの子はどう見ても国王陛下の子。助かることはありません」

「お母さま、私も？　私も、その銀時計の人の子だというの？」

母親にそっくりの顔で、ミリアムはべそをかく。

助かるかもしれないという希望より、自分が国王の子ではないという衝撃の方が大きいのだ。それは、ジルダも同じ気持ちだった。

「あなたを授かった時期は、国王陛下は戦地におりました。陛下が不在がちだったので、必死で産み月をごまかしたのです」

なんということだ。ジルダは立っていられなくなり、へなへなと座り込んだ。

「アデールをあきらめるほかないのは残念です。残された子のなかで、生き残る可能性が高いのはジルダとミリアム、あなたがたふたり。万にひとつに賭《か》けるほかない。母親として、我が子を全員失う苦痛には耐えきれません。ふたりだけでも生き延びて」

ジルダは、母親の顔が見知らぬ他人のように思えた。

その画家は革命騒ぎでさっさと王宮を去ったらしい。そのような薄情な男からの贈り物を、大事にドレスの下にしまいこんで。一番下の妹は、あっさりと切り捨てた。

夫や国家に対する多大なる裏切りをしておきながら、本人はいつまでも悲劇の女ぶっている。このように気持ちの悪い女が、自分の母親とは。しかも父親は、貴族ですらない。外見の美しさだけを頼りに王妃に言い寄った、薄汚い画家の男だ。

革命が起きるまで、ジルダの人生は完璧《かんぺき》だった。美しく生まれ、才女としてもてはやされ、カナリアと呼ばれて。注目はいつもこの一身にそそがれていた。

それが、最初からそう呼ばれる資格がなかったなんて。宮廷の大人たちで、この事実に気がついていた者はどのくらいいるのだろう。多くの忠臣たちの命は断頭台の露と消えたが、まだ自分のおぞましい出生について知っている者がいるかもしれない。

「そのような男を頼るくらいなら、死んだ方がましです」

ジルダの言葉に、マルガは目を潤ませた。

「そんなことを言わないで、ジルダ。あなたは彼に似て、すばらしい才能があるのよ」

「聞きたくない、そんなもの‼」

ジルダが銀時計で母親を殴《なぐ》ろうとしたところを、ミリアムがとどめた。衛兵が声をかけてくる。

「なんでもありません。ただの母子喧嘩《げんか》です」

ミリアムがきつくそう言うと、母親に向き直った。

「私も、お姉さまと同じ。そんな話信じたくない。王家の子として死ぬ覚悟をしていたんだもの。今更別の生き方なんてできないわ」

そう。妹の言うとおりだ。今更、市井《しせい》の娘として生きろと？　母親は処刑される。父親の行方《ゆくえ》はわからない。

アデールがうらやましかった。たった八歳で城を追われても、彼女は立派な王女だ。最後はベルトラムの血を誇って死んでいける。自分は、母親の過ちを恨みながら生きろというのか。

そんなことは、絶対にごめんだ。

「もし……もう一度ベルトラム家が返り咲くときが来るのなら、私は必ず国王の娘として王宮に戻るわ」

ジルダの言葉に、マルガは悲しげな顔をした。

「許されません。ベルトラム家は特別な一族なのです。イルバスを長らく統治し、安寧《あんねい》をもたらしてきた。それは彼らの能力によるもの。無関係の人間がベルトラムを騙《かた》って王位についたとしても、ろくな結果にはならないでしょう。偽フェルシャーの件ではっきりとしたはずです」

ずっと昔、幼い頃に山賊《さんぞく》にさらわれたフェルシャーという名のベルトラムの王子がいた。彼はそのまま行方不明となり、亡骸《なきがら》がみつからないまま国葬を執《と》り行った。ところがその十五年後、彼を騙る青年が現れ、王位を求めたのである。山賊に育てられたが、自分はベルトラムの王子だと主張する彼は、たしかにフェルシャー王子と同じ緑色の瞳をしており、行方不明になったときに身につけていた衣服を持っていた。

だが、その王子が王宮に迎え入れられてからというもの、説明のつかない不幸が続いた。建設中の離宮が崩れて大勢の職人が死んだり、王妃が何度も流産したり、国王が不治の病にかかり、ベッドから起き上がれなくなった。

医師が頼りにならないとなると、国王は占い師を呼び寄せた。彼らはフェルシャーこそが不幸の巣であり、ベルトラムを呪う化け物だと述べた。

のちに国王の命で山に入った調査団が、山中を掘りかえし、小さな人骨を見つけた。フェルシャーと名乗る青年が持っていた衣服の一部がその遺骨に張り付いており、決定的な証拠となった。

偽フェルシャーは、山賊の子だった。山で見つけた遺骸《いがい》から服を剝《は》ぎ取り、王子と唯一の共通点である緑色の瞳を武器に、まんまとベルトラム王家の一員となったのだ。

ベルトラムでない者が、継承者となればどうなるか。

この一件は、マルガ王妃をおびえさせた。

「ベルトラム王家がこうなったのも、私があの人の子を産み、王女として育てたからに違いありません。国王陛下の優しさに甘え、無関係の多くの人を、この呪いにまきこむことになってしまいました。でも、言い出せなかった。どうしても……」

「我が身かわいさに?」

「お姉さま」

ジルダの声は、怒りのあまりふるえていた。

なんだ。自分たち姉妹が、革命を引き起こしたとでも言いたいのか。

あまりにも身勝手すぎる。こんなことなら、なにも言わずに死んでくれたほうがよかった。本当の父親がどこかで生きていると知って、ジルダとミリアムが泣いて喜ぶとでも思ったのか。こんな王妃がどこにいる。

ジルダは、男のような口調になった。

「呪いなんて存在しない。偽フェルシャーの件も、今回の件も、すべては天命。ただの偶然だ」

ジルダ・ベルトラム・イルバスは祝福された王女でなくてはならない。最後の最後に、どこの馬の骨ともわからぬ男の娘だと知らされ、諸悪の根源のように扱われるなど、あってはならないのだ。

「私は、十六年間王女として生きてきた。それにふさわしい環境と教育を受けてきた。ならば私はどう考えても王女にしかならない。人は血筋ではなく、与えられた環境でふさわしい能力を得るのだ」

「お姉さま……？」

ジルダは低く、くぐもった声で話す。ミリアムは姉の内なる変化に気がつき、こわごわと彼女を見つめた。

「私の人生で、必ずそれを証明してみせる。ベルトラムの血を引かなくても、イルバスに幸福をもたらすことはできると」

「そういう顔をすると、本当にあの人にそっくり。会いたいわ、シベール。本当に、素敵な人だった……」

マルガは、死を目前にして現実が見えていなかった。まるで少女のように、無邪気にほほえんでジルダの頬に触れようとした。ジルダは母の手をとり、爪を立てた。薄い皮膚《ひふ》から血がにじむ。

「やめて、お姉さま」

ミリアムが、母親をジルダから引き離す。痛みによって、マルガ王妃は正気を取り戻したようだった。

「王宮に戻る？　それはできないことなのよ、ジルダ。あなたは市井で生きるのが一番幸せになれる。イルバスに平和をもたらすことができるのは、ベルトラムの血を引く子だけよ。呪いはすべて、あの金色の髪と緑色の瞳がはじいてくれるもの」

「根拠のない話だ」

「お別れね、ジルダ、ミリアム。あなたがたふたりの娘を持てて、私は幸せだった。他にも子どもたちはいたけれど、義務で生んだだけ。本当に愛する人の娘は、あなたたちだけよ」

母はふたりの娘にキスをしようとしたが、ジルダもミリアムも後じさった。

そういえば、マルガは息子の教育に無頓着《むとんちゃく》で、アデールには強く叱《しか》る傾向があった。多くの子どもがいるから気がつかなかったのだ。ジルダとミリアムに対するときだけ、マルガの愛情は別のものであったことに。

マルガはさみしそうな顔をしたが、やがてほほえんだ。

「その時計を持って、シベールに伝えて頂戴《ちょうだい》。私の愛する人は、一生あなただけだと」

ジルダは、銀時計をにぎりしめた。

伝えるものか。このような汚らわしい事実、闇に葬《ほうむ》り去ってやる。

明け方、母が処刑場の近くへうつされると、ジルダとミリアムふたりだけが残された。

「どうするの、お姉さま」

ミリアムは所在なさげにたずねた。

「しかるべき時がくれば、私たちは別の場所へうつされるだろう。そのときに訴え出て、国王の子ではないと認められれば外へ出ることも可能かもしれない。行きたければ行けばいい。この銀時計を持って」

「いらないわよ、そんなもの。だいたい私はお母さま似なのだから、言ったところで信じてもらえるかどうか」

ミリアムは銀時計をひとにらみした。

隣の壁の向こうから、か細い泣き声が聞こえる。アデールだ。寒さとひもじさが身にこたえているのだろう。昨晩の冷えは厳しく、つま先の感覚などとうにない。

「お母さまは、アデールは助からないって」

「私たちが処刑される可能性は低い。兄たちと違って政治に関わってもいないし」

「叔母様《おばさま》は処刑されたわ」

「大人だから……」

ジルダは口ごもった。革命家たちは、子どもだろうが女だろうが、情け容赦《ようしゃ》ない。命が助かる見込みなどないかもしれない。それにジルダは十六歳、ミリアムは十四歳。容姿は立派に、大人のそれだ。

今存命している兄も死刑は確定している。

「本当に……本当にベルトラムの子でないとイルバスを平和にできないのだとしたら、アデールこそ生きていなくてはならない。違う？」

ミリアムは、すりきれたスカートを握りしめた。

「呪いなど、あるわけない」

ジルダの声は、かすれていた。

では、なぜ祖父の代まで安泰だったベルトラム王朝が、こうも没落してしまったのだ？

父である国王が無能だったか？　劣ったところはないにせよ、凡庸《ぼんよう》な王だった。

戦争で負けたことも、作物の不作も、すべて呪いによるものか？

偽フェルシャーは、ベルトラム家に巣くう呪いとなった。

（アデールは……死なせるわけにいかないのかもしれない。もし、今後私たちがイルバスの王宮に戻ってくるようなことになっても。彼女だけは、生かしておかなくては）

イルバスに祝福をもたらす鍵《かぎ》となる、ベルトラムの血を引く彼女。

三人の王女の中で、ただひとり、アデールだけ。

「なぜ、私ではないんだ！」

ジルダは壁を殴りつけた。何度も何度も、思い切り壁を殴り続けた。ミリアムは止めなかった。やり場のない気持ちを持て余した、姉の行動を見守っていた。

こぶしを血だらけにして、ジルダは泣きながら肩をふるわせる。彼女の奇行をのぞき窓から見た看守は、母親を失った少女が、嘆《なげ》き悲しんでいると思ったに違いなかった。

「あんな母親の気まぐれで、とんだ人生だ。生まれてこなければ良かった」

「お姉さま」

「絶対に許さない。ひとりだけ真実を吐いて楽になって。こんな時計を持って、なぜのうのうと生きていける。これからの人生は、茨《いばら》の道だというのに」

鐘の音が鳴り響く。死刑が執行されたのだ。

マルガ王妃は、三十八歳の若さでこの世を去った。

私はこの日を、生涯《しょうがい》忘れることはないだろう。

呪いを残して去った、母親の命日を。

「今日だったな」

外はしんしんと雪が降り積もっている。毎年この日には、必ず雪が降る。

王妃が断頭台で命を散らして、もう十一年になった。

ジルダの心には、あの日からずっと、冷たい雪が降り続いている。

しんと冷える雪の中、カナリアは、偽物の詩を歌い続ける。

銀時計はいまだにジルダの手元にある。元の持ち主に返すつもりは毛頭《もうとう》なかったが、どこかに捨ててしまうこともできなかった。

母とは最後に相容《あいい》れなかったが、それでも彼女なりにふたりの王女に愛情を注いでいたことはたしかだった。それがたとえ、間違った愛の上に生まれたものであったとしても。

ミリアムは淡々とたずねた。

「お姉さま。女王になって、自信は持てた？　偽フェルシャーのような呪いはないと、体現したといえる？」

ジルダは黙っていた。無事に戴冠《たいかん》し、イルバスの女王になった後も問題は山積みだった。ひとたび気を抜けば、足下をすくわれそうになる。

「私は、お母さまの言うような呪いは、存在しないと思えるようになったわ。結婚し、子を持ってはじめてわかった。どのような局面に立っても、自分の人生は自分で進めていける。そのような強さは、ベルトラム王家で育たなければ培《つちか》われなかった」

「ミリアム」

「おそれるのはやめにしましょう。すぐそばに本物があるから、おそろしくなるのだわ」

ミリアムはささやいた。

「アデールは、安全な場所に置いておかなくてはならない。そうでないと取り返しのつかないことになる。お姉さまは、そう信じておいでだわ。誰よりもベルトラムの王女らしく育てられたお姉さまなら、そう思ってしまうのも無理ないこと」

ジルダは、本物の王女であるアデールを憎んでいた。

王冠をかぶるのは、本来は彼女の特権だ。それを認めたくない。同じ母親から生まれた姉妹なのに、なぜ自分だけが日陰の身になるのだ。

だが、彼女が自分の味方についてくれれば、呪いははじき返されるかもしれない。

アデールは誰よりも憎らしく、そして誰よりもジルダの王権を支えることのできる、唯一の存在だった。もし自分になにかがあって次を譲《ゆず》ることになるのなら、アデールの子に他ならない。それは偽物である自分や、ミリアムの子ではだめなのだ。

「でも、もう真実を知る者は私たちと、お姉さまに忠実なエタン、私の夫のレナートだけよ。四人だけの秘密だわ。だったら、もういいじゃない。嘘もつき通せば真になるわ。

……アデールが最近、動き回っているのは、私にとって不都合なの」

不都合なのは、ジルダも同じだった。王宮に縫《ぬ》い止められているジルダと、自由に動き回るアデールでは、時をおけば国民たちからの印象も変わってくる。

アデールが自分を立てているうちはいい。でも、真実に気がついたら？

ジルダが国王の娘ではないと知ったとき、彼女はどんな行動に出るだろうか？

「私たち、ふたりとも身の破滅よ」

「あの娘は、甘ったれだ。もし知ったところで……」

「最近はずいぶんと私に意見するようになったわ。今までの、下を向いてばかりいたあの子じゃない。それにあの子が私たちの秘密を見逃しても、第三の勢力がアデールについて、王位に就《つ》かせようとするでしょう。そうしたらもう勝ち目はないわ」

ジルダもミリアムも、それぞれに政敵はいる。だが中立派のアデールは、今のところどちらの勢力からも目を付けられていない存在だった。

ジルダははっと、ミリアムの顔を見た。

「……あの娘を、殺そうとしたのは」

「私の手の者よ」

オースナー公爵家に刺客《しかく》を放った者。グレンの片目の視力を奪った犯人。

ミリアムはほほえんだ。

「私は、この国で認めてもらうためにずいぶんと動いたのよ。でもみんな、アデールのことばかり言うの。今度こそ幸せになってほしい、彼女には期待している、きっと辛《つら》い経験をしたアデール王女なら、イルバスの民のことを想ってくれる。誰も私に期待なんてしてない」

「ミリアム」

「事実を知ったら、どうなると思う？　これで戦争でも始まったら。民は疲弊《ひへい》しているのに、みな苦労しているのに、もう立ち上がる力はないわ。国民たちは、身の程知らずにも王冠をかぶる者をそしるでしょう」

ジルダの、燭台《しょくだい》を持つ手が震える。

「そして、あの子が担《かつ》ぎ上げられる。そうなる前に、消してしまうのよ。そうしたほうがいいと思わない？」

ミリアムは、姉にささやいた。

「呪いが存在しないという証明に、あの子を死なせてしまえば」

「……できない」

アデールがいなければ、グレンの率《ひき》いる武闘派はジルダを支持することはない。ニカヤと親交を得ることはかなわなかった。国民たちは、アデールを信頼している。

「ニカヤのユーリ王子は、図々《ずうずう》しくもアデールを妻にしたがっているそうじゃないの。あの子さえいなければ、お姉さまも結婚が決まったはずよ」

「アデールがいなければ」

「いなければ？」

呪われてしまう。ジルダは喉元《のどもと》まで出かかった言葉を呑み込んだ。

「……お前の目的は、夫の爵位を得ることだろう。それならば、認めてやる。アデールには手を出すな」

「私の子どもに、王位継承権を」

それは、認められない。ベルトラムの血を引く子でなければ。そうでなければ、アデールを生かして、無能なドードーに育て、静かにさせていた意味がない。

「アデールが子を産むのを待っているのね」

「……」

「そんなことをしていても、お姉さまがベルトラムの王朝を汚したことに変わりはないわよ」

「お前とて、やろうとしていることは同じだろう」

自分の子の王位を主張するのは、いずれはベルトラムの王に我が子をというもくろみがあるからだ。

「私はふっきれたわ。一生、ベルトラムの女として生きるの。当然私の子もね」

いいわ、とミリアムは言葉を切った。

「いずれあの子を生かしておいたこと、お姉さまは後悔《こうかい》なさるでしょう。お姉さまになにかあれば、次の女王は私よ。よく考えておくのね。私は呪いを畏《おそ》れない」

「ならば、なぜ私を殺さない」

自分が女王になってから、アデールをいかようにもすれば良い。ジルダは妹をにらみつけた。

「私が手を下さなくとも、お姉さまはもう自滅しかかってる。無駄な労力をかける必要はないでしょう」

ミリアムはそう言うと、闇にまぎれるようにして消えていった。

彼女の去り際を、不吉な苔《こけ》色の瞳をした青年が、柱の陰に隠れてじっと見つめていた。

＊

フロスバ家の訃報《ふほう》が届いたのは、アデールが教会のリストに目を通していたときのことだった。

エタンの義理の母親と、兄のエヴラールは共に伝染病に罹患《りかん》し、たてつづけに亡くなったのだという。

遺体は病の感染をおそれ、屋敷のあったクイザで供養《くよう》された。そのため、知らせが遅くなったようだ。

「お悔やみのご挨拶に行った方がいいわね」

髪を結ってもらいながら、アデールはつぶやく。

フロスバ家からやってきたメイドのガブリエラは、いつもの明るさに影がさし、さすがにしゅんとしていた。

「私……もうあちらのお屋敷でお世話をする女性がいなくなってしまいました」

「いつまでもうちにいて、ガブリエラ。あなたもお悔やみのご挨拶には行ったのでしょう？」

「はい。……使用人仲間は、みんなエタンさまのことをひどいと言っています。厳しい土地にぽつんと建ったお屋敷で、奥さまとエヴラールさまは事実上の幽閉状態だったって。使用人たちは長年お世話をした者ではなく、エタンさまの選んだ新人ばかりで、冷たいんだそうです。お医者さんだって、大きな街から馬車で何時間も駆けないと来られない場所にいて、奥さまが体調を崩しても、なかなかすぐには診《み》てもらえないみたいで」

「そうなの……？」

「旦那《だんな》さまに抗議の手紙を何度も書いたけど、たまにしか届かないって。なんだかおかしいって、不信感が広がってしまって」

「……エタンは、お姉さまによく仕えているわ。私にも親切にしてくれた。きっとなにか、すれ違いがあったのだわ」

「そうだといいですけど」

ガブリエラは、納得しきれていない様子だ。

「ちょうどいいわ。今日は王宮に行くし、彼の様子を見てくる」

ドレスに袖《そで》を通し、毛皮付きの厚手の上着を羽織《はお》る。グレンは今日、ニカヤの海軍を迎えに行った。彼が軍事に力を入れ始めてから、共に過ごす時間は減ってしまったが、グレンの機嫌は悪くないようだった。やはりイルバスの気候の方が、彼の体に合うらしい。

アデールがよその土地へ行くときは、できるだけまめに手紙を書くようにしていたので、彼も安心できていたようだ。

アデールは馬車に乗り込み、最後にエタンと顔を合わせたときのことを思い出していた。

エタンは、本当に望むことは彼女に言えないと言った。

そして、叶うならばアデールとふたりで、どこかへ出かけたいと。

今思えば、そのようなことを言うのも彼らしくない。優しくしてくれたかと思えば、どこか冷たく突き放して、アデールを翻弄《ほんろう》してくるはずなのに。

（あのとき、すでにお義母《かあ》さまとお兄さまのご容態が悪いことを知っていたのではないかしら。それで動揺《どうよう》していたとか……）

そうだろうか。彼はいつか、愛情のない家庭で育ったというようなことを言っていなかったか。家庭内ではうまくいかず、兄が出て行ってもなんとも思っていないと。

――いいえ、それでも母子と、兄弟ですもの。きっとどこかで、心配していたはずよ。

アデールは、右の頰にふれた。もうすっかり傷はふさがった、ミリアムからたたかれた痕。自分のことがずっと嫌いだったと、彼女は言ったのだった。

きょうだいでも、憎むことはある。愛情を持たないことも、ありえる。

次にミリアムに会ったとき、どんな顔をすればいいだろうか。なにごともなかったかのように、ふるまうべきだろうか。

考え事をしていれば、馬車は目的地に到着していた。御者が扉をあけ、アデールはゆっくりと降りる。門兵たちはアデールを見るなり、整然と道を空けてゆく。

アデールは、学校教育について受け入れてくれた教会のリストを手に、この件を任された大臣の下へ向かった。王女自らが出向いたかいあって、ほとんどの教会はアデールの提案を受けてくれた。教師不足については、王都で若くて健康な人材を募集し、こちらで教育を受けさせて、各地に派遣する手はずを整えるつもりだ。先の戦争で寡婦《かふ》となった者が大勢いる。アデールは彼女たちを、教師として育てられないか検討《けんとう》していた。

「アデール王女。わざわざお越しくださりありがとうございます。……え？　フロスバ公爵ですか？　たしか、この時間は議会が入っていて……もう少しで終わるのではないかと」

「ありがとう。次のリストは、また近いうちに持ってくるわ」

「無理をなさらないでくださいね。ニカヤから帰られたばかりなのだから」

「帰ってきたばかりだから、やるのよ。鉄は熱いうちに打たないとね」

会議の間に続く廊下《ろうか》で、アデールは目当ての人物を見つけた。

栗色の髪の、すらりとした青年だ。彼を見るなり、アデールは笑顔でかけよった。

「エタン」

エタンは、暗い苔《こけ》色の瞳を少し大きく開いてから、やがて目を細めた。

「アデールさま。いらっしゃっていたのですか」

「あなたと話をしたいと思って。次の予定は？」

「幸運なことに、午後はあけております」

「忙しいあなたがめずらしいわ」

「家のことで、少しやることがありましてね。でもアデールさまのためなら、そんなことは後回しにいたしましょう」

アデールは顔色を曇らせた。

「聞いたわ。ご家族のこと……」

「場所を移しましょうか」

続々と会議の間から、重臣たちが吐き出される。アデールとエタンは、いつものあずまやに向かった。女官たちが暖房に火を入れ、膝掛けを置いてくれる。そうでもしなければ、とても耐えきれないほどに寒かった。

「ここでよろしいのですか。中で温かい飲み物でも召し上がっては」

「私は、寒いのには慣れっこよ。廃墟の塔に比べたら、この場所は南国だわ」

ここは見通しがいいので、誰かが隠れていればすぐにわかる。いっそこういう場所のほうが、安心して話ができるというものだ。

コートを着ていないエタンのために、アデールは自身のストールを手渡そうとしたが、断られた。

「ご家族を亡くされたと聞いたわ」

「葬儀は終えました。流行病《はやりやまい》はおそろしいですね。ふたりとも、続けざまに亡くなったと聞いています」

「気を落とされているでしょうけれど……」

エタンは無表情だった。ふたりの死など、彼の人生に一点の傷もつけないようなそぶりだ。

「お気遣い感謝いたします、アデールさま。今はなにぶん、信じられない気持ちなのです」

「本当に？」

アデールは、彼の顔をのぞきこんだ。

「そう言って、いろんなひとをごまかしてきたんでしょうけれど、私にはわかるわ」

「おそろしいな。なにがわかるというのです？　血も涙もない男だとでもおっしゃるのでしょう」

「あなた、ほっとしている」

エタンは虚を衝《つ》かれたような顔をする。

「本当に、最近のあなたには敵《かな》いませんね。……やはり、温かいものでももらいましょうか」

アデールのくちびるに、エタンはゆびさきをすべらせた。

「紫色になっています」

アデールは思わずどきりとして、彼から目をそらす。

きっと、彼の指が思いのほか冷たかったせいだ。どうして手袋をしていないのだろう。

エタンは遠くに控えていた女官を呼び、湯の入ったポットとブランデー、蜜を持ってこさせた。彼は得意の干しレモンを取り出し、カップの中で蜜とブランデーに浸し、湯を注ぐ。レモンの香りがふわりと広がる、じんわりと温かい飲み物の完成だ。

「こんな楽しみ方もあるのね」

「イルバスの冬は厳しいですから」

ふうふうと、カップに息をふきかけていると、エタンはそっと口を開いた。

「あなたの言うとおり、僕は安堵《あんど》しています。悲しみはありません。正直に言えばどうかと思われるので、表向き動揺《どうよう》しているように見せているだけです」

「……それは、お兄さまの素行が悪くて、お義母《かあ》さまが彼に味方していらっしゃったから？」

「それもあります。でも決定的になったのは、もっと別のことです」

エタンはそれを語るつもりはないようだった。

無理矢理聞いても、彼はけして口を割らない。

どんな秘密も隠し通して、なんでもないようにふるまう。でも彼だって人間で、まだ二十代の若者で、隠し立てをしながら王杖《おうじょう》の役割を務めるのは不安なはずだ。

そつのないエタンに対し、アデールにできることは、ほとんどなにもない。

でも、ただこうして彼の隣にいることが、大事なのだということはわかっている。

「あなたが、ひとりで消えてしまわないなら、それでいいわ」

アデールは飲み物に口をつけた。甘酸《あまず》っぱくて、かっと体が熱くなる。

「……アデールさま」

彼は、ささやくように小さな声で、名を呼んだ。

「どうしたの？」

「僕がどんな人間でも、今までのように笑顔を向けてくれますか？」

「え……？」

エタンの口調は、重々しかった。

アデールは、彼の異様な雰囲気《ふんいき》に呑《の》まれかけていた。なぜアデールが、話をする上であずまやを指定したのか。それは、エタンがたびたびこの場所で、心の内の、ほんのわずかな隙間《すきま》をのぞかせたことがあったからだ。

彼の苔のような瞳は、昏《くら》くアデールをとらえて離さない。アデールに少しだけ体を寄せ、秘密を打ち明けるようにしてささやいた。

「僕がどんなに、あなたにひどいことをしても」

ここまでエタンが、知らない顔を見せたことはなかった。

アデールの声は、うわずっていた。

「私にひどいことをするの？　あなたが？」

「ええ」

「そうしたいと、思っているの？」

「気は進みません。でも、心のどこかでは、渇望《かつぼう》しているのかもしれない。自分がよくわからないんです。行動に移せば僕とアデールさまは、これまで通りではいられなくなるでしょう」

アデールは一度息を呑んだが、ようやくの思いで続けた。

「なにか理由があるのね。あなたはとても、理性的な人だもの」

エタンは理由のない行動はしない。衝動的に理性をかなぐり捨てることのできない人間だ。

「それであなたが楽になるのなら、大抵のことは耐えてみせるわ。あなたは私を助け出し、教育を受けさせてくれた。その恩を今返すわ」

彼が暗い闇にとらわれているというのなら、アデールはそこへ、畏《おそ》れずに手を伸ばすつもりでいた。どんなに闇が深くおそろしい場所でも、エタンがそこにいるかぎり。今度は自分が、彼をそこから助け出すのだ。

ふとエタンは口をつぐみ、体を離した。

「……そうですね。あなたは僕が外に出したのだ。幸せにならなくてはいけない」

「私の幸せでなく、あなたの幸せを見つけてほしい」

「見つけられるものならね」

エタンはカップにくちびるをよせた。彼らしくなく、一度は揺らいだようだが、落ち着きを取り戻したようだ。

「僕と話したいことは、済みましたか」

「ええ。あなたが悩んでいるようなら話を聞こうと思ったのよ」

「僕の問題で、アデールさまが解決できることなどありませんよ」

「でも隣にいることはできるでしょう。どんな問題も、根を引っこ抜いてしまうことはなかなかできないわ。時にはなだめ、時には忘れようとしながら、生きていくしかないこともある」

アデールの視線の向こうには、亡くなった両親や兄たちがいた。

辛《つら》く厳しい過去に目を向けたままでは、前に進めないこともある。

今を生きてゆくのに必要なのは、隣にいてくれる人のために歯を食いしばることだ。

「私があなたの人生をつなぎ止めることができるなら、そうしたいと思ったの」

「……隣だなんて、もったいないお言葉です。僕は、ずっとあなたの影でいます」

エタンは寂しそうにほほえむと、立ち上がった。

「僕があなたの人生にふりそそぐすべての問題を、取り除いてみせましょう。それが僕の幸せです」

「エタン」

「そろそろ失礼いたします。久方ぶりにお会いできて楽しかったですよ、アデールさま」

彼は颯爽《さっそう》と去ってしまった。アデールは彼の背中を見つめながら、冷め切ったカップをかたむけた。

いつもは爽《さわ》やかに感じるレモンの香りは、ぬるま湯にまじって、ぼんやりと鼻をかすめただけだった。

＊

「グレン殿」

エタンが呼び止めると、青年はふりかえった。嫌な奴に会った、という表情を隠そうともしない。エタンは満足した。正直なのが彼の美徳だ。

「なにか用か。あいにくこれから訓練の立ち会いがあるのだが」

「いいえ、用事などありませんよ。たまには世間話でもと思いましてね」

並んで歩くと、彼はあきらめたように口を開いた。

「母上と兄上を亡くされたと聞いたが」

「誰に会ってもその話題ばかりだ。辛気《しんき》くさくなるのでやめにしませんか」

「ではもう少し、辛気くさい表情をなさったらどうだ」

「僕がいつまでも憂《うれ》い顔では、女王陛下にも覇気《はき》がなくなりますので」

グレンは会話をするのも面倒になったのか、息をついて黙り込んだ。残念ながら、騎士団の詰め所まではこの廊下《ろうか》を渡ってらせん階段を降り、さらに長い道のりを経なければならない。

「あなたに頼みたいことが」

「ろくなものじゃない」

「その通りです。僕はめったに他人に頼み事などいたしません」

グレンは足を止めた。

「アデールのことか」

察しがいい。鈍感なのかと思いきや、彼は案外空気が読める。

「アデールさまをお守りください。今まで以上に、厳重に。彼女の意思など無視をして、あなただけのものになさると良い」

グレンは面食らったようだった。

「なにをいきなり。彼女の警護は万全だし、俺たちは夫婦だ。他人のあなたに言われるようなことではない」

「そうだといいのですが。ユーリ王子にちょっかいをかけられたようではないですか？」

カマをかけると、グレンは眉《まゆ》を寄せた。やはり、エタンの想像していた通りの展開だったようだ。

「困るのですよ。ユーリ王子は女王陛下の王配《おうはい》候補です。あなたがしっかりしていてくださらなくては」

「わかっている。だがアデールは、俺がそばに置こうとしても言うことなどきかない」

「ですから、無視してください。屋敷の外に出す必要などない。手段は強引でもかまいません」

アデールを手にかけようとしたのは、彼女の姉のミリアムだった。ベルトラムの血を引く妹が目障《めざわ》りになって、刺客《しかく》を放ったのだ。

この問題を公《おおやけ》にすることはできない。なぜならば、ジルダも彼女と立場を同じくする、偽物の女王だからだ。

すべては淡々と、秘密裏《り》に処理をする必要がある。

裏の仕事は、自分の役目だ。

「彼女がまた、命を狙われているのか」

「命だけではない。アデールさまの人生は、王政のためにいいようにされてしまいます。夫のあなたが彼女を守り切らなくてはなりません」

グレンとの婚姻を無効にし、ユーリ王子に娶《めあわ》せる計画をジルダはあきらめていないだろう。アデールが子を生せなければ、それを実行にうつそうとするに違いない。

グレンは余計な口出しだ、とは言わなかった。思い当たることがあるのだろう。

「僕は少々、城を出る用事があります。その間にしっかり、残りのことは頼みます。幸い女王の王杖《おうじょう》はふたりいる。安心して出かけられますよ」

らせん階段を降りきって、わかれ道に出る。エタンが詰め所と逆の方向へ行こうとすると、グレンは呼び止めた。

「待て」

彼は、しぼりだすようにしてたずねる。

「あなたは、アデールのことをどう思っているんだ」

「……すべてのイルバス国民と同じですよ。彼女は守らなくてはならない、国家の宝だ」

「俺は、あなた個人のことを聞いている」

片方の瞳で、射貫《いぬ》くようににらみつけられる。

「夫の俺に言えないような感情があるのか？」

「ええそうですよ。これで満足ですか？」

エタンがからかうような笑みを浮かべると、グレンは声を荒げた。

「ふざけないで、真面目《まじめ》に答えろ」

エタンの瞳は、すっと冷たくなった。

「ならば真面目にお答えしましょう。うかうかしていると、アデールさまは他の男に奪われてしまいます。それはけしてユーリ王子だけではありません。全世界の男があなたの敵になる。もちろんそこには、僕も含まれている」

彼は一歩踏み出し、グレンの肩に手を置いた。

「せいぜい気をつけてください。一度手にした幸運は、手放さず、最後までにぎりしめておくことです」

グレンはいまいましそうにエタンの手を払いのけた。

「失礼する」

グレンと逆方向に歩き出したエタンは、ポケットから白手袋をとりだし、しっかりと嵌《は》めた。これからひと仕事ある。いざというときにこごえて指先が動かなくては、使い物にならない。

ひとまずグレンを焚《た》きつけることには成功した。彼はアデールを愛している。必ずや、エタンの忠告通りに行動するだろう。

義母と兄は死んだ。エタンの計画を邪魔する者は、ひとりひとり減ってゆく。

フロスバ家は破滅する。偽物の王宮に肩入れし、一族もろとも朽《く》ち果ててゆくのだ。

それが、この家に殺された母の願いである。

「目立たない馬車を出せ。リコメット通りの裏で止めろ」

王宮の裏口で、エタンはコートのポケットに手を入れた。

干しレモンの入った革袋と、運命を握る小さな瓶《びん》。

雪が降り始めた。粉雪が風に乗って、頼りなく舞っている。

エタンは瓶を取り出し、くちびるを寄せた。

「女王陛下の大切な人は、いつも雪の日に亡くなるのですね」

彼はぽつりとつぶやいて、瓶を再びポケットにしまいこんだ。

──強く気高く、泣き出しそうな雪降らすカナリア。
僕とあなたは、運命共同体だ。
世界中、すべての人間に後ろ指をさされても、自分の役目をまっとうしてみせる。
コートをはためかせ馬車に乗り込むとき、エタンの表情はさえざえと冷え切っていた。

# 第二章

その日イルバスに、とある知らせが風のようにもたらされた。

第二王女、ミリアムの死である。

粉雪舞う静かな夜、王都の中心地リコメット通りにあるホテルで、彼女は息を引き取っていた。

その死に様は壮絶《そうぜつ》なものだったらしく、ベッドから半身を投げ出し、赤髪を乱して、苦しみのあまり舌をかみ切っていた。皮膚《ひふ》には赤い斑点が不吉に浮かび上がり、彼女の白い肌を真っ赤に染め上げた。

原因不明の突然死、というのが正式な発表だった。

まだ若き王女の死は、さまざまな憶測を呼んだ。

この事件がひきがねとなり、イルバスの運命はさらに大きくかきみだされることになる。

＊

弔《とむら》いの鐘が鳴った。

アデールは呆然《ぼうぜん》としていた。

別れのために身につけた漆黒《しっこく》のドレスが、いやに重たく感じられた。グレンに支えられながら、体をひきずるようにして歩く。

（ミリアムお姉さまが、亡くなるなんて）

彼女の弔いの儀式にかけつけた者たちが、黒い葬列をなしていた。

あまりにも突然のことに、アデールは涙をこぼすこともできなかった。ただミリアムがこの世からいなくなったという事実をたしかめるために、二本の足を動かしているだけだ。

「大丈夫か？」

グレンは気遣うようにたずねるが、アデールはうなずくことしかできなかった。

──せっかく、生きて革命を乗り越えたのに、どうして。

アデールはくちびるをかみしめた。

ミリアムは、王都のホテルでひとりで死んだ。夫とふたりの子を持ちながら、彼女が亡くなったときに居合わせた者はいなかった。

ミリアムは普段から、興奮したり取り乱したりすることが多く、そのたびに薬を飲んでいた。彼女の亡くなった部屋の床には、空いた酒瓶《さかびん》や割れたグラスが散乱していたという。王宮の医師たちは、状況証拠をかんがみるに、おそらく大量に飲酒したことが原因で普段飲用している薬が悪いように働いたのではないか、という見解を述べた。

(本当に、そうなのかしら)

ふたりの子の親となった彼女は、子どもたちのためにジルダと敵対していた。まだ小さな我が子をおいていってしまうような過失はしないはずだ。

最後に彼女に会ったのは、とある地方都市。アデールが学校作りのためにほうぼうを旅していたときのことだ。

あのとき、ミリアムに手を上げられた上、彼女はアデールを、「なにも知らないから」と突き放した。

――私は、なにを知らなかったのだろう。その事実は、ミリアムお姉さまの死と関係あるのかしら。

もしそうならば、ミリアムは命をおびやかすような「なにか」を抱えて、これまで生きてきたことになる。

「……ミリアムお姉さまは、私のことを嫌いだと言ったわ。あれが最後だったなんて」

グレンはアデールを励《はげ》ました。

「和解できなかったことは、残念だ。だがあなたのせいではない。気を落とすな」

大聖堂の扉がひらかれるが、女王はまだ到着していなかった。ひそひそ話をしていた大衆は、アデールの顔を見るなり一斉に口を閉じた。

アデールは自分が「容疑者」となっていることを自覚した。

精神的にもろいところがあったとはいえ、ミリアムは健康だった。まだ二十代の彼女が突然亡くなるのは不自然である。

ここにいる参列者がみな、心の奥底で考えている。

ミリアムを手にかけた者は誰なのか。

「……大丈夫だ。前を向いていろ。あなたが潔白であることは、俺がよくわかっている」

グレンはアデールの背をたたく。アデールは意識的に背筋を伸ばした。

苦しみのあまり様変わりしてしまったであろう表情を隠すようにして、棺《ひつぎ》の中のミリアムには美しい化粧《けしよう》がほどこされていた。

最前列の席で呆然と腰をおろすミリアムの夫、レナートはふたりの子どもたちを抱え、意気消沈している。

アデールは彼に声をかけようとしたが、彼女の姿を見るなり、レナートは立ち上がった。

「アデール王女。お久しぶりです」

「バルバさん、なんと申し上げて良いのか……」

母親が死んだということがわからないのだろう。次男のジュストは、乳母の腕の中でにこにこと笑っている。長男のマリユスはかたい表情で父親の背に隠れ、アデールを見上げていた。

「これからどうしたらいいのか、途方に暮れていますよ」

ミリアムと共にイルバスでの居場所を探していたレナートは、いったん本国に帰らざるをえないだろう。

「妻は常に危険と隣り合わせでした。いつかこうなるかもしれないと思っていた。それでも、僕は妻のやりたいようにやらせてきました。彼女がこの国で残した未練を晴らしてあげたかった」

彼は言葉を切った。

「あなたはさぞかし、ほっとしているでしょう」

「え……」

「これで女王陛下に仇《あだ》なす一番やっかいな敵が、いなくなるのですから」

レナートはアデールをにらみつけた。明確な敵意がある。うろたえたアデールにかわり、グレンが口を開いた。

「奥方を亡くし気が動転されているのもわかりますが、そのような物言いは撤回《てっかい》していただきたい。あなたのためにも」

「失礼。あなたが公爵であらせられたことを失念しておりました」

レナートは、あてこするように言った。彼は結局、妻が存命のうちに爵位を得られなかったのだ。

彼は確信していた。妻を殺した者がいる。それは現女王体制のもとで、ミリアムを邪魔に思う誰かの仕業《しわざ》だと。

（私ではない。だとしたら……）

アデールは頭に浮かんだおそろしい可能性を、あわてて打ち消した。

女王が到着した。ものものしい警護の者たちと共に、大聖堂へ足を踏み入れる。

首の詰まった礼服のドレスの裾《すそ》をさばき、ジルダはひとりで先頭を進んだ。少し離れたところから、エタンをはじめとする女王の重臣たちが続々と続いた。

式が始まり、アデールは参列者と共に聖歌を歌ったが、か細い声はほとんど音として響かなかった。次々と、流れるようにして儀式は進んでゆく。

大聖堂の奥へ、ミリアムの入った棺が運ばれ、祈りと聖水が捧げられた。

ジルダが妹へ別れの挨拶《あいさつ》を述べる様子を、アデールはぼんやりと見つめていた。

ジルダは涙ぐんだり、声を震わせたりしなかった。ミリアムが安心して神の御許《みもと》にいけるよう、心から願っていると告げる。漆黒のドレスに身を包む彼女は、棺におさまる妹と同じく生気がなく、死人のように見えた。

（お姉さま……無理をしていらっしゃる）

アデールには、彼女の変化が分かっていた。一見冷たい態度のように見えるが、ジルダは精一杯虚勢を張っている。

アデールは、一瞬でも彼女を疑ってしまった自分を恥じた。

淡々と別れの儀式は続く。彼女の死を悼《いた》む者は、アデールの想像よりも少なかった。ミリアムと親しくしていた者は、彼女の持つベルトラム一族の血と、それによりもたらされる恩恵を目当てにそばにはべっていたのではないだろうか。

これから、どうなるのだろう。彼女の夫は。小さな子どもたちは。

そして――この、イルバスは。


「アデール王女」

不安な顔をしていたのだろう。エタンに顔をのぞきこまれる。

「大丈夫です。深呼吸して」

アデールは口を開きかけた。大丈夫なはずがない。ミリアムは他殺かもしれないのだ。

もしかしたら、過去に自分を手にかけようとした者と同じ人間の仕業かもしれない。

そうなると、今立派に別れの言葉を述べたジルダが、一番危ない。

ベルトラムの王女たちは、狙われている。なんのために……何者の手によって？

今の玉座は、すでに先の革命で血濡れている。誰が自分たちをうらんでいてもおかしくない。この教会の中に、おそろしい考えをもった誰かがひそんでいるかもしれない。

「私は、またなにもできなかった」

アデールは言いながら、涙がにじんできた。姉の亡骸《なきがら》を見て、ようやく彼女の死を認めざるをえないところまできた。そうなれば、次にあらわれるのは感情だ。

悔《くや》しい。無力だ。おそろしい。

次々と絶え間なくおそいかかる感情の波に、アデールは呑《の》まれかけていた。

姉とは最後に仲違《なかたが》いをしたままであったが、アデールは彼女と道を分かつことは望んでいなかった。三姉妹が協力して、イルバスをおさめていけたら、とずっと思っていた。

そのためだったら、自身が他の姉妹を呑みこむような嵐になろうとしていたことも。

(私のしていたことは、間違っていたのだろうか。結局、私が学校事業を進めようとしたことで、ミリアムお姉さまとの間に溝《みぞ》ができてしまった)

その結果が彼女の死なのだとしたら。おそろしくて、足がすくむ。

もう取り返しのつかないことになってしまった。

「あなたは自身を責める必要はありませんよ。ご自分の信じた道を進んだだけだ」

エタンは優しく言うと、グレンに目配せをした。

「しばらくアデール殿下の警護を、さらに厳重に。女王陛下の身辺は僕に任せてください」

「わかっている」

「しばらくって、いつまでなの」

アデールの問いに、エタンは静かに言った。

「期限など存在しませんよ。わかるでしょう、今はそういうときです。ミリアム殿下の喪《も》があけても、まだ王宮にはいらっしゃらないように」

「ジルダお姉さまが心配だわ」

彼女の喪失《そうしつ》感は、同じ姉妹である自分が一番よくわかる。こういうときこそ支えになりたい。

だが、エタンは首をふった。

「女王陛下の孤独は、女王陛下だけのものです。人の心配よりも、まずはご自分の心配をなさってください。顔色が悪い。女王陛下の様子は定期的にお知らせします。しばらくは休養を」

エタンはそう言うと、女王のそばについた。ジルダはレナートにいたわりの言葉をかけてから、アデールのもとへやってきた。

「お姉さま……」

「気落ちしているだろう。エタンから話があったと思うが、しばらくは休んでいろ。学校事業の引継は後任の者をすでに手配している」

「ですが、気落ちしているのはお姉さまも同じのはずです。なにかお力になれることがあれば」

学校事業の件だって、誰かに任せてしまうのは良くない。自分から言い出したことなのだ。アデールが直接交渉することで、協力的になってくれる者たちもいる。

「そういったことは気にせずとも良い。私の心の安寧《あんねい》を願ってくれるならば、この国の状況を考えてくれ。ベルトラムの王女のひとりが天に召されたのだ。残されたきょうだいはお前だけ、無事でいてくれるだけで良い。状況が落ち着くまではグレンやエタンの言うとおりにするんだ」

ジルダは念を押すと、アデールに背を向けてしまった。

アデールはもう一度、棺にそろそろと近づき、ミリアムの死に顔をながめた。手をくみ、精一杯神と姉に語りかけた。

いったい誰が、この若い母親の、ベルトラムの王女の命を奪ったのだろうか。

＊

「ミリアムの喪があけるまでだ」

ジルダはそう言って、暦《こよみ》をにらみつけた。

「アデールがグレンを夫にしていられるのは、そのときまで」

女王の執務室は、あたたかかった。暖炉《だんろ》には薪《まき》が次々と放り込まれ、切りつけるような外気を感じることはない。

エタンはなにも言わなかった。ジルダは一度言い出したらきかない。このところは特にそうだ。

アデールとグレンを別れさせ、ニカヤ国の第三王子と結婚させる計画を、彼女はあきらめていなかった。

「部屋が暑いくらいですね。そろそろ換気をしなければ危険です。気分を悪くされます」

侍女《じじょ》たちが、こころえたように窓をあけた。ジルダに冷気があたらぬよう、エタンは彼女の肩にガウンをかぶせた。

「部屋を移動されますか？」

「反対しないいんだな？」

部屋のことではない。アデールのことにかんしてだ。

「僕の意見は必要ないでしょう。陛下は何でも好きなようにお決めになる」

残念なことだとは思っている。このところ、人形のようだったアデールに感情がともなったことは事実だったからだ。

彼女の変化は、夫のグレンによる影響が大きかった。

キルジアでアデールの世話をしたときは、彼女はけして心を開くことはなかった。いつもおびえたように自分の心を隠していた。そう思うと、彼女を変えることのできたグレンを少しうらやましく思う。

アデールは恋を知らぬ不器用な王女だが、精一杯グレンに応えようとしている。

ジルダはけだるく言った。

「お前はアデールを手元におきたがると思っていた」

「そこまで強欲ではありませんよ」

イルバス唯一の良心で正真正銘《しょうしんしょうめい》のベルトラムの王女、アデール。

彼女の言葉は、凍《い》てついたエタンの心をゆっくりと溶かしてゆく。

少し前まで、あどけない子どもだったのにどうしてだろう。最近は油断すると、自分のペースを崩されそうになるほどだ。

侍女たちが、ジルダのドレスを整え、あたたかい飲み物を用意し、造花に香油をたらす。

彼女たちを下がらせてしまうと、ジルダはひときわ声を低くした。

「ミリアムのことは、首尾《しゅび》良くやったようだな」

「バルバ氏は我々を疑っておいでです。多くのミリアム派の貴族たちも。彼女が亡くなれば当然のことですが」

「すべては憶測だ」

「憶測から罪をでっちあげることなど、太古《たいこ》より繰り返されてきたことです」

リコメット通りにある、王都の立派なホテル。そこで最後に「生きているミリアム」を見たのは、エタンだった。

女王から、和解の旨《むね》をしたためた書をあずかっている。そう言うと、ミリアムは人払いをし、エタンをホテルの一室にまねきいれたのだ。

彼女がどんなに女王と敵対しても、始末することはけして良い判断ではなかった。やるならばミリアムが王族に仇なす外敵であることを世間にしらしめ、処刑するかたちでなくてはならない。

だがそれはできなかった。ミリアムには、ジルダと共通の秘密がある。

その事実が白日《はくじつ》の下にさらされてしまえば、女王は王冠をかぶってはいられなくなる。

だからこそミリアムも、ジルダがまさか自分を突き放すとは思っていなかったのだ。エタンの秘密の来訪も、やすやすと受け入れた。

エタンは造花のそばにより、手のひらをおよがせてみせた。本物の花の可憐《かれん》さとは比べものにならない、人工的な甘ったるさがただよう。

——偽物の女王。

彼女はいつも暗い宮殿のなか、造花と石の庭に囲まれ、作り物めいた表情を浮かべている。

「ミリアムの最期《さいご》は、どうだった」

「報告書にあった通りですよ。医師の見解をみればわかるはずです。突然の発作でたいそうお苦しみになられたと」

「……そうか」

女王はしばらくしてから、消え入りそうな小さな声で続けた。

「かわいそうなことをした」

エタンは聞こえないふりをした。

ジルダの希望も葛藤《かっとう》も、彼にはすべてわかっている。

「あの薬は、お前の兄と母親にも使っただろう」

その劇薬はひとたび飲めばたちまち死に至り、体中がうっ血するのが特徴だった。皮膚《ひふ》に斑点の浮き出る様子は、イルバス郊外で流行している伝染病とよく似ている。

もとは病気になった家畜をひと思いに処分するために作られた薬だった。

「そうですね。ミリアム殿下は旅の間に伝染病に感染されていたのかもしれません。念のため、夫のバルバ氏と子どもたちを郊外の施設に入れてみては」

そらぞらしく言う彼に、ジルダは目をやった。

「……しばらく様子を見よう」

「よろしいのですか？」

「今度はレナート・バルバが敵になるかもしれない。だがあちらも、命が惜しいはずだ」

以前の女王ならば、有無を言わさず彼らを監視下に置いたはずだ。

監視どころか、命すらも奪ったかもしれない。夫はもちろん、まだ幼子の甥《おい》にすら容赦《ようしゃ》しなかっただろう。

結婚こそ認めていなかったが、妹の家族に対する情があったのだろうか。

(それならば、ややこしいことだ)

どうせやるならば夫も一緒に始末をつけるべきだったが、ジルダがそれをやめさせたのである。

ジルダは、ミリアムを手にかけることを最後までしぶっていた。

彼女は本当の意味で、「同じ苦悩」を共有した唯一の姉妹である。

ふたりは何度か秘密裏《り》に会い、これからについて話し合ってきた。偽物の女王が、国を支配することについて。「本物の王女」の取り扱い方について。

結局ふたりは決別した。

ミリアムは、己と己の子の利権を得るために、正統な継承者を葬《ほうむ》るつもりだった。

「女王陛下。このまま玉座にお座りになるつもりなら、脇の甘さは命取りになります」

「わかっている」

「アデールさまを生かすためとはいえ、今回は危険をおかしすぎました」

「私とて、進んで妹を手にかけたいと思ったことはない」

ジルダは選ばなくてはならなかった。

ミリアムの手をとり、祝福を手放すか。

アデールの手をとり、偽物の女王の足場をたしかなものにするか。

あるいは両者を葬り去るかである。

「アデールは私の王宮に、絶対に必要な娘だ。どのような疑いをかけられても、あの娘は手元に置く。あの娘が産んだ子も、その子が産んだ子も、全員私の味方にする」

それが彼女を、最初の夫と強引に別れさせることになったとしても。

ジルダは末の妹の――正確には彼女だけが継承者となった、「ベルトラムの血」に固執していた。それは妄執といってもよかった。

「アデール王女は特別な守り人形ではありませんよ」

「ベルトラムの娘だ」

「ミリアム殿下の件について、あなたを疑っているでしょう」

ジルダは声を荒げた。

「私はあの娘の命の恩人だぞ。何度も救ってやった。廃墟の塔にいたときも、今回の件でもだ！　私を崇拝《すうはい》し、こびへつらい、ご機嫌を伺《うかが》うべきだ！」

ジルダは立ち上がると、紅茶の入ったカップをなぎはらった。カーペットに茶色のしみが浮かび上がる。

「私が女王だ。なぜあの娘を手元におかなくてはならない！　この国の頂点に立っているのは、私なのに‼」

先ほどまでは自分の王宮に必要だと言っておきながら、舌の根の乾かぬうちにジルダはかんしゃくを起こし始めた。

ミリアムが死んでからは、この兆候はひどくなっていた。進めたことがらが間違いだったのではないかと己を責める。

己の選択が間違いであったかもしれない。本当は、もっとやり方があったはずだ。いや、そんなことはない。「秘密」は絶対に守らなくてはならないのだから。そもそも玉座に座ったときから、すべてが手遅れだった。

彼女はそのような言葉を何度も繰り返し、自身の判断が信用できなくなっていた。

「エタン。アデールを、守り人形だと言ったな」

「ええ」

「人形ならまだいい。意思も持たないし、勝手に歩かないし、うるさくしゃべらない。そうなるように仕向けたはずだ！」

「女王陛下」

ジルダは、エタンの胸にこぶしを打ち付けた。その力はあまりにもか弱かった。

「気落ちしているのはお姉さまも同じのはず⁉　ふざけるな！　あの小娘に私のなにがわかる‼」

「落ち着いてください」

「なにかお力になれることがあればだと⁉　アデールは心の内では私を疑い、女王にふさわしくないと思っているに決まっている‼　あの娘を手元においておかなくてはならないのは、私が、私が」

「大丈夫です、もう言わなくて良い」

　肩をふるわせて、エタンの胸を打つ彼女の手をとり、抱き寄せた。

「私は、間違っているんだろうな。誰がどう見たって、間違ってる。たかだか画家の娘」

「陛下」

「死に際に母親から人生のすべてを否定された。取り戻したかった。画家の娘としての人生じゃない、王女としての人生を。私の父親は、イルバスの国王だ」

「存じております」

　国王の娘であること。知的で美しいカナリアであること。それがジルダの望みだ。

「この王宮で育った。王女として投獄《とうごく》もされた。嘘じゃない。それが嘘だったら、今までの時間はなんなのだ。この国は、私を必要としていない。認めたくない。そんなこと……アデールだけが、すべてを手に入れることができる」

ジルダはしゃくりあげた。

「みじめに死にたくない」

「ジルダ」

彼女はゆっくりと顔を上げた。

エタンは優しく、女王の頰《ほお》を撫《な》でた。

「大丈夫だ。必ず、この国はあなたを受け入れる」

ジルダにとっては、女王として生きることがすべてだった。自分たちがベルトラム王朝に不吉をもたらした存在だと言われないようにするために。

泣き疲れた女王を長椅子に寝かしつけ、背をさすってやる。

彼女はしばらくして、ふつりと糸が切れたように眠りについた。

*

アデールは、まんじりともせず暗い部屋でじっとしていた。

アンナはアデールを着替えさせ、彼女が気を紛《まぎ》らわせられるよう、読み物や編み物の道具を用意した。だがアデールはそれらに手を出す気分にはなれなかった。

「不思議ね。身内は何人も亡くなってきたのに、いまが一番こたえる」

「アデールさま」

「昔だってずっと辛《つら》かったはずだわ」

両親や兄たちが次々と処刑されたとき、アデールはまだ八歳だった。

アンナは気遣うようにして、アデールの顔をのぞきこんだ。

「昔と今は状況が違います。アデールさまが驚き、混乱されているのはもっともです。ミリアム殿下がお亡くなりになったのは、あまりにも陰謀《いんぼう》めいていています。色々と考えすぎてしまうのも無理のないこと」

「ミリアムお姉さまは、なぜ死ななくてはならなかったのかしら。いったい誰が。自然死とは考えにくいわ。お姉さまは、ずっとなにに苦しんできたのか……小さな我が子を残していかざるをえなかった、お姉さまの気持ちを思うと」

「アデールさま、あまり思い悩みすぎては良くありませんわ」

アンナはアデールの背をさすった。

「しばらくお屋敷で休まれてください。お顔が真っ青なんですもの。旦那《だんな》さまをお呼びしますわ」

アンナはアデールの髪をゆるく結って整え、出ていってしまった。入れ替わりにやってきたのはグレンだ。彼の手には、小さなカップがある。

「紅茶よりはいいだろう。これを飲んで」

蜂蜜《はちみつ》を垂らしたあたたかいミルクだった。アデールはそっとくちびるを寄せた。優しい甘さが、喉《のど》をとおって胃をあたためる。

「ありがとう」

グレンは目を細めて、飲み終わったカップをサイドテーブルに置いた。

アデールはややあって口を開いた。

「ミリアムお姉さまのこと。あなたは他殺だと思う？」

グレンは迷ったようにして答えた。

「……ああ」

「ミリアムお姉さまを殺したのは、私を襲ったのと同じ人物かしら」

「わからない」

「なぜ、お姉さまは殺されなくてはならなかったのかしら」

「考えないで良い。警護は万全だ。あなたは安心して眠っていれば」

アデールはむっとしたように言った。

「自分の身の心配をしているのではないわ」

「少しは心配してくれ」

グレンは面倒そうにこたえる。

「陰謀に疑いの目を向ければ、あなたにも火の粉《こ》がふりかかる。気づかないふりをするんだ。できるだけ無関心でいてくれ」

「実の姉が亡くなったのに、無関心でいることなんてできない」

「残念だが、ミリアム殿下は女王陛下と志《こころざし》を同じくする者ではなかった。すべてはそういうことだ。みな、口には出さないがわかっている」

「ジルダお姉さまが手にかけたと？」

　グレンは目をつりあげる。

「口を閉じていろ。バルバ氏のようなことを言うな。十分に悲しんで、次に表に出るときは笑っていればいい。このことは忘れるんだ」

「無理よ、忘れるなんて」

　グレンはかっとなったように言った。

「なんでもかんでも明らかにすればいいというものではない。王宮の調査団が、ミリアム殿下は病死だと結論づけたんだ。異をとなえる必要などない！」

「グレン」

「これ以上うるさくたずねるな。最近のあなたはでしゃばりすぎる」

「ミリアムお姉さまはなにか知っていたわ。きっと、とても重要なこと。あなたの義姉でもあるのよ。一緒に革命を乗り越えたじゃない。なんとも思わないの？」

「ああ、なんとも思わない」

グレンの言葉に、アデールは眉《まゆ》をひそめた。

「なんですって？」

「革命を乗り越えただと？　あちらは革命の後、なにをしていた？　あなたは長年の幽閉に耐えたし、女王陛下は亡命後、王位継承のためにさまざまな努力を重ねてきた。ミリアム殿下はカスティアで秘密結婚し、女としての人生を楽しんでいただけだ。サリム・バルドーが指導者となってから、イルバスで活動していた王政派には一度も声をかけたことはない」

「お姉さまだって、事情があったのよ。やり方は違えどイルバスのためになろうと戻ってきてくださったのだし、そんな言い方はないわ」

「かき乱しただけだ」

「グレン」

アデールが口を開こうとすると、グレンは己の言葉でさえぎった。

「あなたこそ、夫の俺の発言は無視か？　大人しく休んでいろと何度言わせる。ミリアム殿下が亡くなったことは哀れだとは思うが、これでようやく不快な国民派遣計画も頓挫《とんざ》したんだ。静かになったじゃないか」

「そんなに冷たいことを言う人だとは思わなかった」

国民派遣計画はイルバスにとってけして良いものとは言えなかったが、ミリアムを説得し、彼女の持つカスティアとのつながりをイルバスのために使ってもらえば、違った結果になったはずだ。

「冷たいのはどちらだ。内心、俺のことなど気にくわなかったくせに」

アデールは耳を疑った。グレンはかまわずに続ける。

「夫の俺が気にくわないから、言うこともきかないし、他の男に色目を使うのだろう」

「突然、どうしてそんな話になるの？　色目なんて使ってない。あなたの思い込みよ」

なんてことを言うのだ。自分でも怒りのあまり、口元がひくひくしているのがわかる。

だがグレンはさらに言葉を重ねる。

「どうだか。エタンもユーリ王子もあなたにご執心だ」

「国の大事なときに、間違った思い込みで私を責めないで」

グレンはアデールをベッドに突き飛ばした。

目を白黒させている彼女に、グレンは冷たく言い放った。

「これから半年は、外に出ることを禁じる」

「そんなに長く？　ミリアムお姉さまのお墓参りにだっていけないわ」

「行く必要はない」

「お願い、グレン。そんなにひどいことを言わないで」

「夫の言うことは大人しく聞くんだな」

アデールは懇願《こんがん》したが、グレンは聞く耳を持たない。

「半年でも、十分な譲歩《じょうほ》だ。なんなら一年でも、五年でも構わない」

「私、あなたのためにできるかぎりのことをしてきたわ。あなたと夫婦になったから。あなただって、私に優しくしてくれてた。今日になって、どうしてそんなに意地悪するの？」

「ああ。俺がけがをしてからは、あなたの『努力』が身にしみるようになった。妻になったからには、俺のために生きようとがんばってくれた。努力しなくては俺の妻でいることは難しかったのだろうな」

グレンはアデールの頬を撫でた。その仕草があまりにも優しかったので、アデールは逆におそろしくなった。

「優しくするのも、冷たくするのも、あなたのことを愛しているからだ。あなたが俺を愛するよりも、ずっと」

「そんなことは……」

「あなたが築いてきた俺以外の人間関係をすべてたたき切りたい。あなたが努力してきたすべてを水の泡にしたい。あなたの大切なものは全部、この手で壊したい」

グレンの片方の瞳は、昏《くら》かった。

アデールは声を震わせた。

「あなた、おかしいわ。私はあなたに対してそんなこと、思ったことないもの」

「それは俺のことを、独占したいと思うほど好きではないからだ。俺は革命で一度はすべてを失ったんだ。家族も、財産も、仲間も。自分の妻くらい、自分のものにしたい。俺はそんなにおかしいのか？」

「わ……私は人間よ。ものみたいに扱うことなんてできないわ」

「ものみたいに扱いたいんだよ。ずっとそれを悟られないように優しくしてきた。でも、もういいだろう。最後くらい俺のものでいてくれ」

「最後……？」

アデールは声を震わせてたずねたが、グレンは答えなかった。

そのかわり、アデールの腹に右手をのせた。

「あなたが、俺の子を産んでくれさえすればな……」

そう言い残すと、グレンは立ち上がった。アデールはおびえた目で夫を見上げた。

こんなことは初めてだった。ずっと彼とはうまくいっていると思っていた。たまにちょっとしたすれ違いがあっても、結婚当初ほどではないと。

全部、自分の勘違いだったのだ。アデールが彼を理解しようとすればするほど、溝《みぞ》が広がっていってしまう。

グレンはそれ以上なにもしゃべらずに、出ていった。アデールは膝を抱えてうずくまった。

「どうしたらいいの……」

姉を殺した者はわからず、夫の言っていることはまるで理解できない。八方塞《はっぽうふさ》がりだった。

＊

あの日以来、屋敷の警護はさらにものものしくなった。寝室のドアの前には必ず騎士団の団員と使用人たちが立ち、アデールが無断で外出できないようになっていた。

少しでも動こうものなら、ドアの向こうから息をひそめて、誰かが用心深く様子をうかがっているのがわかる。

バルコニーに出て気分転換しようにも、窓には必ずひとりは見張りが立っており、どうすることもできない。アデールは部屋でひたすら読書をするか、刺繍《ししゅう》をするか、語学の勉強をするほかなかった。

勉強をしても、これからその知識を使う機会がめぐってこないかもしれないと考えると、余計に気が塞いだ。

「アデールさま。退屈でしょう」

アンナは心配して、カードゲームをさせようとしたり、楽器の演奏に付き合ってくれたりしたが、庭を散歩することすらグレンに禁じられたアデールは、日に日に元気をなくしていった。

ガブリエラでもいたら少しは気分がまぎれるのに、彼女の出入りもグレンは禁じてしまったのだ。おそらくエタンと連絡を取れないようにするために。

（カードゲームに楽器の練習。こんな風にいたずらに時間を潰したいのではないわ。外の世界でなにが起こっているのか、それが知りたい）

ミリアムが死に、殺害の疑いが自分やジルダにかかっている。あのまま静かに時が経過したとは思えない。

ジルダへ手紙を書いたが、ある朝こつぜんと消えていた。グレンが見つけて、処分したのだろう。

手紙にかんして、彼が何もいわないことがそらぞらしかった。グレンは自分の理想をアデールに押しつけ、そうでない部分を徹底的に無視することにしたらしい。

「痩《や》せたな」

ベッドの中で、グレンはアデールの腰を撫でた。

屋敷で一日大人しくしていれば、グレンは優しかった。女王からの招集や騎士団の用事などで毎日まめに出ていくが、用が終われば付き合いでどこかへ行くこともなく、彼はまっすぐに屋敷に帰ってくる。そしていつもアデールを自分の視界の内においた。

「最近、食べる量が減っているようだが」

「……おなかがすかないわ」

ただでさえ小食のアデールが体重を落とせば、折れそうなほどに細くなる。

朝食も夕食も、グレンにじっと見張られて落ち着かない。ようやく安らいで食事ができるのは彼のいない昼食のときだけだった。

「きちんと食べないと」

「庭に出たいわ、グレン。外で食事をしたら、気分が変わってたくさん食べられるかも」

「だめだ」

にべもなく断られる。アデールはため息をついた。

「あなたと一緒でも、だめ？」

グレンは返事をしなかった。これ以上たずねたらまた怒り出す。ミリアムの墓参りに行きたいのに。バルバ氏や甥《おい》っ子たちがどうしているのか、聞くことすらできない。

最近は王宮のことや、グレンの仕事にかんしてたずねるだけでも機嫌を悪くし、アデールをなじるのだった。

「毎日代わり映えしなくて、退屈なの」

「それが本来のあなたの役目だ。こうして家を守り、俺の子を産むことが。社交界に出してやれないのはかわいそうだと思うが、今はミリアム殿下の喪中《もちゆう》だ。どこの家でもこんなものだ」

学校を作りたい。若者たちに生きがいを与えたい。春の詩を聞いた、ニカヤでの出来事が今では嘘のようだ。地方へ旅立って、言葉をかわした国民たちのことを思い出した。みんな期待を持ってアデールに気持ちを託してくれたのに。

王宮の片隅にある、アデールが管理していた畑も長らく見ていない。農作物の研究もそのままだ。貴重な植物は、枯れてしまっただろう。

（……エタン。どうしているかしら）

背中を押してくれたのは、今にして思えば彼だけだった。姉たちや夫からも自分の挑戦をうっとうしがられて、アデールは孤独だった。

グレンは裸のアデールの背を撫でた。こうして肌を重ねても、さみしさは埋まらなかった。グレンはこうなって、満足なのだろうか。妻から人間らしさを奪って、人とのふれあいを奪って、それで良いのだろうか。

彼を拒絶すれば、その怒りは使用人たちに向けられる。特に、いつもアデールの味方をするアンナにはひどかった。アデールは彼らを守るために、グレンに従順でいるほかなかった。

しばらくすれば、彼はきっと満足すると思ったのに、もう三ヶ月もこんな生活が続いている。

（あと三ヶ月……でも、グレンは期間をのばそうとするかもしれない）

以前はあせらなくても良いと言ったのに、彼は跡継ぎをほしがっていた。子どもができればアデールがそちらに夢中になると思っているのかもしれない。

「アデール」

名を呼ばれても、アデールはかえす気になれなかった。ただ体が冷たかった。

気持ちがどんどん離れてゆく。彼の言うように、アデールは努力してグレンに合わせていたのだ。

彼の優しさに応えたい一心だったのに、「他の男に色目を使っている」などと言われては、努力しようとする気持ちすら薄れてくる。

グレンと夫婦でいることは、イルバス内のジルダ派の結束を高めるためのもの。国のため、アデールは彼の妻になった。それでも良い夫婦関係を築きたいと思っていたのに。

「……ふたりの肖像画を描かせよう」

カーテンの隙間《すきま》から朝焼けが差し込むころ、グレンは静かにそう言った。

そういえば、イルバスに戻ってきたばかりのころ、彼に言われたことがある。「肖像画はこれから描けばいい」と。

革命の混乱もあり、アデールが家族と描かれた肖像画は失われていた。結婚後もあわただしく外交にいそしんでいたので、絵を描かせる機会を逸していたのだ。

「……子どもが生まれてからの方が、いいのではないの？」

記念に絵を描かせるには、中途半端な時期だった。それに子どもがいたほうが、ふたりきりの肖像画より、にぎやかになる。

いまだに妊娠《にんしん》の兆候はなかったが、きっと少し遅くなっているだけだ。アデールの母親も多産だったし、姉のミリアムはふたりの子を産んでいる。

だが、グレンはきっぱりと言った。

「いや、今がいい。絵を描かせるためにめかしこめば、あなたも少しは気が晴れるだろう」

アデールは以前より、着飾ることが嫌いになっていた。気が晴れるとは思えない。

（グレンはきっと……絵を描いてもらうのにわくわくしたり……おしゃれをすることに牛きがいを見いだす女性に、なってほしかったんだ。私に）

肖像画を持つことは、特権だった。権力のあかしとして、王侯貴族たちはみな肖像画を描かせた。そこにある美しきものを永遠にとじこめるために。多くの女性たちはとっておきのドレスや代々受け継いだ宝石を身につけて、すました顔で描かれている。

肖像画なんて描かなくてもいい。ただ、外に出られたら。

（……でも……もしかしたら、これはひとつの機会になるかもしれない）

画家が出入りするときに、こっそり手紙を頼めないだろうか。使用人たちに手紙を託してもグレンに渡されてしまうかもしれないし、アンナすら外出には見張りをつけられてしまっている。

出入りの画家なら、そこまで厳しくされないかもしれない。

（お姉さまに直接手紙を届けてもらうのは無理でも、フロスバ家におつかいを頼むくらいなら、不可能ではないはず）

そう、せめてフロスバ家にいるガブリエラに手紙を託してもらえたら、エタンから姉に話をつけてもらえる。

このままでは、アデールを通してイルバスのために尽力してくれた人たちの厚意をむげにすることになる。なにもしないよりはましなはずだ。

「いいわね。絵を描いてもらおうかしら」

「なら、決まりだ。宮廷画家を呼び寄せよう」

グレンの望むような妻になるのは、どうやら無理そうだ。

すべてを奪われたまま、彼のものになる選択肢《し》は、アデールの中になかった。

*

「カスティア国から鉄鉱山を引き渡すよう、要請がきています」

エタンの表情はかたかった。

カスティアとつながりの深かったミリアムが死に、彼らにとって交渉の駒《こま》がひとつ失われた。この鉱山の要求は、手始めにすぎなかった。

カスティアはイルバスの征服をのぞんでいる。地続きになる隣国へ支配を進めようとしている。イルバスの広大な土地を使って要塞《ようさい》を建てようともくろんでいるのだ。

ほうっておけばイルバスはカスティアの植民地となり、国民は彼《か》の国のものになる。

ジルダは舌打ちをした。

「いずれミリアムが私に反旗をひるがえし、イルバスを売るとは思っていたが……死なれたら死なれたで面倒なものだな」

レナートが発破《はっぱ》をかけたのかもしれない。妻殺しの疑惑の目を向けるなら、真っ先に犯人として名があがるのはジルダだった。

「一家もろとも、殺しておけばよかったのです」

エタンの意見を無視して、ジルダはレナートを見逃した。

アデールがミリアムに殺されるかもしれないと分かったとき、女王は少なくともミリアムを殺さなくてはならない覚悟をしていた。

ただ、その後が問題であった。

レナートを殺せばミリアムの子は孤児となる。かといって幼子にまで手をかけることはジルダにとってどうしてもできない決断だったのだ。そのためにレナートは生かされた。

たとえ、ミリアムがとっくに国を売っていたとしても。

「誤った選択は承知の上だ」

「まだ開戦すると決まったわけではありません。鉱山の交渉には、今度は僕が行きましょう。ですが交渉は不利になるはずだ」

「ミリアムの死で、あちこち気が立っている。なにが起こるかわからない。通訳は、アデール以外を連れていけ」

エタンは表情をけわしくさせた。

「こういうときこそ、王族が自ら出向くべきなのですがね。僕からグレン殿にはお願いしづらい」

彼は、グレンをたきつけていた。このままではアデールは、彼と別れさせられる。彼女が子を産まない限り、グレンとの婚姻を無効とされてしまう。

彼女自身はまだそのことを知らないはずだが、グレンはこの間の牽制《けんせい》で十分気づいたはずだ。だから彼女を外に出さず、屋敷の中に閉じ込めている。

アデールが懐妊したとは聞いていない。

(思ったより、カスティアが仕掛けてくるのが早かったな)

エタンは歯がみした。

このままでは、予定より早くユーリ王子にアデールとの婚姻の申し入れをしなくてはならない。彼女はどうしているだろう。姉のひとりを失い、悲しみに暮れたまま屋敷に幽閉されて。悲しみを忘れる手段である公務も奪われてしまった。

「女王陛下。陛下の結婚の申し込みに、色よい返事をくれる男性を三人に絞《しぼ》りました。この中からお決めくださいさい。開戦する前に」

エタンの作ったリストと王配候補のプロフィールに、ジルダは目もくれなかった。

「誰でもいい。お前が決めろ」

「ですが」

「お前が選んだのなら、間違いはない」

あれこれと贅沢《ぜいたく》を言える状況ではなくなっていた。少しでも、イルバスに有利に。この結婚に求められる条件はそれだけだ。

「かしこまりました」

「グレンに伝えろ。兵士の宿舎、補給物資にかんして新たな予算を割くと」

開戦のきざしを知って、イルバスは軍事に力を入れ始めた。グレンが以前から作り上げていた騎士団の初戦はカスティアとの国境付近となるかもしれない。

ジルダは引き出しから銀時計を取り出し、蓋《ふた》を開いた。ぎちりと、小さな音をたてて針が進む。

サファイアの宝石飾りがついた、つるりとした美しい時計。彼女の実父が王妃に託したものだ。

「国債《こくさい》を発行しろ。資金作りに忙しくなる」

ジルダは時計の蓋を閉じた。

# 第三章

アデールのために、ドレス職人がお針子を幾人もつれてやってきた。彼女たちはさまざまな生地を用意して、レースや刺繍《ししゅう》について、熱心に説明してくれた。大陸で流行しているドレスの特徴や着こなしについて、あらゆる知識を披露し、アデールの好みを探ろうとしていた。

アデールはどうしていいのか、こういったことにはいまだに無頓着《むとんちゃく》であったので、すべてはアンナがとりはからった。遅れはしたが、結婚の記念にという名目だったので、結婚式のときと同じ淡い緑色の生地が選ばれた。金糸で薔薇《ばら》の刺繍をほどこすらしい。

職人たちはアデールの細すぎる体を採寸し、彼女に似合いそうなドレスの型をさくさくと決めていった。

次には宝石商がやってきたが、アデールはイヤリングをひとつ新調しただけだった。そのかわり、ニカヤで王妃から託された首飾りを身につけることにした。

本当はドレスも宝石も、なにひとつほしくはない。だがなにも注文しないで彼らを追い返しては、グレンがまたあれこれとうるさく言ってくるだろう。

「楽しかったか？」

帰宅したグレンにたずねられて、アデールはうなずいておいた。久々に、知らない人と会えたのは喜ばしかったが、グレンの息がかかった使用人たちが常に見張っているので、こっそり手紙を託すことはかなわなかった。

このぶんだと、画家に手紙を預けるのも無理かもしれない。

「少し忙しくなりそうだ。しばらく夕食はひとりで食べてくれ」

「……なにかあったの？」

「ただの訓練だ。気にすることはない」

グレンはけしてアデールに情報を与えなかった。

屋敷の中にいるだけでは、何もわからない。ミリアムの死後、イルバスになにが起こっているのだろう。

（せめて……外の世界がどうなっているのか知りたい。このごろはアンナまで外出を禁じられているし）

執事のメーガスをはじめとする、オースナー家の使用人たちは全員グレンの味方だ。

屋敷の人間たちはみな揃って、アデールを平和で美しい箱庭にとじこめようとしている。

アデールの不安そうな顔を見て、グレンは優しく言った。

「すべてが終わったら、また狩りに行こう。ふたりで」

「本当？」

「春になれば、ウサギが獲れる」

「春なんて、ずっと先なのに」

アデールはがっかりした。だがこの生活を終わりにしてもいいとグレンが考えていることは喜ばしかった。

「それはなんだ？」

「……あ、これは教科書よ。いつか、イルバスの子どもたちのための学校で使うと思って……」

テーブルの上に載ったニカヤ語の教科書や、子どもがつづりを楽しくおぼえられるよう、買い揃えた物語を見るなり、グレンは目の色を変えた。

「目が悪くなるから、こういったものを読むのはやめたほうがいいな」

「え？」

「別の娯楽《ごらく》を用意させる」

グレンが顎《あご》をしゃくると、使用人たちはアデールの資料を片付け始めた。

「待って、だめよ。だってこれはまだ使うわ」

「もうやらなくてもいい。もっと楽しいことは他にあるだろう」

貴重な資料がぞんざいにまとめあげられてゆく。グレンはあれを捨てさせる気なのだ。

「娯楽でやっているのではないわ。学校事業に必要な資料よ」

「別の者に任せた。気になるなら都度《つど》、担当者から報告をあげさせる。名目上の責任者はあなたにしてある。心配しなくていい」

「そんな、私は自分の名をあげるために始めたのでは……」

「なら、ますます必要はない」

ここ数ヶ月、夫の横暴さにも我慢してきた。ゆがんだところはあるが、すべては自分を守るため、愛してくれているからだと自身を納得させてきた。グレンと同じように、彼のことを愛せないことも申し訳ないとも思っている。だが、もう限界だ。

アデールは声を張った。

「どうして⁉　一緒にニカヤへ行ってくれたじゃない。あのときは、私がしたいようにさせてくれた！」

「あのときと今では状況が違うんだ。暗殺者がこの屋敷に入り込み、国内ではあなたを安全に守れないと思ったからニカヤへ行っただけのこと」

「今がどういう状況になっているのか、教えてもくれないのに⁉　ミリアムお姉さまと仲違《なかたが》いしてまで、私はこの事業を進めようとしてきた。イルバスにとって、価値があることだと思ったから！」

「あなたが発案したことで、国民は感謝するだろう。それで十分だ」

名声をほしいがために始めたことではなかった。貧しい思いをしている国民たち、傾きかけた国の女王となった姉、そしてイルバスで戦った彼のため――。

グレンは、そんな気持ちすらくみ取ろうとしてくれない。

アデールは力なくつぶやいた。

「ここは廃墟の塔と同じね」

「なんだと？」

「なにもない。むしろあのときのほうがましだったかもしれない。ただ神様を信じていればよかった。自分が無力なことにたいする言い訳が立った。でもなまじ外に出てしまったがために、今はひどく苦しいわ」

グレンは冷たく言い放った。

「なら、またエタンに助けてもらうんだな」

アデールはグレンの頰《ほお》を打った。手のひらが燃えるように熱い。乾いた音がしたが、グレンは眉ひとつ動かさなかった。妻の抵抗など、彼の心を動かす要因にはならないのだ。

（ひどい）

彼は平然と自分の役目を奪い、他の男に助けてもらえという。王女としても、妻としても侮辱《ぶじょく》された。

「あんまりだわ」

彼は突き放すように言った。

「俺たちは、離婚させられるかもしれない」

「……なんですって？」

「ユーリ王子があなたを妻にと望んでいる。カスティアとは戦争のきざしがある。開戦すれば、陸地と海、両方からの攻撃に耐えなくてはならない。ニカヤの軍事力が必要になる」

「でも……ニカヤにはイルバスの駐留軍をおいているし、いざというとき、あちらだって……」

「炎帝《えんてい》はそこまでお人好しではないが、弟があなたと結婚すれば違うかもしれない。少なくともあなただけは、ニカヤへ逃げられる。女王陛下はそれを望んでいる」

このところの、グレンのおそろしいほどの独占欲の原因がわかった。彼はアデールを失いたくなかったのだ。そのために彼女を隠し、跡継ぎをほしがっていた。

「あなたはさぞかしうれしいだろう。俺のような器《うつわ》の小さな男と別れられる」

「私のことを侮辱しないで。そんなこと、思ってなんかいない」

事実、アデールに別れたいという気持ちはなかった。彼にひどいことをされても、心の奥底では自分のことを好きでいてくれているという気持ちが痛いほどわかっていたからだ。

グレンはアデールの言葉を鼻で笑った。

「嘘をつく必要はない」

「本当よ。ただ外に出してほしいだけ」

「あなたは俺のことが邪魔になる。昔のように、俺を置いてよその人間のもとへ行ってしまう。もともとのあなたの本質は、そういうものだ」

「そんな」

「俺たちに子どもはいない。こういう場合、裁判を通して結婚自体を無効にするそうだ。俺と結婚していた事実は、なかったことになる」

アデールはあきらめたように言った。

「私だって、あなたの子どもがほしかった。幸せにしたかったんだもの、あなたのこと。結婚しても、あなたは怒ってばかりいる」

残念ながら、アデールはグレンの都合の良いようにふるまう人形ではいられない。

グレンはなにも言わずに部屋を出ていった。大事な資料を奪われ、夫とも言い争いになる。彼を夫と呼べるのは、あとどのくらいなのだろう。

彼が絵を描かせようと言ったのは、アデールの気分転換のためだけではなかったのかもしれない。

自分たちが夫婦であったことは、イルバスの歴史から消されてしまう。絵を残すことは、彼なりの抵抗だったのだ。

＊

ドレスが仕上がり、アクセサリーが届けられた。アンナは丁寧《ていねい》にアデールの髪を結い上げた。既婚者らしく、落ち着いた仕上がりにしてある。

「髪結いの腕はガブリエラの方が上なんですけれど」

アンナは残念そうに言う。

「いいえ、とてもきれいに仕上げてくれたわ。ありがとう」

グレンは先に待っていた。胸元に黄色い薔薇《ばら》を挿してある。アデールが手ずから作った造花だった。

「とてもすてきよ」

夫婦のわだかまりはまだ解決していなかったが、アデールは率直《そっちょく》にそう言った。グレンはなにも言わなかったが、ガラス細工にふれるかのように慎重に、アデールの手を取った。

視線の先に、見知らぬ男がいた。年齢は二十代の半ばほどで、銀髪と青い瞳の、端整な顔立ちの男である。

「このたび絵筆をとらせていただきます、アダム・バロックと申します。このような華やかな仕事は初めてです。たいへん光栄でございます」

「そうなの。よろしくお願いします」

「さあ、奥さまは椅子《いす》におかけになってください」

アデールはグレンにうながされ、椅子に腰をおろした。アダムはじっと、アデールを見つめた。切れ長の青い瞳。……なにかと重なる。どうして――。

「……バロックさんは、肖像画を描くのは初めてですの？」

「いいえ、過去に何度か」

「今まではどのようなお仕事を？」

「国を転々としながら、風景画などを描いておりました。僕のパトロンになってくださった方が、そのような絵をお好みでしたので。昨年その方が亡くなりまして、父が過ごしたイルバスを見てみたくなって、こうして生まれ故郷に参ったのです。父はイルバス人で、宮廷画家でした」

グレンの依頼があり、執事のメーガスが彼を見つけてきたのだという。イルバス王宮の宮廷画家だった父を師に持つ彼の腕前は、たしかなものだと。

彼がまだ十代のときに父親は亡くなったらしいが、その絵のタッチはよく似ていて、とても評判が良いらしい。

「まあ……では、両親やきょうだいたちの絵を描いてくださったのはあなたのお父さまだったのかしら」

アデールは思い出していた。荒れた王宮に残されていた一枚の絵。自分が生まれる前に描かれた、家族が揃った幸せな国王一家の肖像画だ。

「まだ残されていたのですか？　父の絵は革命家サリム・バルドーがほとんど焼き払ってしまったと聞いていています」

「一枚だけ、見ました。談話室の暖炉《だんろ》の上に飾ってあった、大きな絵を」

「一枚でも残っていたならうれしいです。僕も見てみたいな」

本当はかなりひどい傷がつけられていたのだが、わざわざここで口にすることもない。今は修復済みで、引き続き王宮の談話室に飾られている。

アダムとまた、目が合う。彼が自分を描き取っているのだから当たり前だ。アデールはこぶしをにぎりしめた。

——似ている。

姉のジルダに。少しむずかしい顔をしているとき。笑みを消し去ってしまえば、特にその傾向が強くなる。

（そんなはずがない、他人のそら似よ）

己の疑念をかきけすために、アデールはにこやかにたずねた。

「私は、笑っていなくても大丈夫？」

「ずっと笑っていればお疲れになりますよ、大丈夫です。僕は最後に表情を描き込むので。

それに、あまり笑顔の絵は描かないのです」

「どうして？」

「肖像画は、すました顔をしているものが好まれるからですよ」

「たしかに、そうかもしれないわね」

グレンはしばらくふたりの会話に耳をすませていたが、やがて口を開いた。

「メーガスから、あなたは新進気鋭の画家として非常に有名だと聞いている。イルバスにいる宮廷画家は、正直……あまり人物が得意ではないらしく」

アダムはさっぱりと言った。

「ああ、聞いています。でも味のある絵を描かれる方ですよ」

「他の作品をいくつか見させてもらったが、あなたは実際の人物に忠実な絵を描いている。のちのちのことを考えると、女王陛下の肖像画はあなたが描いたほうが良いような気もするのだがな」

「身に余るお言葉です」

ジルダの絵は、戴冠式《たいかんしき》の姿で描かれたものや、ドレス姿のものなど何点かあった。だが正直なところ、画家の腕は他国の王宮でめしかかえられている者と比べると劣っていた。神秘的な切れ長の瞳は、強調したかたちで細くつりあげて描かれていて、姉の美しさを伝えるには不十分ではないかと思っていたのだ。

（お姉さまが、その画家の持ち味と思ってなにも口出しをされていないのでしょうけれど……）

談話室のあの肖像画には、幼い頃のジルダも描かれていた。あれの方が、よほど今の姉に似ている。

アダムの絵が父親譲《ゆず》りなら、ジルダをそのままキャンバスにうつしとったかのような肖像画を描けるはずだ。

「父がまだ生きていれば別だったでしょうが……。正直、僕の腕はまだ父には及びません。こんなにすばらしいモデルに恵まれたことすら今は恐れ多くて。それに女王陛下はあまり自分の姿を残されるのに熱心ではないと聞いていています」

アダムはそう言って、グレンに首の向きをもうすこし左にかたむけるように指示をだした。

「バロックさん、国を転々としたとおっしゃっていたわね。お父さまは早くに亡くなられたみたいだけれど」

「そうです。革命もありましたしね。家族や仕事仲間たちとあちこちを旅しました」

「それは……その、お父さまは、革命のときに？」

「奥さまの気分を悪くされるかもしれません」

「いいのよ、話して」

　アダムは迷ってから言った。

「……自死でした。ある日突然亡くなっていて、僕も驚いたんです。ずっと根をつめて仕事をしていたので、精神的に色々、追いつめられていたのではないかと。ちょうど革命のとき、マルガ王妃が処刑されたのと同じ日だったのでよくおぼえています。あの日は雪がよく降っていた」

「まあ……では、大変だったでしょう」

　同じ日に親を亡くしたのだ。アデールは表情を曇らせた。

　突然大黒柱を失ったバロック一家は途方に暮れたが、今は長男のアダムが父の遺志を継いで絵筆をとっている。

　彼の作品はとても評判が良く、貴族たちがこぞって肖像画を描かせたがった。風景画も得意とするアダムは、さまざまな作品を発表しては、母や弟妹たちを食べさせていた。

「くよくよしても仕方がありませんからね。絵の代金は、ほとんど家族に送ってしまっているんです。今は僕も仕事仲間に恵まれて、あちこち居候《いそうろう》しながらの生活です」

　画家の仕事道具はかなりの費用がかかる。絵具やキャンバスを買えば、残りはぎりぎりの生活だ。

　安定したパトロンをなくしてからは、アダムも苦労続きであるらしい。

「メーガスから聞いていると思うが、あなたの住まいは手配してある。絵を描き上げるまでは好きに使ってくれ」

「ありがとうございます、オースナー公爵」

そろそろお尻が痛くなってきた。アデールが身じろぎをすると、アダムは気がついたように顔を上げた。

「すみません。時間を忘れてしまったようだ」

彼は上着のポケットから、鎖のついた銀時計を取り出した。

つるりとした美しい蓋《ふた》のついた、サファイアをちりばめた時計。

「その時計……」

アデールが目を見開くと、アダムはああ、と時計をつるしてみせた。

「上等なものでしょう。父が大枚をはたいて手に入れたそうで、形見なんです。父がとても大切にしていたので、どんなに生活が苦しくてもこれだけは売れませんでした。少し休憩にしましょうか？　奥さまがお疲れのようでしたら、また明日に仕切り直してもかまいません」

彼はさっとポケットに時計をしまいこむ。

アデールは、それが目に焼き付いて離れない。

あれはかつて、母親のマルガ王妃が大事にしていた物と同じ品だ。遺品はジルダに受け継がれた。

（よくある懐中時計よ。似たようなデザインがあっても、不思議なものじゃないわ）

アデールはいつのまにか、自分に言い聞かせるようになっていた。

「明日にするか？」

グレンにたずねられ、アデールは力なくうなずいた。

「ごめんなさい、少し疲れてしまったみたい」

「いえ、こちらこそお気遣いできずに申し訳ない。奥さまも旦那《だんな》さまもすばらしく美しいので、夢中になってしまいました」

アデールは不吉な予感をなだめるようにして、アンナの差し出した水を飲んだ。

アダムが去ってしまうと、アデールはたずねた。

「あの画家……少し、お姉さまに似ていない？」

「そうだな。でも、イルバス人ならよくある顔立ちだ」

言われてみればそうだ。色白で青い瞳、別になんの違和感もない。ベルトラム家は血族結婚をしていたわけではないし、姉の出生について、特に疑問を持ったこともなかった。だが、あの懐中時計については説明がつかない。グレンは、母の形見にあれとそっくり同じ時計があったことなど知らないのだ。

恋人や深い友情をはぐくんだ者同士、揃いのアクセサリーを身につける。世界中、どこにでもある話だ。もちろんイルバス国内でも。

それに、彼の父親は宮廷画家で、母とは面識がある。なによりも王妃が死んだ日に自死している——。

これらは本当に、偶然の一致なのだろうか？

「アデールを着替えさせて、休ませろ」

アンナにそう指示すると、グレンも堅苦しい上着を脱ぐ。

ミリアムが生前に、アデールのことを突き放したわけ。

『あなたはなにも知らないから、穏便に解決できると思っているだけ』

姉妹争いをいさめようとしたとき、彼女にそう言われたのだ。

——たしかめなくてはならないことができてしまった。

姉の抱えた秘密はなんだったのか。それはミリアムが、命を落とした原因なのかもしれない。

＊

ひとりきりの夕食を終え、寝室に戻る。

（グレンはまだ帰ってこない）

冷たいベッドに横たわり、アデールはまんじりともせず目を開けていた。

昼間に会ったアダム・バロックのことが気になっている。グレンはよくある顔立ちだといったが、どうしてもはっきりさせたい。

（グレンはいない。やるなら今夜だ）

アデールはじっと耳を澄ませて、人の気配を確認した。ドアの前にふたり、バルコニーにひとり、見張りがいる。

寝室の警備は特に厳重だ。ほかの部屋に移動することにする。

走って逃げるには、体力がなさすぎる。すぐに追いつかれるだろう。

誰かを味方につけて、協力させるか。できるとしたらアンナだ。だが今度こそ彼女は屋敷から追い出されるかもしれない。ひとりでやるほかない。

「眠れないの。書斎に行ってもいい？」

アデールが呼びかけると、ドアが開いた。使用人たちは顔を見合わせる。

幸運なことに、今夜の見張りは男性ではない。最近はグレンの言う「忙しい」用事に伴《ともな》い、騎士団の人員は屋敷の見張りから減らされていた。

「奥さまの書籍は、旦那さまの指示でほとんど処分してしまいましたが」

「それにしたって、本棚《ほんだな》を空《から》っぽにしてしまったわけじゃないでしょう？」

彼女たちは不承不承《ふしょうぶしょう》従った。アデールはめぼしい本を選ぶふりをしながら、書斎を歩き回った。思った通り、ここは特に手薄だった。窓から飛び降りて夜陰にまぎれれば、外に出られないこともない。

問題なのは、結構な高さがあることと、夜の闇は自分の視界をも曇らせてしまうことだった。

「この部屋、寒いわ。それに読みたいものがない。だれか本のリストを持ってきて」

使用人たちがあわてて暖炉に薪《まき》を追加しようと、下女を呼び寄せる。本のリストはメーガスが管理している。誰かがそれを取りに行かなくてはならない。三人いた見張りのうち、ふたりはこの場を離れなくてはいけなかった。

残ったのは一番やっかいなメイド長だ。

「お菓子が食べたいわ」

「少しお待ちくださいませ」

なかなかに手強《てごわ》い。ひとりはかならずアデールを見張らなくてはならないのだろう。全員がいなくなってくれれば簡単だったのに。

「それでは、書き物がしたいわ。紙とペンを」

「机の引き出しの中に、ご用意がございます」

アデールは引き出しをあけた。中には青いインク壺《つぼ》と、羽ペンが数本用意されている。

彼女はそれらを見おろしたまま言った。

「協力してくれるなら、騒ぎにはしないわ」

「この家を出るおつもりなのですね」

「少しだけよ」

「許されることではありません」

「ここにずっといては、生きていても死んでいてもかわらないわ」

「そのようなことはございません」

交渉ごとが通じるなら、庭の散歩くらいはとっくに融通《ゆうずう》してもらえている。内心ため息をついた。

アデールはメイド長をにらみつけた。

「もう耐えられない。この家に誰も味方なんていないわ。いっそ私はここで死にます」

彼女はペンを喉《のど》につきつけた。そこではじめて、メイド長は少しばかりうろたえた。

「奥さま。落ち着いてください」

「本気よ、死ぬのは怖くない。ミリアムお姉さまが亡くなってから、ずっと考えていたことだわ」

こう言えば、メイド長がますますあわてふためく。予想通り彼女は取り乱していた。

「おやめください、奥さま」

「どんなに怒られるかしらね、あなた。ここで私が死ぬのを黙って見過ごすといいわ」

ペンを刺した皮膚《ひふ》から血がにじむ。彼女の処罰はこの時点で避けられなかった。

「誰か‼」

彼女が人を呼びに外へ出たすきに、アデールは窓をあけ、レンガ造りの壁に足をかけた。廃墟の塔で脱出を試みたことを思い出した。必死に壁のくぼみをたよりにのぼって、鉄格《てつごう》子《し》の向こうの景色をたしかめたあのころ。

足場をはずし、体がかしいだ。アデールは地面にたたきつけられる。幸いなのは、雪が積もっていて、やわらかかったことだ。外套《がいとう》もなしに雪の中へ倒れ、アデールは背筋をふるわせた。ブーツも履《は》いていない。室内用の柔らかい布靴《ぬのぐつ》と夜着だけだ。

(廃墟の塔にいたころにくらべれば、これくらいなんてことはないわ)

アデールは血がにじんだ首筋をさすった。とにかく、馬車が必要だ。行かなくては。

上からばさばさとなにかが落ちてきて、アデールは思わず顔を上げた。アンナだ。靴やら外套やら、銀貨やら、あらゆるものを降らせると、窓を閉じた。

アデールは物陰にかくれて、靴を替え、外套をかぶった。

(ありがとう、アンナ)

ことに気がついた彼女がとっさにできた手助けだった。

アデールさまは玄関口へ向かわれました、と彼女は声を張っている。時間を稼《かせ》いでもらっている間に、アデールはひっそりと裏口へ向かった。彼女を見つけ出すために、屋敷中に明かりがともされた。

明かりから、できるだけ遠ざからなくては。

アデールは物陰にかくれてしばらくやりすごしてから、ひっそりと庭へ抜け出した。たしか、庭師が出入りしている小さな門があったはずだ。そこにも警護の者がいたはずだが、一番手薄な場所だった。

用心深くのぞきこんだが、誰もいない。きっとアデールが玄関口から逃げたという嘘の情報によって、捜索にかりだされたのだ。

アデールは足早に屋敷を出た。ずいぶん時間を稼いだので、体が冷え切っている。

（フロスバ家の屋敷へ。エタンのもとへ）

彼ならすべてを知っているはずだ。確信があった。

アデールは震える足を動かした。道はわからなかったが、銀貨はある。なんとかなるはずだ。

彼の屋敷の位置ならわかる。アデールはくちびるをかみしめて、歩き出した。雪がただ静かに、彼女の体をぬらした。

＊

馬車の中で、エタンはうなされていた。

何人もの人影が、自分をとりかこんでいる。影はやがて泥のように溶け、人物の顔を浮き彫りにさせる。

エヴラール。義理の母親。ミリアム。

そして、最後の大きな影が、どろどろと溶ける。自分とそっくりの顔だった。その顔は苦痛にゆがみ、エタンの名を呼んだ。

「エタンだけよ。最後まで、母さんと一緒にいてくれたのは」

エタンは、自分の体も醜《みにく》く溶けていくのを感じた。体が熱い。このところずっと見る、悪い夢だ。わかっているのに抜け出せない。

うなり声をあげて、エタンは目を覚ました。冷や汗をかいている。

死者の夢は、エタンの精神をむしばんでゆく。

ここが現実だということをたしかめるために、エタンは窓の外に目をやった。

ほどなくして、彼は腰を浮かせる。

「止めろ」

エタンの命令で、御者は速度を落とした。通りすぎてしまったが、間違いない。彼は馬車を降りて、心細そうに歩くひとりの女をめがけて走り出した。

「アデールさま」

ずいぶん痩《や》せて、顔は土気色だった。少し前まで、可憐《かれん》な美しさで王宮の華となっていたのが嘘のようだ。彼女はしばらくぼんやりとエタンのことを見上げていたが、やがてくちびるを震わせて、彼の名を呼んだ。

「エタン」

「はやく馬車へ。どうしてこんなところで」

「馬車のつかまえかたが、わからなかったの」

アデールの手をとろうとして、彼女がなにかを強く握りしめているのに気がついた。銀貨だ。

「お願い。まだグレンのもとへは帰さないで。話したいことがあるのよ」

「大丈夫です。僕の家へ行きましょう」

アデールは安堵《あんど》したように息をついた。このまま強制送還されるとでも思ったのか。さすがにこの変わり様を見ては、そうするわけにもいかない。

アデールの安全のため、グレンをたきつけたのは自分だった。だがまさか彼女がここまで憔悴《しょうすい》しているとは思っていなかった。

彼女を馬車にのせ、外套を脱いで膝にかけてやった。ハンカチで濡れたアデールの髪をぬぐう。黄金の川のようだった彼女の髪は、かさかさに乾いている。痩せただけではない。爪や肌も荒れている。こういったものは、いくら手入れをしても、内臓が荒れてしまえば顕著《けんちょ》に表にあらわれる。

「食べていないのでしょう」

彼女に渡した外套のポケットをさぐって、革袋を取り出した。中から目に鮮やかな干しレモンが顔を出すと、アデールの瞳に涙がにじんだ。

「懐かしい」

「こんなものじゃ、たいした栄養にもならない」

「ううん……私、ずっとこれが食べたかったの。今思い出したわ」

エタンは、彼女の口に干しレモンを運んでやった。くちびるが雪のように白い。彼はアデールを自分によりかからせて、背をさすってやった。

「早く暖炉《だんろ》に当たらないと。どのくらいの間、ひとりで歩いていたのです。凍傷《とうしょう》になったら大変だ」

「平気よ。廃墟の塔ですらならなかったもの」

「……ガブリエラが、ずっと僕に訴えていました。オースナー家のお屋敷を追い出された、アデールさまが心配だと。近いうちに顔を出さなくてはと思っていた。まさかこんなことになっているとは」

「そう、ガブリエラが……。私もずっと、あの子に会いたかったわ」

アデールは目を細めた。それから重々しく続けた。

「あなたが来ても、きっと会えなかったわ。グレンは私のことを誰にも会わせようとしないの。この間ようやく、ドレス職人や宝石商と会えたくらいよ。でも見張りつき。それに、私の大事な資料や書籍も全部捨てられてしまった。あなたからもらった教科書もあったのに」

「それはひどいな」

グレンのやり方は強引だった。以前はアデールの気持ちを尊重できていたはずだが。

「……なんだかこうしていると、昔に戻ったみたいね。あなたが私のことを助けてくれた、あのとき。私はまだ十五歳だった。でも、今日はあなたの助けなしにここまで来たわよ。すごいと思わない？　結局、途中で見つけられてしまったけれど」

「しゃべらないで。少し眠ってください」

エタンはアデールの額に手を当てた。熱が出ている。手は氷のように冷たいのに、顔は焼けるように熱い。

ただでさえ栄養不足で体力がないのに、無理をしたからだ。

エタンの手の冷たさが心地よいのか、アデールは小さくため息をついた。

彼女の首元を冷やしてやろうと、エタンはあいたほうの手をアデールの細い首に添える。

「……シベール・バロックについて、なにか知ってる？」

エタンは、息をのんだ。

時が止まってしまったのかと思った。

ようやくの思いで、たずねかえす。

「なぜその名を？」

「アダム・バロックという画家に会ったの。彼、ジルダお姉さまに似てたわ。それに銀時計を持っていた。あなたが廃墟の塔で、私に見せてくれたのと同じやつよ。お母さまの形見で、ジルダお姉さまが受け継いだ。宮廷画家だった彼の父親は、ジルダお姉さまに関係のある人物なの？」

熱でうるんだ瞳で、アデールはエタンを見上げた。

エタンは、この秘密を知った者を淡々と処理してきた。エヴラールや、他にジルダの出生に疑いを持つ者たちを、革命の混乱に乗じて葬《ほうむ》った。

今、自分の手は真実を知る者の首にかかっている。

「絞めるの？」

アデールはそっとたずねた。

「……首をけがされていますね」

ほんのわずかだが、血の塊《かたまり》ができている。爪でそれをひっかくようにすると、アデールは体を震わせた。にじんだ血を伸ばすように、エタンは右手を彼女の首にすべらせる。アデールの細い首なら、いとも簡単に折れるだろう。

「おそろしいですか？」

「……あなたは理由のない行動はとらないわ。不思議ね。以前、ニカヤへ行く前にも見知らぬ男に首に手をかけられたけれど……あのときに比べれば、なにもおそろしくないわ。ふわふわした心地よ」

「……熱があるからですよ」

エタンは彼女の細い首筋をなぞって、そのまま手を下ろした。できるわけがない。ベルトラム国王の唯一の娘、太陽の加護を受け継いだアデールは、彼がずっと影ながら守ってきた。

王国を継ぐべきは彼女だ。

「ミリアムお姉さまは、どうして亡くなったの。エタンはすべて知っているはず」

「あなたは知らないで良いのです、アデールさま」

「なぜ、なにもかも隠すの」

「あなたを守りたいからだ」

「無知は人を守らないわ」

もう、彼女に隠し通すことはできない。エタンは自分の罪を告白しなければならなかった。決定的に、自分とアデールは隔《へだ》てられるだろう。

心にぽっかりと穴が開いたような気持ちだった。今まで様々な人間に永遠の別れを告げてきたが、ここまで空虚な気持ちになったのは初めてだ。

失うときになってようやく、人はそのものの大切さに気がつく。

「……あなたの疑念は、おそらくすべて真実です。アデールさま」

アデールの力が抜けてゆく。エタンは彼女の背を支えた。


アデールの視界は、うすぼんやりとしていた。

屋敷に到着すると、エタンが彼女を抱えて、客間へ向かった。使用人たちがアデールの姿を見るなり、あわてて湯や食事の準備にとりかかる。

「アデールさま」

ガブリエラだった。泣きそうな顔でアデールにかけよってくる。

顔見知りの使用人がいてよかった。思えば、フロスバ家の使用人たちはアデールが一時世話になった者たちばかりだ。

「大丈夫ですか。ひどい顔色だわ」

「大丈夫よ。ねえ、アンナはきっと心配してる。なにかしらの手段で、連絡をとってもらえない？　グレンにばれないように」

「まかせてください。あとで、アデールさまのためにとっておいたもの、たくさん渡しますから」

また役者の姿絵か。アデールは少しだけ笑ってしまった。この期に及んで、自分がまだ笑えるということに驚いた。

あなたの疑念は、おそらくすべて真実です――。

エタンの言葉を聞いたとき、強いめまいがアデールをおそった。

信じたくない。四肢《しし》が引き裂けてしまいそうなほど辛《つら》かった。

ベッドにおろされて、アデールはエタンを見上げた。彼は氷枕を受け取ると、アデールの頭の下に敷いてくれた。

厳重に人払いされた客間で、エタンとアデールはふたりきりになった。

だが念のため、彼女は声をひそめた。

「これから、どうなるの」

「しばらく我が家であなたを保護します」

「グレンが怒るわ」

ただでさえ、エタンを意識している。自分が彼の家にいると知ったら、乗り込んでくるかもしれない。

「どうとでもなる。あなたが知ってしまった事実に比べれば、些末《さまつ》なことだ」

「このこと、誰にも言ってない。でもシベールの息子にはなにもしないで。彼はきっと、なにも知らない。そうでなければ無邪気にあの時計を私の前で出すなんてできっこない」

腹違いの姉がイルバスの女王なんて、想像だにしていないはずだ。

おそらくジルダが己の容姿からかけ離れた肖像画を容認しているのも、理由があるのだ。国王には、似るはずもない。そして不幸なことに母親にも似なかった己の姿を隠そうと。王宮がいつも暗いのも。休憩時間に何度も化粧《けしょう》を直すのも。すべては、ただひとつの理由のために。

「あの息子はなにも知らないから、手出しはしなかったのですよ。国外で安定したパトロンのもとで活動していたので、安心していました。まさか偶然にもあなたの家に画家として呼ばれてしまうとは思わなかった」

アデールはほっとした。絵が完成したら、まとまったお金を持たせて、彼を遠くへやってしまおうと思った。

「シベール・バロックが死んだのは、お母さまの後を追いかけて？」

エタンはうなずいた。

「間違いないでしょう。遺書のたぐいが見つからなかったのは幸いでした。アダム・バロックは時計を持っていたのですね？　気の毒ですが、それは人をやって奪い取ります」

「……仕方がないわね」

大事な父親の遺品のようだが、彼の命にはかえられない。自分と同じように女王の持ち物を知っているものが、アダムとの関係を推測するかもしれない。彼が画家として大成すれば、よその宮廷に呼ばれる可能性もなくはない。他国で噂《うわさ》になるのが一番まずい。

時計さえなければ、まだ他人のそら似でごまかせる。

「彼の住まいは……うちの執事が手配したの」

「僕が奪い取りましょう。こういったことは、他人の手に任せない方が良い」

アデールは、エタンの手をにぎりしめた。

「……ミリアムお姉さまを殺したのは、あなたね。エタン」

彼は、しばらくしてからゆっくりとうなずいた。

アデールは目に涙を浮かべた。

そうであってほしくなかった。でも、エタンはおそらく昔から少なくない数の人を殺している。ジルダ派のなかでもっとも手際よく人を殺せるのは、エタンのはずだ。

ミリアムの存在は、ジルダのためにも、イルバスのためにもならない。そう判断したのだろう。

「あなたの大切なお姉さまを奪ってしまったこと、謝罪してもしきれるものではございません」

「イルバスを……ジルダお姉さまを守るために？」

「それもあります。でも本当の理由は違う」

「言って。これ以上なにを隠すというの。私はジルダお姉さまをおとしめるつもりもないし、あなたにもこれ以上手を汚してほしくはない」

「僕が話したことで、あなたが苦しむのが嫌なのです」

「忘れたの。あなたが破滅するときは、ベルトラムが破滅するときだって。そしてそこに、私もいる」

以前、あずまやで話したときのことだ。

エタンは言った。自分には破滅思考があると。

ただ、イルバスの内部がこんなにもろかったのだとは知らなかった。

「……あなたは、女王陛下が前国王の娘でないことをミリアム殿下が知り、脅迫《きょうはく》してきたと想像しているでしょう」

「ええ」

ジルダの父親は、シベール・バロック。信じたくはないが、母マルガ王妃との不貞《ふてい》の子だ。

ジルダと年齢の近いミリアムなら、なにか気づくところがあったのかもしれない。だが今まで、生き残った姉妹を追い落とすようなまねはしなかった。

国民派遣計画のいきちがいから、ミリアムは手にしていた切り札を使うことにしたのかもしれない。

「その考えは間違っています。彼女もまた、シベールの娘だったのですから」

「……なんですって?」

ミリアムは母親似だ。

だが国王に似ている要素も、持っていない。

「彼女は女王陛下と違い、見た目に対する引け目を持っていませんでした。ベルトラムの血を誰よりも意識し、できるだけベルトラム一族に自分を近づけようとした女王陛下に対し、ミリアム殿下はありのままに詰め寄った」

──王位継承権を持つ、本物の王女はアデールひとりのみ。

真実を知る者の口を封じ、偽物の女王になればよい。

本物は取り除いてしまえばいい、と。

「ミリアム殿下はあなたの暗殺を企《くわだ》てていました。ニカヤへ行く前にあなたを襲ったのも、ミリアム殿下の刺客《しかく》です。女王陛下が健在で、あなたを守り切れるうちはいい。でも陛下は今弱っています。必死で夫を探している。それに、グレン殿とあなたを別れさせ、ニカヤのユーリ王子と結婚させようとしています。イルバスに有利にはたらく、有能な男を手札に加えようとしているのです。ひとりで立てなくなった証拠だ。遅かれ早かれ、あなたは殺されてしまうと思った」

「……私を守るために、ミリアムお姉さまに手をかけたと？」

「そういうことになります」

アデールは声をふるわせた。

「私ひとりのために？　バルバさんは？　マリユスとジュストはどうなるの。まだ小さなふたりは、ミリアムお姉さまが唯一の母親なのよ。お父さまの本当の子でなかったとしても、彼女の命を奪って良い理由にはならないわ」

「女王陛下にとっては、ベルトラムの血を守ることが重要でした」

「なんとか、話し合って解決できたら……」

「できるわけがない。この秘密は、国家をゆるがすものです。アダム・バロックさえあなたの家にやってこなければ、漏《も》れるはずがなかった」

アデールは起き上がろうとしたが、エタンは押しとどめた。彼の腕にしがみつくようにして、アデールはたずねた。

「ジルダお姉さまは、立派に女王の責任を果たされているわ。それでもベルトラムの血が重要だと？」

「だからこそです。偽フェルシャーの呪いを、女王はいまだに信じている。本物のベルトラムの娘であるあなたを手元においておけば、自分の王権は安泰だとかたく信じていらっしゃるのです」

「ベルトラムの血が、そんなに重要なの。十年前、ほとんどのベルトラムの人間が殺されたわ。一度は見放された王朝よ。血にこだわらなくたって、正しい心を持つ者が導けば、イルバスはすばらしい国になるはずだわ」

ニカヤ国では、以前は海賊《かいぞく》をしていた一族が国主となった。それでも今は立派に国として機能し、国民が暮らしやすくなるよう、正しい政治を行っている。彼らは自分たちの血や過去にとらわれていない。

「血が重要かどうかは、僕にはわかりません」

「あなたは、お姉さまの命令に従ったの？　なぜ間違っていると教えてさしあげないの。姉妹を殺すなんて……」

「間違っているというのなら、真実を知りながら王冠をかぶったことからして、すべてが間違っている」

アデールは荒く息を吐いた。熱があがってきたようだ。

真実を知った今、自分はどうすればよいのだろう。これまで通り、女王の妹として暮らしていけばよいのだろうか。

ミリアムの殺害にかんしては、許しがたい。だが長年のジルダの苦しみと、半分はアデールを守るためだったと考えると、彼女ひとりを責めきれない。

「女王陛下に、城を去るように言いますか？」

（そんなことは、とても……）

ジルダが今いなくなれば、国はどうなる。真にベルトラムの血を引いているとはいえ、アデールは女王の器《うつわ》にふさわしいとは言いがたい。

夫のグレンに国を統治してもらうか？　現王杖《おうじょう》のエタンと一緒に。それでは今のやり方となんら変わらないのではないか。むしろ為政者《いせいしゃ》が替わることで、ますます重臣や国民たちの王室離れがすすみそうだ。

アデール自身に、はたしてついてきてくれる者はいるのか。

ジルダは国王の娘ではないかもしれないが、王女として教育を受けている。女王になるための教養もある。

エタンは、ぽつりと言った。

「間違っていても、彼女を女王にしたかった。偽物の子でも、本物として生きられることを証明してほしかった。僕もまた、偽物の子だから」

「エタンも……？」

「そして、偽物だからこそ本物に強く焦がれる。僕がミリアム殿下を殺したのは女王陛下の命令だけではない。僕がやりたいと思ったから、手を下したのです。本物は、この手で守りたかった」

エタンはアデールの額に手をふれた。ひんやりして気持ちが良い。

彼の大きな手に撫《な》でられると、不思議と子どものときに戻ったかのようだ。キルジアでは一度もこうして撫でられたことなどなかったのに。

「あなたが、偽物の子って……？」

「熱が高い。今日はここまでにしておきましょう」

「いやよ。今話して。あなたはきっと、もうこの部屋に戻ってこない。そうでしょう、エタン」

「まいったな。なんでも先読みする癖《くせ》がついてしまったようですね」

このまま眠ってしまえば、目覚めたときは彼はこの屋敷から消えているかもしれない。

アデールは声をあげた。

「アダム・バロックの居場所を教えてほしかったら、まだここにいて」

「取引ですか、僕と？」

「使えるものはなんでも使わないと、あなたをつなぎとめられないわ」

エタンはひかえめに笑った。

「そんなに必死にならずとも、大丈夫ですよ。出仕しても毎日この屋敷に帰りますし、アデールさまのお顔を拝見しますから」

「本当ね」

「本当です」

「約束をやぶらないでね」

「もちろん」

「そんなことを言って、いなくなりそうな気がする」

「信用がないな。当たり前か」

エタンはアデールの頬を撫でた。

「これからのことを、話し合いましょう。そのためには熱を下げていただかなくてはいけません」

「……わかったわ」

アデールは熱でぼうっとしている頭で考えた。

自分がのぞむことは、ベルトラム一族の統治ではない。イルバスに平和をもたらすことだ。

極端な話、革命家サリムがイルバスに安寧《あんねい》をもたらしてくれたなら、それはそれで良しと考えていたかもしれない。もちろん、両親や兄弟を殺されたくやしさは忘れることはできないが――その犠牲のもとで国民が笑顔で暮らせるのなら、自分は平和と、失った家族のために祈り続けようと。

（もしジルダお姉さまが国王の娘でなくとも、イルバスを平和にしてくださるのであれば、私はそのために精一杯力になろうと思う）

ただ、ジルダの出生の秘密を知る者はどのくらいいるのだろう。アデールにその気がなくとも、彼女を担《かつ》ぎ上げようとするものたちが現れるかもしれない。

アデールを操り、玉座を奪おうとする者が。

そのようなことになれば、この国はまた荒れる。目も当てられないくらいに。

アデールは、ジルダと争うことは望んでいないのだ。

「さあ、眠って」

エタンにうながされ、アデールは目を閉じた。夢は見なかった。ただ暗闇にぽっかりあいた穴の中に、己の意識を沈めてしまった。

＊

イルバス王宮の最奥。暖炉のそばで、揺り椅子《いす》に腰をかけたジルダが、分厚い書物に視線を落としている。

女王の私室である。

「グレンが、私の元にアデールが来ていないかとたずねてきたが」

エタンが顔を上げると、ジルダは続けた。

「お前のところか?」

「はい」

「ならいい」

「女王陛下」

言うべきだろうか。アデールが彼女の出生の秘密に気がついたと。

「なんだ？」

　書物から目を離さずに、ジルダはたずねる。

「いいえ。……アデール殿下はお風邪《かぜ》を召されているようなので、しばらく我が屋敷でお預かりしたいのですが」

「風邪くらい、自分の家で治せばいい」

「グレン殿が、アデール殿下に無理を強《し》いているようで、お帰りになられたくないと」

「そうか、好都合だな。アデール殿下も新しい夫をほしがるだろう。ニカヤへ書簡を出せ。アデールはもうすぐ独身になるとな。本人が嫌がっているなら、無理にオースナー家に帰すこともあるまい」

　エタンは、言わないでおくことにした。アデールはどのみち、王位の正統性を主張して女王になろうと考えてはいない。ただ、イルバスが平和になればいいと思っているだけだ。

　ミリアムの喪《も》は、もうすこしすれば明ける。そのときが、アデールが独身の王女としてこの王宮に戻るときだ。……このまま、ジルダ女王の王権を彼女が良しとするのなら、必ずそうなる。

「カスティアとの国境付近で、小競《こぜ》り合いが起きています。出方によっては、大きな火種になりかねません」

鉄鉱山の交渉は、エタンをはじめとするジルダの側近たちが慎重に進めたが、結局のところ決裂してしまった。カスティアは機を逃すまいと、開戦のときを待っている。

「軍を待機させろ。手前でにらみあいをさせる。あくまで開戦は避けたい。こちらからは手を出さないように伝えろ」

「御意《ぎょい》に」

さっそくグレンの出番だ。エタンは内心、気が重くなった。アデールのことを伝えるのも、婚姻の無効について話をするのもだ。

「……婚姻の無効については、私から話す」

「女王陛下」

「グレンは私の命令ならしぶしぶ納得するだろう。それに、面倒ごとばかりでお前がますます老け込みそうだからな。お前ももうすぐ三十歳か。早死にされては困る」

「お気遣い、ありがたいことです」

そういえば、そんな年齢になるのだ、とエタンは無感動に思った。

二十代のほとんどを混乱のイルバスで過ごすうちに、矢のように時間が過ぎてしまったようだ。

「ただ、家にアデールがいることにかんしては、私の命令ではないからかばえんな。王宮にあの娘をうつすか？」

「いえ、許されるならこのまま。キルジア時代に彼女の世話をした使用人が多く、我が家の方が気が安らぐようですので」

それに、彼女とはきちんと話し合わなくてはならない。

秘密を知るもの同士、口裏を合わせておかなくては。それがアデールを守るためにもなる。

「それもそうか。せいぜいグレンに気をつけるがいい」

「何発か殴《なぐ》られるのは覚悟してますよ。女王陛下、そろそろ式の段取りを決めましょう。ミリアム殿下の喪が明ければ陛下の結婚式です。アデール殿下よりも先にすませてしまうのがよろしいかと」

「お前に一任したはずだが」

「一世一代の式なのですから、陛下のお考えも取り入れたいと。僕の計画を書面に起こしましたので、目を通してください」

ジルダはエタンから書類を受け取り、「おおむねこれで構わない」と返答した。

「――カスティアとは遅かれ早かれ戦争になる。できればそれまでに、アデールをニカヤへ逃がしたい」

「陛下……」

「王宮が占領されるのを二度も経験するのは、私だけで十分だろう」

　エタンは、ややあってたずねた。

「女王陛下は、アデール殿下についてどのようにお考えなのですか？」

「どのように？」

「好きとか嫌いとか、アデール殿下に向けられるお気持ちですよ」

「今更なぜ？」

「今更だからこそ、気になったのですよ。傷つけたかと思えば、大切になさるので」

「あの娘は、誰からもそのように当たられているような気がするが」

　そういえば、そのような気もする。夫のグレンもアデールにつらく当たるが、内心は彼女のことを深く愛している。エタン自身も、アデールのことを大切に想っているが、ただひたすらに甘やかしたいとは思わない。

　それは、アデールがただ愛らしい王女というだけではないからかもしれない。

　追い詰められた局面でこそ、内に秘められた真の美しさ、気高さがにじみ出る。

　アデールには、そういった不思議な魅力があった。

　ジルダは難しい顔をした。

「うらやましいし、妬《ねた》ましいよ。でも現状、私を家族として誰より慕《した》ってくれるのはアデールだけだ。あの娘を失えば、私はたちまち孤独になる」

　彼女は姉を尊敬している。ジルダもおそらくは――そんなアデールを憎からず愛しく思っている。

「あの娘は、こちらがひどい態度をとってもまっすぐに向かってくる。ねじまげて考えたり、人を嫌おうとしたりしない。私のようなひねくれた人間は、どこまで彼女の善良さが本物であるかをためしたくなるのだ。おそらくグレンも同じだろう」

「たしかに、そのような面は僕にもありますね」

「困ったことに、あの娘の周りにいるのはひねくれ者ばかりなのだ。だから、少しばかりお前の家で休ませてやれ。このところのグレンは、仕事の面でも目に余る」

妻を屋敷に幽閉してからというもの、グレンのむらっ気はしだいにひどくなっていた。部下に当たり散らすようなことはしないものの、常にいらだった様子で、周りの人間は委縮している。このままでは大事な人材も離れかねない。

「しばらく奴を国境防衛線に送れ。アデールから引き離して、頭を冷やさせた方が良い。もうグレンとアデールの間に子は期待できない。一緒にいさせてやる必要はないだろう」

「よろしいのですか？」

「アデールが精神的に追い詰められる方が、私にとっては良くないことだ。次のベルトラムを産めるのは……」

「アデールさまだけですか。いつもそうですね、女王陛下。アデールさまはあなたを姉として慕っていらっしゃるのに。彼女は子を産む道具ではないのですよ」

「一晩かくまっただけで、情がうつったか。本当にお疲れのようだな、フロスバ公爵殿」

ジルダは皮肉った。

エタンは礼をして女王の私室をあとにする。

グレンのもとへ行かなくてはならない。

オースナー公爵夫妻にとっての、新たな試練が訪れることを伝えるために。

＊

「今、なんと言った？」

グレンは予想通り、みけんにしわをよせ、語気を荒げて怒りをあらわにした。

騎士団の訓練場でようやく彼を見つけたときには、すでに夕刻になっていた。

極秘の話がしたい旨《むね》を告げると、グレンは宿舎の中の一等室——彼の執務室に案内し、人払いをしたのだった。

そして先ほど告げた、エタンの言葉を反芻《はんすう》する。

「アデールが貴殿の屋敷にいるだと？」

「はい。ご連絡が遅くなり申し訳ございません。昨晩雪の中、とぼとぼと歩いていらっしゃるところをたまたま見つけて、保護いたしました」

グレンは、エタンのことを思い切り殴りつけた。

「妻に妙なまねをしたら許さんぞ」

口を切った。手加減というものを知らないのか、この男は。

「……心外だな。公爵夫人が雪の中、供もつけられずに屋敷から逃げ出したのですよ。あなたには心当たりがあるのではないですか？」

グレンの目の下には濃い色の隈《くま》が出ている。おそらく一晩中、アデールを探し回っていたのだろう。王宮内でもなかなか捕まらなかったのは、アデールが姉を頼って王宮にいるのではないかと見当をつけ、くまなく捜索していたからだ。

「そうか。アデールはあなたのところか。これは笑いぐさだな。本当にあなたに助けを求めにいったとは」

「……？」

「アデールは言った。俺がずっと彼女を閉じ込めるから、ここは廃墟の塔みたいだと。俺は売り言葉に買い言葉で、『なら、またエタンに助けてもらうんだな』とかえした。アデールは俺の頬を打った。たいして痛くもなかったが、彼女の顔は悔《くや》しそうで」

アデールは傷ついただろう。彼女の様子を思い浮かべると、エタンは胸が痛んだ。

「あなたなら、アデールさまを幸せにしてくださると思ったのに」

「残念だな。アデールは俺のことを好いていない」

「そのようには見えませんでした。夫としてあなたを大切に想っておいでです」

「俺がそれでは満足がいかなかったのだ、残念なことに」

「政略結婚ならば、そのようなものです」

「そこまで言うなら、なぜ俺と結婚させた。アデールを愛しているのなら、あなたがアデールをもらえばよかったんだ」

やけくそな物言いだ。エタンはため息をついた。

「僕の手は、血で汚れすぎています。それに僕はアデールさまにふさわしい生まれではありません」

「庶子《しょし》だったことを気にしているのか。そんなもの、この革命騒ぎでの活躍で帳消しにしてきただろう」

「何にせよ、女王陛下はアデールさまの結婚相手としてあなたを選び、王杖として重用しました。自覚を持って行動してください」

グレンは面白くなさそうだ。

「あなたが、どのような手を使ってもアデールを外に出すなと言ったんだ」

「確かに僕は彼女を保護するように言いました。アデール殿下の暗殺を企《くわだ》てている者がいたからです」

グレンは表情を変えずに言った。

「ミリアム殿下か」

「……ご存じだったんですか」

意外なことだった。グレンは、卑怯《ひきょう》な陰謀《いんぼう》や薄暗い話には意識的に目を向けないように、考えないようにしている性格だったからだ。

「いや、彼女が死んで気がついた。やったのはあなただ、フロスバ公爵」

「……」

「あなたは女王陛下とアデールを守るためなら、なんでもする。安心しろ、ミリアム殿下は敵が多い。女王陛下の手の者がやったとみな噂《うわさ》しているだろうが、カスティア側だって、ミリアム殿下の行動を面白く思わない者はいた。考えてもみろ、無教養のイルバス人が大量に入ってきて、迷惑をこうむるのはあちらなのだからな。奴隷《どれい》制度を良しとしないカスティア人もいる」

たしかに、ミリアムの敵はイルバス国内だけにいるとは限らない。あまりにも容疑者が多すぎて、もはや特定できそうにない。

「俺は、ミリアム殿下よりもアデールの方が大事だ。その点はあなたに感謝している。けして大きな声では言えないが」

「……ええ。ここだけにしておいてください」

残された遺族にかんしては、女王から支援をすると申し出たが、レナートはそれを辞退した。彼は妻を殺したのは、カスティア人ではなくイルバス王宮の人間だと思っている。事実そうなのだが。

「――アデールを返してくれ」

「彼女は、あなたの元に帰ることをのぞんでいません。少なくとも、今は」

「今？　俺たちが夫婦でいられるのもあとわずかだ。ミリアム殿下の喪が明ければ、女王陛下はアデールに新しい夫をあてがうだろう」

「少しはアデール殿下に自由を認めてあげてください」

「俺が、イルバスで戦ったのは生まれた国を革命家から取り戻すためだけではない。彼女を守るためだ。サリム・バルドーに、アデールを断頭台にひったてられないようにするため。――彼女を失うことは、戦うための大義名分を失うことだ」

　これから国境戦線に赴《おもむ》くように伝えるには、ずいぶんとやりづらい言葉をもらったものだ。エタンはひと呼吸おいてから続けた。

「カスティアとの国境へ向かうようにと女王陛下からお言付けがありました」

「ていの良い厄介払《やっかいばら》いか」

「戦争を起こさぬよう、見張っていてください。今回の任務はそれにつきます。見事やりとげてくださったなら、僕からも陛下に打診をいたします。あなたがたがまだ夫婦でいられるように。アデール殿下はおそらく、二度目の結婚をのぞんではいません」

「二度目ではない。最初から俺との結婚は『なかったこと』になるのだ。イルバスの歴史から、俺たちが夫婦であったことは消え去る」

それで、絵を描かせようとしたのか。まさか女王の考えた『アデールとグレンの婚姻無効』の案件が、ジルダの出生につながるヒントを掘り起こしてしまうとは、彼女も思いもよらなかっただろう。

「彼女とまだ夫婦でいたいのなら、僕の助言を素直に聞いてください」

「アデールとユーリ王子が結婚してしまえば、今度こそ自分のつけいる隙《すき》がなくなるからか？」

「違います。アデール殿下が幸せになるためです」

エタンは言葉を切った。

「廃墟の塔から出ても、彼女は僕や女王陛下の良いようにされるしかありませんでした。彼女の人生はこれからです。ベルトラムという大きな嵐でこの国を呑《の》み込み、生まれ変わらせることができる。彼女が産む子が。あるいは、彼女が。女王陛下も、内心ではそれをお望みです。小さな意地で、アデール殿下を追い詰めないでいただきたい」

グレンは、エタンをきつくにらみつけた。

「アデールの様子を、毎日確認させてもらう。あなたの口からではなく、彼女の侍女《じじょ》を通して。俺が戦線に向かい留守にする少しの間、彼女を預けるだけだ」

「そのようにいたしましょう」

グレンは気を取りなおしたように言った。

「兵はどれくらい出す。すぐそばで待機させて、相手をおどかすだけか？」

「今のところはその予定ですが、相手がどのように出るかはわかりません。こけおどしのためとは思わずに、それなりの数を出してください」

「王都の守りは厚いままにしたい。民間兵を中心に、軍を編制する」

グレンは準備にとりかかることにしたらしい。エタンも一緒に、執務室を出る。

めずらしく晴れていた。曇り空がたちこめるいつものイルバスらしくない。

このような天気は、己の内面の汚らしさを浮き彫りにするようで、エタンはあまり好きではない。

（いつからこのような繊細《せんさい》な考えを持つようになったのだか。女王陛下の言うとおり、僕も年齢を重ねたということかな）

今まで、多くの人間をこの手で葬《ほうむ》ってきた。復讐《ふくしゅう》のために。ジルダがもたらす、賭《か》け事のような希望のために。そして、本物の太陽――アデールを守るために。

「アデールさまのことは、お任せください」

エタンが言うと、グレンは舌打ちをして、背を向けた。

「実際、俺の元にいるよりも、よほど健《すこ》やかに暮らせるだろう」

アデールとは、新たな秘密を共有することになった。グレンの元に返す前に、今一度確認をしなくてはならない。それまで、彼女を手元に置くだけだ。

ミリアムを手にかけたエタンを、アデールは拒絶すると思っていた。だが彼女はそうしなかった。したいけれど、できない。そのような感情が、手に取るようにわかった。

それだけ自分の存在が、彼女にとって大きなものになっていたことを、エタンは知らなかった。

エタンは、グレンと別れて足早に歩き出す。あふれるほどの干しレモンを用意しよう。傷ついた王女をなぐさめるため、エタンにできるのはその程度のことしかない。己の無力さを自覚する。

エタンの罪ごと受け入れようとするけなげなアデール。彼女の憂《うれ》いを帯びた表情を思い浮かべると、胸が痛んだ。

＊

エタンが約束通り客間に顔を出すと、アデールはほっとした。

「帰ってきてくれたのね」

「ええ。約束しましたから。……今日は、少しは調子が良さそうですね」

アデールの熱は下がり、顔色はずいぶん良くなっていた。相変わらず食欲はわかなかったが、スープとほんの少しのパンは口にできた。

起き上がろうとすると、エタンはそのままでいいと言った。

ベッドに腰をかけたエタンが、革袋をよこしてくれる。干しレモンを取り出して、アデールは口に含んだ。口いっぱいに、酸《す》っぱい爽《さわ》やかさが広がった。

これを食べると、ようやくすっきりと呼吸できるような気がする。どんな薬よりも気分が良くなる。

「グレン殿と話をしてきましたよ。彼はこれからカスティアとの国境戦線に向かわれます。それまでの間、僕にアデールさまを預けるとおっしゃっていました」

「本当？　良く納得したわね」

「女王陛下の命令にはさからえません」

アデールは、用心深くたずねた。グレンが快《こころよ》く、フロスバ家の屋敷に世話になることに許可を出すとは思えない。

「でも、エタンの屋敷でなくともいいはずでしょう。王宮ならまだしも。だって、グレンはエタンのことを……」

「僕のことを？」

「ごめんなさい、なんでもないわ」

余計なことを口走るところだった。干しレモンに手をのばそうとして、手首をつかまれた。

「教えてください」

「アンナが言うには……グレンはあなたを、意識してるって」

「気色悪いな」

「そ、そういう意味じゃないわよ、もちろん」

「冗談ですよ」

エタンは人を食ったような笑みを浮かべている。アデールはため息をついた。

「私とエタンが仲良くすると、嫉妬《しっと》するのよ」

「いい気分はしないでしょう。妻や恋人を持つ男なら、誰でも。あなただって、グレン殿が親しくしてる女性がいれば、そう思いませんか?」

アデールは考えてみたが、自分がどのように感じるかはわからなかった。ガブリエラが、グレンは宮廷の女性たちに人気があると熱心に語ったときすらも、それを事実として認識しただけのような気がする。

「女性の友人がいるのは……別に悪いことではないわよね、きっと」

「グレン殿がじれるわけですね。いいでしょう、このことはもうお伺《うかが》いしません。あなたは僕のことを、どう感じておいでですか?」

「私が？　エタンのことを？」

「このまま、僕の屋敷にとどまってもいいとお思いですか？　あなたの姉君を殺した男と」

アデールは言葉に詰まった。だが、真摯《しんし》に答えた。

「あなたがしたくて、したことではないわ」

「ですが、殺したことは事実だ」

「やらなければ、誰か他の人間が手を下したのでしょう。殺人という罪を憎んでも、あなたという人間を憎まないわ。……いいえ、きれいごとね。ただ私が憎みたくない、それだけなのだから」

アデールは、革袋を指でもてあそんだ。

「大事な人を失ってばかりいるの。私はミリアムお姉さまと、ジルダお姉さま、三人で仲良く暮らしていきたかった。でもきっと、真実を知るふたりからしたら、できっこなかったわ。夢ばかり見て、陰で誰かに守られているだけで、情けないわね」

「アデールさま」

「きっと、ミリアムお姉さまのことにかんしては一生、許せそうにない。なぜ私に真実を伝えて相談してくれなかったのか、ずっと考えていた。あなたは相談なんてできないと言ったけれど、殺す以外にも、方法はあったんじゃないかって。そして答えは出たわ。相談するに値しなかったから……言ってもらえなかったのだと。この件は、私にも責任がある」

「そのようなことは、けしてありません」

「いいえ。誰が国を治めるにふさわしいか、考えてみて。もし最初から私にその器《うつわ》があったのなら、このような悲劇は起きなかったはずだわ」

ジルダは王位に執着していたかもしれないが、もしアデールが彼女以上に優秀な女傑《じょけつ》であったなら、生まれを理由に彼女に王冠を譲《ゆず》ったかもしれない。

そうすれば、ベルトラムの血を引く自分が正統な継承者として国を継ぎ、すべてがまるく収まった。姉たちは相談役として国のために力になってもらうこともできた。

ふたつの嵐を呑み込む、大きな嵐になることができていたなら。

エタンは首を横に振った。

「女王陛下とあなたは年齢も離れているし、廃墟で育ったあなたと実力が違って当然です」

「取り返す機会はいくらでもあったわ。私は気づくのが遅すぎた。グレンがけがをして、ようやく変わろうと思ったのよ。ミリアムお姉さまを殺してしまったのは、あなたでもあり、ジルダお姉さまでもあり、私でもある」

「あなたは無関係です。すべては僕が勝手に動いたこと」

「罪をひとりで背負わないで。あなたは、自分が偽物の子だと言ったわね。私はあなたがどんな人間でも構わないわ。私欲のために人を殺したりしないということは、長い付き合いでもうわかっているもの。だから……もう二度とこんな風に罪をおかさないと誓って。

私のためになんて、なおさらだめよ。私から、お姉さまから離れないで。この国のために生きて」

アデールはいつのまにか、泣きじゃくっていた。これ以上失うばかりはたくさんだ。誰かひとりでも、自分の手で守らせてほしい。

自分のあずかり知らぬところで世界はまわる。そして世界は、アデールの大事なものを無残にも粉々にしてしまう。

「私は……お姉さまが不安定になっているというのなら、支えるわ。生まれなど、私は重要視していない。女王になるために努力してきたお姉さまが、王冠をかぶるべきよ。でもだからといって、無関心でいてほしいとは言わないで」

彼女は、うるんだ緑の瞳でエタンを見上げた。

「無関心な平和主義者は、おしまいよ。エタン」

「……そうですね。あなたは変わった。もうそのようなことは言いません」

無関心な平和主義者でいてください――出会ったばかりのころ、エタンは冷たくそう言ったのだ。

「私はミリアムお姉さまのために、祈り続けるわ。そしてイルバスの平和のために、ジルダお姉さまの手を取る。私が真実を知ってしまったことは――私とエタンだけの秘密にしておいてほしいの」

もちろん、他の誰にもこの秘密を言うつもりはない。エタンはたしかめるようにして口を開いた。

「女王陛下の出生については、知らないふりをするということですね」

「知ったとわかればお姉さまは動揺《どうよう》するわ。なにも言わないでほしい」

「かしこまりました」

「そして、今後お姉さまの出生についてなにか問題が起こりそうなら、相談してちょうだい。私でもなにかできることがあるかもしれない。——いいえ、なんとかするわ。そうなれるように、努力する」

アデールの覚悟は決まった。この国の表も裏も、どちらの局面も見つめてゆく。イルバスを治めるのはベルトラムでなくとも良い。ただ、この国を荒らす者は排除していかなくてはならない。

「聞かないのですね」

エタンは、アデールの口に干しレモンを運びながら言った。

「偽物の子のことを」

「話したいなら聞くわ。でも本当に、私はあなたが何者でも構わないのよ」

「……僕が庶子《しょし》だという時点で、だいたいは想像がついているでしょう」

「もしかしたら、あなたもジルダお姉さまと同じ立場ではないかということ？」

エタンは母親似だ。そしてその母親は、前フロスバ伯爵に無残にも捨てられた。

フロスバ伯爵の足が遠のく前、彼女は甘い声をかけてくる男の手をとっていたのだった。

「本当のところ、どちらかはわからないそうです。あなたの姉君たちと違い、はっきりと恋人との逢瀬《おうせ》の時期が分かれていたわけではなかったので」

エタンが優秀だったため、フロスバ伯爵は自分の子として迎え入れた。だが父親がはっきりとわからないというのは、エタンは母親から聞いていた。

「父がなかなか顔を見せなくなって、寂しくてつい、と言っていました。なぜ死ぬ間際になって、どこの母親もぽろりと、墓まで持っていくべき事柄を口からすべらせてしまうのでしょうね」

懺悔《ざんげ》をしたかったのだろうか。それが新たな苦しみをもたらすと知りながら。

エタンの母親は、もとはフロスバ家の下女だった。下女といえど、美しかった。本来なら雇い主の前に姿を現すことすら許されない身分の者だったが、偶然が重なり、フロスバ伯爵は彼女を見初《みそ》めた。

下女から姫君になるのに、時間はかからなかった。息子を産み、フロスバ伯爵から多額の金をせしめたが、それを当然良く思わないのは正妻とその息子だった。別宅へうつされた彼女への嫌がらせはひどく、どこへ行ってもエタンの母親は敵だらけだった。

頼みの綱《つな》のフロスバ伯爵は、しだいに彼女に興味をしめさなくなった。フロスバ伯爵が内緒でこしらえた借金を返済するため、知らないうちに家は他人の手に渡り、親子は路頭に迷うことになった。

彼女は道ばたでぼろ雑巾のようになって死んだ。

「僕がフロスバ家に入ったのには、理由があります。ひとつは、母親を失い、食うに困ったから。もうひとつは、出来の悪い兄のスペアとして。そして――母を死に追いやった者たちに、復讐《ふくしゅう》するためです。『絶対に、あの家の者たちに復讐をしてほしい』それが母の遺言《ゆいごん》でした」

エタンはその遺言を忠実に守った。

もはや、肉親だと確信できたのは、自分を産み落とした母親だけだったからだ。

「初めは、家督を奪ってやればそれで良いと思いました。でも、王杖《おうじょう》として生きるうちに、フロスバ家の者たちが厄介《やっかい》になってきた。一番の原因は、兄のエヴラールが、女王の出生の秘密について知っているとほのめかしたことです」

秘密を知った兄と、彼に味方する義母は、イルバスのうら寂しい田舎《いなか》で死んだ。

父親は、エタンが自分の子ではないかもしれないという事実を知らぬまま、得意げに余生を送っている。

（エタンの家族は、やっぱり彼が殺したのね。でも手にかけたのは……結局、お姉さまの出生の秘密を守るためだった）

家督を奪った時点で、彼の復讐は完了していたはずだ。

ひとつの嘘は、積もり積もって大罪となってゆく。

「あんたは、勉強しなくちゃだめよ。それが母の口癖《くちぐせ》でした。私みたいになっちゃだめ。だって今でも、前に進むことができない。フロスバ家の全員を殺したいと思ってる、と。身分さえあれば。本物の貴族の血さえあれば、すばらしい人生が歩めたに違いない――本当にそうでしょうか？」

「エタン……」

「高貴な血は、幸運を運んでくるのでしょうか。僕はずっと、それが知りたかった」

「だから、ジルダお姉さまを女王にしようとしたの？　あなたはただ盤上を見守るだけだと言った」

「高貴な血がなくとも、苦しみを絶やすことができるのか。それを知りたかった。とてもわかりやすかったですよ、偽物と本物、両方の王女が僕のすぐそばにいた」

自分は、本当はここに立って良い人間ではない。

エタンはずっと考え続けてきた。

足場が揺らいで、奈落の底へと落ちてゆく。ジルダもエタンも、同じ苦痛を味わっている。

「あなたは簡単に、血など関係ないと言う。それは正統な血統を受け継ぐ者の言葉だ。持つ者の励《はげ》ましは、持たざる者を傲慢《ごうまん》に傷つける」

「でも、私は本当に……ふたりがイルバスに必要な人間だと思っているわ」

「そのような発言をして、ミリアム殿下は反発なされた。そうではございませんか？」

アデールは口ごもった。そうとは知らずに、人を傷つけていたのかもしれない。

ミリアムは、アデールのことが嫌いだと言った。それは、唯一国王の血をひくアデールの発言に神経を逆なでされたからではないのか。発言だけではなく、これまでアデールのとってきた行動すべてが、ミリアムにとっては辛《つら》いことだったのかもしれない。

「これはただ、受け止める側の問題です。あなたの言葉は間違っていません。人を励まそうとする心ばえも伝わります。ただ、知っていただきたいのです。まっすぐな言葉を、素直に受け入れることのできる人は、とても少ないのだと。あなたが真実を口にすればするほど、必死にごまかしてきた闇が浮き彫りになる人間もいる」

「もし私が、正統な血統を受け継ぐ者だというのなら、エタンやお姉さまが抱えるその闇ごと、受け入れたいわ」

どうあっても生まれが変えられないのなら、受け入れるしかない。

本人が受け入れられないのなら、身近な自分が受け入れる。

「生まれなど気にならなくなるくらいの絶対的な居場所を、見つけてもらいたい」

「アデールさま」

「あなたと一緒に罪を償《つぐな》うわ。考えましょう。ジルダお姉さまが、良き女王になるように。あなたがすばらしい王杖になるように」

失った者は取り戻せない。

それならば、歯を食いしばって前に進むほかない。

だが、アデールの言葉を受けたエタンがかえしたのは、けして前向きな返事ではなかった。

「あなたに何も知られずに、消えてしまえたらよかった」

エタンは、傷ついたように笑っていた。

彼が罪を重ねたのは、自分のせいだ。今までそれに気がつかず、のうのうと暮らしていたのだ。それがたまらなかった。

アデールは身を乗り出して、彼を抱きしめた。枯れ枝のように細くなってしまった自分の腕では、ただ彼にしがみついているようにしか見えないだろう。それでも、そうせずにはいられなかった。

「言葉を重ねても、ただあなたを傷つけるだけね。わかってる。でも」

続きは言えなかった。エタンがアデールの背に腕を回し、きつく抱きしめたからだ。泣いているのかもしれないと思ったが、彼の顔は見なかった。

柔らかい栗色の髪をかき抱いて、アデールはじっとしていた。

アデールは、ガブリエラを伴《ともな》ってフロスバ家の屋敷を出た。

フロスバ家の使用人たちの献身的な看病のおかげで体調も良くなり、ふらつかずに歩けるようになった。いつまでもエタンの屋敷で世話になるわけにもいかない。

失った時間を取り戻すのだ。

ガブリエラは、心配そうにたずねる。

「大丈夫ですか？　旦那《だんな》さまと直接お話なんて……」

「私の夫よ。避けては通れないわ」

ここで避けては、新婚当初のときと変わらない。

グレンとの婚姻を無効にするという案を、アデールは良しとできなかった。国の都合で別れさせられた恋人や夫婦たちは過去にも存在しただろうし、ジルダの考えもわかる。

だがアデールは、姉になんとか気持ちを伝えてみようと思っていた。

ジルダはおそらく、エタンの言うとおりかなり不安定な状態になっている。己の立場と末の妹を守るために中の妹を殺し、すぐにも戦争が始まろうとしている。八方塞《はっぽうふさ》がりだ。

（ミリアムお姉さまと手をとることは叶わなかった。このままではいけないわ。この状況

で私がニカヤへ行っても、満足な支援が得られるとは限らない。すべてを順に、解決していかなくては）

アデールはこぶしをにぎりしめる。

その前に、会うべきは戦地へ向かう夫だった。

屋敷の玄関口で、執事のメーガスをはじめとする多くの使用人に迎えられた。奥から進み出たアンナは、アデールの前で深く礼をした。

「お帰りなさいませ、アデールさま」

「アンナ、心配をかけたわね」

彼女のとっさの手助けがなければ、凍傷《とうしょう》をこしらえていたかもしれない。

「ご無事にお帰りいただきなによりです」

「グレンは？」

「旦那さまの私室にいらっしゃいます。もうすぐカスティアとの国境付近へ向かわれるので、お支度《したく》を……」

アデールはうなずくと、グレンのいる部屋に向かった。

彼は、窓辺から外の景色をながめていた。どんよりとした曇り空から、わずかな陽の光がさしこんでいる。

グレンはまぶしそうに目をすがめた。

「帰ったのか」

窓ガラスにうつしだされた妻の姿を見て、彼はふりかえらずに言った。

エタンの屋敷にいたのはほんの数日のことだったが、とても久しぶりに感じた。

「二度と、俺の元へは戻ってこないと思っていた」

「王宮へ戻ります。お姉さまの……イルバスの力になるために」

「そうか」

「――エタンにお願いしました。婚姻無効の件は、考え直していただくようお姉さまにとりはからってほしいと。私の口からもお断りしようと思うの」

「陛下はあなたの言うことなど聞かない」

「正直なところ、ニカヤとのつながりを深くするためならユーリ王子との結婚は有効な手段になる。でもお姉さまの目的は、戦争を耐えるためにニカヤとつながるのではなく、私を逃がすためらしいの。そんな結婚は、今のイルバスにとってあまり意味がないわ」

ベルトラムの血を守るため。ジルダは血に執着している。

「それに、結婚したときあなたは言ったわ。私を守ってくれるって。もう寒い思いもひもじい思いもおしまいだって」

「アデール」

「なら、あなたと結婚したままがいいわ。でも私は、この屋敷でじっとしたままではいられない。あなたやお姉さまや、なにより国民を守るために……国内でやるべきことをやります。もし本当に、ベルトラムの一族が誇り高き王族なのだとしたら、肝心《かんじん》なときに他国に逃げこんでいる場合ではないわ」

グレンは深くため息をついた。

とても長い間をおいて、彼はつぶやいた。

「……意地になっていて、すまなかった」

「グレン」

「あなたを誰かにとられてしまうのが、たまらなく嫌だったんだ。いつか俺に従順になって、俺だけのアデールでいてくれると思っていた。でも、もう無理だな。あなたは俺の妻である前に王女で、ベルトラムの女だ」

彼は振り返り、アデールの方を見た。目の下には隈《くま》をつくり、精悍《せいかん》だった顔立ちに疲れの色をにじませている。

「押さえつけるなどはじめからできないことだった。もう俺は、あなたに対してあれこれ口出しはしない。ただ……無事でいてほしい。俺より先に逝《ゆ》くな」

「なにを、不吉なことを……」

グレンはこれから戦線に赴《おもむ》くのだ。本格的な戦闘ではなく、あくまで威嚇《いかく》のために軍を動かすというが、必ず無事に帰ってくるという保証もない。

「絵の完成を待てなかったのが残念だ」

「帰ってきてから、アダムをまた家に呼びましょう。きっとあなたが帰っても、私たちは夫婦のままだわ」

グレンは返事をしなかった。彼はこのカスティア戦を、かなり厳しく見ているようだった。

「こんなことは言いたくはないが、いざとなったら、エタンを頼れ」

「グレン……」

「あれは信用ならない男だが、あなたを見捨てることはしないだろう。あなたをかばい、助けになってくれる……」

アデールは、力のない笑いをこぼした。

「同じようなことを、結婚前にもエタンから言われたわ。グレン殿を頼りなさいと。あなたは私のために盾になってくれるって……」

仲が悪いはずなのに、どうしてだろう。同じ王杖《おうじょう》同士、人となりも仕事ぶりも互いによく見ている。心のどこかで、互いのことをよくわかっているのかもしれない。

グレンはあからさまに嫌な顔をした。

「それは、あちらの期待はずれになったようで残念だ」

「……あのとき私は、あなたに人生を預けようと思った。でもこれからは誰かによりかかることはしないわ。人は、ひとりぶんの人生しか背負えない。誰かのためになろうとしても、心が別にあるかぎり、その人の苦しみを背負いきることはできないから」

ジルダの苦しみも、エタンの苦しみも、アデールが寄り添おうとすればするほど、隔《へだ》たりが生まれてしまう。きっとグレンの苦しみもそうなのだろう。

「変わらず私がそこにあるということを、今度はわかってもらいたい。あなたが帰ってくるイルバスに、私はいるわ」

ニカヤにも、ユーリ王子のもとへも行かない。イルバスが地獄の炎に包まれ、雪が溶かされても、アデールはあの城にとどまるつもりでいた。

「あなたの帰還を待っているわ、グレン。春になったら一緒に狩りに行きましょう。それまで、銃の腕をあげておくわ」

アデールはグレンの手をとった。

グレンは、自分の指を彼女のそれに絡めて、ぎこちなくくちづけをした。婚礼の儀式のときのことを思い出した。あのときグレンは、今と同じように緊張していたようだった。ただ、アデールは当時とは違っていた。もうエタンの作った台本もなく、そばに姉たちもいなかった。

彼女はグレンに体重を預け、彼の体温をたしかめた。生きている。一度は失いかけた命だ。エタンの言葉通り、グレンは命がけでアデールをかばった。

勲章のような眼帯にふれると、グレンが身をかがめたので、アデールはそこにキスをした。

「お城で待ってる。もう一度、迎えに来て」

夫婦でいるかぎり、命がある限り、自分たちは何度でもやりなおせる。

グレンは小さくうなずいた。

オースナー家の使用人たちは、忙しくたち働いた。グレンもアデールも、どちらもこの屋敷を離れることになり、一度に大がかりな荷造りが必要になったからだ。

「アンナとガブリエラは連れていきます。他の者は、留守宅を守ってください。私も週に一度は様子を見にまいります」

「かしこまりました、奥さま」

アデールは、王城を見上げた。暗くうすぼんやりとした、灰色の城。

あの場所には、女王が孤独にうち震えている。

「待っていて、お姉さま」

切れかけた絆《きずな》をつなぎとめるため、アデールは力強く一歩を踏み出した。

# 第四章

グレンが発《た》ったのち、王宮ではジルダの婚約者となったオリバー・ラッセン伯爵を迎える準備をしていた。

ラッセン伯爵は革命時にイルバスを出て亡命していたが、親戚《しんせき》筋を頼りに大陸を転々とし、最近になってイルバスに戻ってきた。婚約者候補の中では亡命時代に作った秘密財産がもっとも豊富なこと、各国への強いパイプを持っていることで彼が選ばれた。

また、そうそうにイルバスに戻ってきた面々と違い、王位を簒奪《さんだつ》しようという野心がうすかったこともエタンのおめがねにかなったところだった。

「遅い」

女王はラッセンの到着をいまかいまかと待ちわびていたが、知らせはまったくおとずれていない。

ジルダが謁見《えっけん》の間に入ってから、しばらく経っている。

「約束の日付を誤って教えたのではないか？」

「そのようなことはございません。何度も使者とやりとりを交わしました」

エタンの答えに、ジルダのいらだちは目に見えてひどくなる。

イルバスの王宮で女王を待たせる者など誰ひとりとしていない。ラッセンはいったいなにをしているのか。

「大変です、女王陛下」

もんどりうつようにして現れたのは、女王にラッセンをすすめたジルダ派の貴族のひとり、アサル伯爵であった。

「申し訳ございません。ラッセンは火急の事態により、イルバスを離れるとのことで……」

「なんだと？」

「屋敷まで彼を探しに行ったら、置き手紙が一枚……」

アサル伯爵が震える手で差し出した手紙を、エタンはひったくった。

「ひどいな」

「つまり、なんだ。私とは結婚したくないと？」

「女王陛下に問題はございません。ただ単に、命が惜しくなったようですよ。カスティア兵に殺されたくないようです。捜索に兵を出しますか？」

「……そんな者を追うために人員を割くくらいなら、ひとりでも多く国境警備に送れ」

女王は、深くため息をついた。

「アサル伯、下がれ。しばらくお前の顔は見たくない」

「陛下、真に申し訳ございません。ただちにラッセンを連れて参ります。このようなことになるとは私も露とも思わず――」

「早くつまみだせ」

侍女《じじょ》たちが乱暴にアサル伯を押し出してしまった。かたく扉を閉じて、鍵《かぎ》をかけてしまう。

ややあって、エタンは口を開いた。

「なに、ただラッセンに意気地《いくじ》がなかっただけのこと。次の候補に声をかけましょうか」

「私はいい笑いものだ」

ジルダは頭を抱えた。

「アサル伯には口止めをいたします。侍女たちは口のかたいものばかり……」

「なあ、エタン。これは呪いか？」

「お前たちは下がれ」

呪いのくだりを聞かれるのはまずい。エタンは侍女を追いやった。

「偽フェルシャーと同じ呪い。ベルトラムでない者が玉座に座るとどうなるか。歴史はこりずに繰り返されているというのか？」

「ご安心ください。そのようなものは迷信です」

本当に迷信かどうかは、わからない。ただ力強く否定することがエタンの役目だった。疑心暗鬼になる女王を、落ち着かせることが。

「このまま戦争になれば、我が国に勝ち目はあるか？」

「わかりません。兵の数はこちらが勝っていますが、カスティアは資源が豊富です。長期戦に持ち込まれれば、兵たちは消耗《しょうもう》します。万一のことを考えれば、短期決戦で仕掛けるほかないかと」

そのための国境防衛戦だ。こういった局面において、グレンは判断を誤らない。

「もし開戦となったら、アデールの結婚は間に合わないな。ミリアムの喪《も》が明けるまで律《りち》儀《ぎ》に待ってやる必要などなかったか」

「女王陛下。アデール殿下は、ユーリ王子との結婚は拒否なさっています」

「あの娘に拒否権などない」

「自分を守るためだというなら、そのような配慮《はいりょ》は無用だとのことです。この王宮で、女王陛下のそばにいたいと」

姉妹たちをからめとる、罪の鎖。アデールはそれを承知で、王宮に戻ろうとしている。

来訪者を告げる鐘が響いた。

エタンは、誰がこの場に現れるのか、すでにわかっていた。

扉が開かれ、金色の髪の王女が深く礼をする。

噂《うわさ》の王女、ジルダの妹姫だ。

「……お姉さま。不肖《ふしょう》の妹ですが、おそばにおいてください」

「痩《や》せたな、アデール。みすぼらしくなった」

「お姉さまも、お疲れのようです。ラッセン伯の件ですか？」

ジルダは片眉《かたまゆ》をつりあげる。

アデールは息もつかずに続けた。

「そのようなつまらぬ男、お捨て置きください。ここは女王のおさめる国。私が最後まで、おそばにおります。――ベルトラムの名に懸《か》けて」

＊

イルバス王宮に暗澹《あんたん》たる空気がたちこめていた。

カスティアとの国境線で、開戦のしらせが届いた。それを合図にするように、ひとり、またひとりと貴族たちは国を去る準備を始めた。二度目の亡命、手慣れたものだ。

女王体制は事実上の崩壊状態だった。エタンがなんとか残った貴族をとりまとめ、監視の目をつけることで保っていた。

貴族の夫人たちのティーサロンでは、不穏な話題がのぼる。

「私たちは、いつ逃げる？」

「やっぱり逃げなくてはいけないのかしら。うちは子どもが小さいのに、長距離の移動なんて……」

「だって、カスティア兵が攻めてきたらどうなるの。私たち、奴隷《どれい》にされるかもしれないわ」

「それはミリアム殿下が亡くなって、立ち消えになった話じゃ……」

「戦争に負けたらどのみちそうなるわよ。まだ財産が残っている今のうちに、船を持っている者に声をかけた方が良いわ。カスティア国がほかの国を味方につける前に。戦争に負けて国を失ってごらんなさいよ。イルバス人だとわかったら、どこへ行っても殺される可能性があるもの」

「子どもたちを守るためよ」

「みなさん」

アデールが声をかけると、ひそひそと噂話をしていた夫人たちはぴたりと口をつぐんだ。いつのまに、サロンにやってきたのだろう。アデール来訪の知らせはなかったはず。夫人たちは息をのんだ。

「あら、アデール殿下。まさかお会いできるとは……」

「お久しぶりですわ。心労がたたって、体調を崩されていたとお聞きしておりましたが……お体はもうよろしいのですか？　お菓子は召し上がれます？」

「誰か、殿下にお茶を」

あわてて取り繕《つくろ》おうとするが、もう遅い。

アデールはにこやかに笑って、たずねた。

「ありがとう。体はすっかり良くなりました。ところで、その船をお持ちのお知り合いの方、私に紹介してくださらないかしら」

「あの……」

「食料の調達が必要なの。戦地に届けないと。途中まで海路を使えば、すみやかに前線の兵に届けることができます。できたら、女手もいります。まだ研究段階ですが、野菜を粉にして、パンの代用食にできるのです。使用人を融通していただくことは可能でしょうか？　ここに残るなら破格の給金を払いましょう。私の財産は、できる限り処分いたしましたので、元手はあります」

王宮で世話をしていた畑は、残った世話係の者たちが手探りで献身的な世話をしてくれたため、無事だった。イルバスの気候でも強く育つジャガイモを粉にして、パンの代用食とする。すぐに発芽《はつが》させることは無理だが、広大な土地にいっきに種をまくのに人手が必要だった。

当面のところはまだ食糧が尽きる心配はないが、カスティアは必ずイルバスの弱いところをついてくる。イルバス人は頑健だが、なにしろ生産力が圧倒的に足りない。武器や弾薬だけでなく、食糧も包帯も、清潔な衣服もだ。

船の件はニカヤのマラン国王にも、援助を願う手紙を書いた。だが期待はしていない。彼にも守らなくてはならない国民がいる。

「王宮を去るのなら、とめだてはしません。ただ海路を切り開くことだけは、ご協力願いたいわ」

「アデールさま、私たちは……」

「おそろしい思いをなさっているのはわかります。恨み言なんて言わないわ。子を守るのは母親の役目ですもの。残される領民たちがいるなら、私が面倒をみます。これまで姉に尽くしてくださり、ありがとうございました」

戦争の判断は、グレンとジルダに。アデールが引き受けるのは、国民を飢えさせないようにすること。

（教育方面は、結局後回しになってしまいそうね……）

助かる命があるなら、送り出すべきだ。

夫人たちは顔を見合わせた。

「あの……アデール殿下。その手は？」

アデールは自身の手を見下ろした。いけない。爪の間に入った土を、よく洗い落とせていなかったらしい。手早く着替えたはいいものの、ばたばたしていて手袋を忘れていた。

「お恥ずかしいわ。実は食糧確保のために、試行錯誤《しこうさくご》しているんです。これはさっき、その畑で」

収穫した野菜や葉の様子を調べ、もっと肥《こ》えた作物をどう作るべきか、研究していた。

サロンのすみにいた、少女がひとり進み出た。

「……私、お裁縫《さいほう》はあまり得意ではないですが、包帯なら縫《ぬ》えますわ」

「マーガレット。なにを言うの」

彼女の母親は、目をつりあげている。

「私、アデール殿下と同じ年に生まれました。私が亡命先の邸宅であたたかい毛布にくるまれているころ、殿下は廃墟の塔にずっと閉じ込められていた。同じ年に生まれ、同じ国に育ちながら……もし私と殿下が生きてイルバスの王宮に戻ることがあれば、なにか少しでもお役に立ちたいと思っていましたの」

勇気をふりしぼった彼女は、声を震わせている。アデールはマーガレットの手をとった。

「そんな……お心遣い、本当に感謝いたします。でも私とご自身の人生を比べてはだめよ。ひとはみな、ひとりの人生しか生きられないのだから」

「もしかしたら、最後までイルバスには残れないかもしれません。守りたい家族がいるから。でもそれまでは、殿下のために微力ながらお手伝いをいたします」

ジルダの代わりにサロンの中心となる、ベルニ伯爵夫人はずっと黙って女性たちの言葉に耳を傾けていたが、やがて扇《おうぎ》を閉じた。

「さすがに次に逃げたら、もうイルバスには戻ってこられそうにありませんね。……私、この王宮が好きでしたわ。若い頃は、他国にくらべて暗いとか、華やかでないとさんざん思いましたけれど、この曇り空や雪景色も趣《おもむき》があって美しいと。イルバスが戦争に負けるのは先代でもあったこと。次に負ければ、イルバスの国民は戦争の生け贄《にえ》として大陸中の国から包囲されてしまうでしょう。イルバス人の入国が規制されるのは時間の問題。どのみちもう逃げ場はないのかもしれませんね」

「ベルニ伯爵夫人」

「王女が手放せるものをほとんど手放してまで、国民を守ろうとしているのですもの。私たちの領民くらいは、私たちで面倒をみなくては」

彼女の言葉に、迷っていた夫人たちは顔を見合わせる。

「そうよね」

「亡命先で入国を拒否されるくらいなら、領民をひとりでも生かす方法をとった方がいいわ」

「うちにはまだ、サリムたちが残していった武器をとっておいてあるのよ」

「みなさん、ですが」

アデールはうろたえた。

「アデールさま。私たち、一度はイルバスを離れました。戻ってこなかった貴族たちもいます。生半可な覚悟で国に帰ってきたわけではなくてよ」

ベルニ伯爵夫人の号令で、サロンに裁縫箱が運び込まれた。もくもくと包帯や衣服を縫う彼女たちに混ざり、アデールも無心で針を動かした。

＊

開戦、一ヶ月。

もっとも恐れていた事態となった。

小競《こぜ》り合い程度だった争いは、グレンの率《ひき》いる軍隊が到着するまでに、本格的な戦争となっていた。にらみあいで済ますつもりが、時はすでに遅かったのだ。

大砲は尽き、弾も残り少ない。弾切れをおこした兵は重たい銃剣を背負っているにもかかわらず、石つぶてを投げて応戦するという始末だった。銃剣がある者はまだいい。戦うための装備が整っているのは階級を持つ兵士だけで、民間兵は弓や切れ味の悪い剣しか持たされていなかった。

人数では勝っていても、じゅうぶんな備蓄もないのだ。

「無理をするな。けが人は下がっていろ」

肩を負傷した兵士に声をかけ、グレンは馬を走らせた。

できるだけ、血を流さないようにすること。傷口から病気を発症しないようにすること。感染症のたぐいはとくに危険だった。衛生面には気を遣うよう指示を出しているが、末端の兵はそのようなことに構う余裕がない。

カスティア戦は長引いていた。もともとこの戦は、短期決戦が勝利の条件だった。ひと月以上もすれば、イルバス兵はみるみる減ってゆく。

（ついに餓死者《がししゃ》が出た。今夜を最後に、撤退《てったい》するほかないだろう）

撤退命令をくだすのを、グレンは迷っていた。兵を引けばカスティア側にイルバスへの進軍を許してしまう。残った者たちは負けた記憶を引きずりながら王都の守りに入らなくてはならない。

だが、兵の体力も限界だ。

民間兵の部隊には食べ物がまわってこないことも多く、草や木の根を食べ、下痢《げり》をもよおした。体力のない兵士はそれが原因で死ぬこともある。

グレンは周辺の村から物資をできるだけかき集めたが、それでも追いつかなかった。もともと食糧難のイルバスだ。弾よりもパンがないことが、兵の気力を削《そ》いだ。

負傷して動けなくなる者、感染症で戦えなくなる者、看病するうちに病気をうつされる者、医療部隊のテントは日に日に窮屈《きゅうくつ》になってゆく。

じりじりと押されるイルバス軍は、ひとりの負傷者が出れば、その負傷者を助けるために健康な兵まで芋《いも》づる式に引っ張られた。

「オースナー公、あまり前線に出すぎないでください」

馬をいななかせて、部下のガーディナー伯爵が声を張る。

まだ若いが、革命時からグレンを慕《した》い、ついてきてくれた者のひとりだ。

「あなたになにかがあれば士気が下がる」

「俺が出なくても下がるだろう」

ひとりでも多くのカスティア兵を始末しなくてはならない。

グレンは追い立てられていた。部下を失い、仲間を失うことが若い将軍である彼を焚《た》きつけた。

「太陽が出てきた。オースナー公、お下がりください。木陰で休まれて」

グレンは舌打ちをした。このところ、右目の視界すらもかすむようになっていた。イルバスより強い日差しがさしこむカスティアは、グレンにとって不利だった。

(昼間に戦えないようでは、俺は役立たずだ)

数年前は多くの兵を率いて革命軍と戦ったというのに、今の自分はどうだ。イルバスの軍人としてあるまじき姿だ。

歯がゆい日々が続く。戦況は良いとは言えない。可愛《かわい》がっていた部下は次々に天へ旅立ち、負傷者は暗い目をして、野戦病院の天井を見つめている。

なんとかしなくては、俺が――。

そう思えば思うほど、状況は悪くなる一方だ。

そのときであった。まぶしいまでの鮮烈な光が、グレンの視界をさえぎった。

「危ない‼」

ガーディナー伯爵が叫ぶ。

あたり一帯が目もくらむような白に染まったかと思った次の瞬間、体がかしいだ。

首にするどい衝撃を感じる。

弓矢だ。また飛び道具か、とグレンはぼんやりと思った。つくづく自分は、こういったものに縁がありすぎるらしい。

地面に体がたたきつけられるまでの時間が、永遠に感じた。

砂埃《すなぼこり》が舞い、視界がかすむ。

アデールの泣き顔が、脳裏《のうり》をちらついた。

(今度も、あなたは泣くのだろうか)

以前、吹き矢で生死の境をさまよったとき、アデールはグレンにしがみついて、泣きじゃくっていた。

でも、もう大丈夫だろう。どのみち自分とアデールの結婚は、白紙になる予定だった。アデールは嫉妬《しっと》深い夫から解放され、安全な場所へ逃げられる。

それが彼女のためだ。太陽の血を守るため。

馬は驚き、地面を蹴《け》って走り出す。グレンは爪で地面をかいた。

ここまでだ。

──ようやく、彼女を手放す決心がついた。

この血にまみれた戦場で、王女を守るのはひとりでは不可能だ。多くの人間の力が必要になる。

部下たちは蒼白になって叫んだ。

「誰か、早く来い！」

「オースナー公を安全な場所へ！」

「慎重に運べ！　医療部隊のもとへ！」

呼吸もままならず、喉《のど》に痛烈な熱さを感じる。

もうだめだろう、とグレンは頭の片隅で思った。場所が場所だ。助からない。

アデール、と口を動かした。ガーディナー伯爵は「しゃべらないでください」ときつく言った。

──アデール。

結局、幸せにしてやれなかった。

絵の完成も待てず、春に狩りに連れていってやることもできなかった。

なにもしてやれないまま逝《ゆ》くのだ、と思ったら、瞳に透明の膜《まく》が張った。

妻の泣き虫がうつったらしい。

後悔《こうかい》ばかりが浮かんでくる。唯一の救いは、まだアデールが自分を待ってくれていることだった。

姉を失い、夫を失う。アデールにとっては辛《つら》い日々が続く。このイルバスという国の中で、彼女の人生は波乱に満ちていた。

——だが、おそらく大丈夫だ。

どんな困難も乗り越えて歩き続ける、ベルトラムの血が、彼女には流れている。

「体温が下がってる」

「誰か、毛布をもってこい‼」

「オースナー公、しっかり‼　眠ってはいけません‼」

部下たちが必死で呼びかけるが、グレンの顔色はどんどん青白くなり、唇は濃紫色に変色してゆく。

目を閉じる。体が冷たく、まぶたがひどく重たい。

アデールの顔が思い浮かんだ。

最後に彼女は、自分の元へ帰ってきてくれた。

『あなたが帰ってくるイルバスに、私はいるわ』

俺のことは忘れて、他の誰かと幸福な人生を歩むように。

そう遺言《ゆいごん》を残したかったが、もう体のどこにも力が入らなかった。

頭の中で、ニカヤでアデールが歌った、春の詩が流れていた。幸福な春が、イルバスに訪れる。彼女の理想はそこに詰まっていた。

春の詩が冬を包み込む、そんなイルバスをこの目で見られないことが心残りだ。

花が咲き乱れる美しい景色の中、ほほえむアデールが目に浮かんだ。

かすむ意識の中、グレンは想った。

魂だけでも、妻のもとへ帰ろう。

そして彼女の人生に、祝福を与えるのだ。

*

「女王陛下。カスティア国境線、我が軍の敗戦となりました」

エタンが厳しい顔つきで、ジルダに報告をした。

「多くの兵が命を落とし、負傷兵を運ぶこともままなりません」

「グレンは?」

ジルダの問いに、エタンは答えるのを躊躇《ちゅうちょ》した。

「グレンはどうしたのだ」

「……オースナー公は、戦地で命を落とされました」

「女王陛下!」

倒れそうになるジルダを、侍女《じじょ》たちが支えた。

エタンも知らせを受けたときは、覚悟はしていたものの信じたくない気持ちであった。

グレンの性格上、後方でどっしり構えたままでいることはしないだろう。戦況が不利になればなるほど、果敢《かかん》に前線に出る男だ。

残念でならない。

彼という王杖《おうじょう》がなければ、イルバスの軍がここまでまとまって動くことはなかった。革命後初の大きな戦争に、滞《とどこお》りなく出られたのはグレンがいたからだ。

「……アデールは」

かすれた声で、ジルダはたずねる。

「あの娘はどうした」

「まだ、知らないはずです。今は港へ、物資を送り出すために向かわれましたが……戦地撤退のため戻るようにと、それだけ伝令を出しています」

グレンを失い、軍は統制がとれなくなっていた。将軍を失った衝撃は前線の兵たちを動《どう》揺《よう》させ、持ち場を離れて逃げ出す者も多かった。

末端の兵まで気にかけることのできる、グレンがいるから戦える。兵たちの信頼が絶大だっただけに、彼の死亡は戦意を喪失《そうしつ》させるに十分な出来事だった。

中にはグレンの敵《かたき》をとろうと無茶な進軍をする者たちもおり、彼らの多くは国境付近で戦死したらしい。

「陛下。じきにカスティア軍はこの王宮をとりかこみます」

「わかっている」

「お逃げになるなら、今です」

エタンが真剣な顔で続ける。

「ミリアム殿下暗殺の容疑が、あなたにかかっています。ミリアム殿下は生前、カスティア側と密約をかわしていました。イルバスの自治権を彼女に与える代わりに、国土を彼らに明け渡すと」

ミリアムが死んだことにより、その密約は立ち消えになった。

彼女が暗殺されたとカスティア側に訴え出たのは、彼女の夫のレナートだ。うまくいけばイルバスを統治する権利を得ることのできた彼は、妻の死によってその目的を失った。

「あなたを妹殺しの罪で裁くつもりです。王宮を明け渡しても、陛下に自治権が与えられることはありえないでしょう。お逃げください」

女王を廃し、イルバスをのっとる。鉄鉱山も広大な土地も、国民も支配下におく。

カスティアの恐怖政治が始まる。

「できない。私はイルバスの女王だ。国を捨てることなど」

「もう無理しなくてもよい。ご自身に正直に……」

「逃げないと何度言わせる‼」

ジルダはエタンの顔をはたいた。鋭利な爪が、彼の白い肌を傷つけ、頰《ほお》に血がにじんだ。

「……お前たちは、良い。今までよく仕えてくれた。私の宝飾品で好きなものを持って逃げるが良い。できるだけ王都から離れろ」

ジルダは侍女たちに声をかける。彼女たちは顔を見合わせて、それぞれ女王に挨拶《あいさつ》をし、場を辞した。

「陛下、ご無事で」

最後の侍女がジルダの手の甲にキスをすると、部屋はしんと静まりかえった。

「ミリアム殿下を手にかけたのは僕です。女王陛下が助かるなら、喜んでこの命を差し出します。ただ、僕はあなたの王杖です。僕に何かあればあなたも無事ではすまないのです」

エタンはいつものように、落ち着き払って指示を出す。

「陛下の手荷物はまとめておきました。下女に扮《ふん》して、裏口からお逃げください。幌《ほろ》馬《ば》車《しゃ》を用意してあります。バルバ氏はおそらく、陛下の出生についてもご存じのはず。それを理由に王位の返還を求められるでしょう。王族を騙《かた》った罪も上乗せされるはずです。――このままでは、あなたは助からない」

「……お前は出ていかないのか？」

「僕はこの国で破滅すると決めているのです。多くの人間を葬《ほうむ》ってきました。死ぬことにたいし、恐怖はありませんよ」

「アデールを無事に逃がすまで、残るつもりなのだろう」

その通りだった。

アデールが国王の子であることは誰の目から見ても疑いようもないが、ミリアム殺しの件にかんしては濡れ衣をきせられる可能性もある。

中立の立場の第三王女として、安全を約束されていたときはすでに終わろうとしている。エタンの役割はまだ終わっていない。アデールが生きているかぎり。

ジルダはため息をついた。

「偽フェルシャーの呪いは、実在したということになるのだろうな。私はどこで間違ったのだろう。ミリアムを殺すことにしたときからか」

「……ミリアム殿下が生きていたとしても、遅かれ早かれ、こうなっていたでしょう」

ミリアムはすでにイルバスを売っていた。母親似の彼女におそれるものはない。

ジルダを廃し、カスティアの後ろ盾を得てイルバスを支配する。

その計画が進んでいたからこそ、唯一の脅威《きょうい》である「本物の王女」、アデールを葬ろうとしていたのだ。

「私は、最後までここに残る。処刑も受け入れよう」

「女王陛下」

「結局、この国はベルトラムでないと治めることはできないのだ。それがはっきりした。偽物の王は、歴史に排除される」

「生きることをあきらめては……」

「お前に言われたくない、エタン。お前は動く死体も同然だった。出会った頃は己の出生を気にして暗い顔をしてばかり。でもいつだったか、お前の目に生気が宿るようになった。ベルトラムの太陽の光が」

アデールと出会い、エタンは彼女の成長に興味を抱いていた。いつしかそれは喜びに変わった。

エタンが育《はぐく》んだはずの少女は、今はエタンの隣に立ち、彼を見守ることができるようになっていた。

「ミリアムは私が殺した。私も死ぬことがおそろしいとは思わない。ただの女としてみじめに死にたくなかったが、せめて女王を騙った女として死ねるなら、本望だ」

エタンはくちびるをゆがめた。

そうだ。このひとは、こういう女性だった。

生まれたときから王女として育てられ、誰よりも誇り高いカナリアとして生き、女王になるべくして前へ進んだ。

――己がベルトラムの子ではないと知っても、運命は切り開けると信じて。

情がないのではない。誇りのために情を殺してきたのだ。

その証拠に、今も彼女は銀時計をにぎりしめている。

認めたくないと、ずっと拒絶し続けた実の父親との唯一のつながりを。

「アデールは私が逃がす。お前も彼女についていけ。ベルトラムの血を必ず守れ」

「女王陛下」

「それが私の、最後の命令だ」

「聞けません。最後まで女王と共にあります」

「もう私は女王ではなくなる。いいや、最初から」

「僕はあなたの王杖です。女王なくして王杖の意味はない」

「お前は心底がっかりしているだろう。偽物の女王でも、国を手に入れることはできるのか。きっとお前は期待していたはずだ。お前が私の存在に自分を重ねているのは、十分にわかっていた」

歴代の国王の肖像画をながめながら、ジルダは続けた。

「――イルバスという国は、なくなるかもしれない」

ジルダ・ベルトラム・イルバス。自分に似ていない肖像画の前で、彼女の視線はとまる。

イルバスという国の、最後の女王。

彼女が――？　いや。

おそらく、まだイルバスはあり続ける。ベルトラムの血を持つ者が、この世に息づいているかぎりは。

「最後まで王宮にいよう。両親と同じく、断頭台で命を散らそう」

「では、僕も共謀罪で共に裁かれましょう」

エタンは恭《うやうや》しく礼をした。

「あなたの王杖として、最後までおそばに」

「あきらめの悪い男だ。惚《ほ》れた女と一緒にいればよいものを」

女王はエタンの気持ちに気づいている。

彼は、静かに続けた。

「愛しているからこそ、離れるのです。陛下も本当は気づいておいでだ。愛しているからこそ、アデール殿下を逃がそうとした」

「私が、あの娘を？　まさか」

「ミリアム殿下を殺したことも、ずっと後悔《こうかい》しておいでだ」

ジルダは黙り込んだ。

ややあって、あごをそらし、尊大に言った。

「――巻き込んで、申し訳なかった」

彼女は立ち上がり、窓ガラスに己の姿をうつした。かつて宮廷を騒がせた美しき画家、シベール・バロックと似た面立《おもだ》ちのその姿を。

「……逃げもしない。降伏もしない。最後までここで戦い抜く」

ジルダはこぶしをにぎりしめた。

アデールが逃げる時間を、稼がなければならない。

彼女を守る夫はいない。姉は彼女を守れない。

ベルトラムの一族につたわる幸運の力で、彼女は生き延びるほかないのだ。

＊

伝令から連絡を受け、アデールはけげんな顔をした。

「撤退命令？」

「はい。カスティア国境の戦《いくさ》で、イルバス軍は撤退しています。物資はこのままとめおいてください」

「グレンは？　なにか聞いている？」

「いいえ、なにも」

撤退命令は彼がくだしたはずだ。

……なんだろう。この胸騒ぎは。

「旦那《だんな》さまは、きっとご無事ですよ」

「そうですよ。アンナさんの言うとおり。とりあえずこの荷をどうにかしないといけませんね」

アンナやガブリエラが声をかけてくれるが、アデールの顔から不安の色は消えなかった。

港には、アデールのもとに集まってくれた国民たちが物資を積んでいるところだった。若い男手は軍にまわっているので、ほとんどが女性たちばかりだ。

たくましいイルバスの女たちは、重い荷物にも音《ね》をあげることなく、協力しながら船に積み込んでいた。

アデールは急いで積み荷を王宮へ戻すように指示を出す。真冬の海は、芯からこごえるほどに寒い。この船旅も命がけのはずだった。

（……行き違いにはならなかったようだけど……）

戦が長引いているのだ。イルバス軍にとっては不利である。

「今のうちに、ベッドを多く作っておく必要があるわ。手伝って」

アデールがてきぱきと追加の指示を出した。進軍のさいに通る街道沿いに、負傷者が休むことのできる場所を作る。布や井戸水の備蓄を怠《おこた》らないように、あれこれと忙しくたちまわりながら、こみあげる不安を振り切る。

「アデール王女」

とんとん、と肩をたたかれ、アデールは驚いて振り返った。

「あなたは……」

「僕が言うのもなんですけど、あなたの周りの警護はずいぶん手薄ですね。もしかして人手不足ですか？」

春の空気をまとった若き青年が、子犬のような人なつっこい瞳で、アデールをじっと見つめてくる。

「ユーリ王子！　どうしてここに」

「しーっ。内緒で来たんです」

分厚いコートに、えりまきと帽子のわずかな隙間《すきま》からのぞく、褐色《かっしょく》の肌。防寒着でもこもこと着ぶくれしている。春の国から来た彼には、イルバスの寒さはこたえるらしく、イルバス人よりもずいぶんと厚着だ。

「内緒で、って……」

「僕は今、ユーリ・ニカヤとしてでなく、ただの鯨《くじら》商人としてここにいるんです」

「鯨商人？」

「ええ。鯨肉の塩漬けを、あなたへの感謝とひきかえに提供しにきた者です」

後ろでは、見覚えのある若者たちが次々と荷下ろしをしている。荷の中身は大きな壺《つぼ》に入った鯨の塩漬けだ。

「便器の壺に塩と食べ物を入れる。あなたが伝えた文化ですよ。なーんて、壺は新品ですけど……」

アデールは涙ぐんだ。

まさか、来てくれるとは思わなかった。だめでもともとでマラン国王に手紙を書いたのに。

「アデール王女。どうしました？　僕、なにかまずいこと言いました？　便器の壺っていうのは冗談ですよ、もちろん」

「いいえ。まさかこうして来てくださるとは思っていなかったの……」

「喜ぶのは早いです。僕がただの鯨商人として来ていることを忘れないで。イルバスの状況を、ニカヤは静観することにしました。まことに残念です」

アデールは顔つきをひきしめた。

「そう。そうよね……私が炎帝《えんてい》の立場なら、容易に兵は出せないわ」

「ずいぶん僕も食い下がったんですけど、だめでした。カスティアだけでなく、目的を同じくする隣の大国もイルバスを狙って敵方につきつつあります。アデール王女」

　ユーリ王子は、真剣な顔つきで言った。

「僕と一緒に、ニカヤへ逃げてください」

「……それはできないわ」

　アデールは、首を横に振った。

「あなたの命が危ない。グレン殿も一緒でかまいません。過去にあなたは、記録上死んだことになっていたそうではないですか。そのときと同じことにすればいい。兄は僕の行動を黙認すると言ってくれています。僕の妻になってくれなくてもいい。でもニカヤへは来てください。あなたのことは、助けられる」

　たしかに、アデールは廃墟の塔を出る際に身代わりの死体を置いて逃げてきたのだ。葬儀も行われ、国民たちは当時十五歳の王女が、廃墟の塔で孤独に死んだと思い込んでいた。

「あなたは死んだのです。国の情勢に心労がたたって、死んだことにするんです。あとはニカヤへ来るだけだ。そうしましょう。あなたはニカヤ語も堪能《たんのう》だし、探究心もあって、冒険家だ。兄もあなたをきっと歓迎する。ニカヤで、新しい名前で生きればいい。ニカヤに流れてきた先人たちは、みんなそうしてきた」

　――できない。

ジルダは、ベルトラムの血がもたらす幸運の力を信じている。姉のそばにいる。そう決めたのだ。

「ベルトラムの王族として、それはできません」

「なぜ。あなたは第三王女だ。よそに逃げたって……」

本物の王家の血を継ぎ、跡継ぎの豊富なニカヤに生まれた彼は、アデールとジルダの気持ちを理解できないに違いない。

ベルトラムの真の後継者はアデールだけだ。だからこそ、国から離れられない。

自分がイルバスを離れることで新たな混乱を生む可能性もある。

「行けません。私の愛する人は、みなこの国にいるもの」

「あれから、グレン殿を愛せるようになりましたか？」

アデールは、口を開いた。

「彼を傷つけました」

グレンはアデールを閉じ込め、思い通りにしようとした。その行為に、アデールは憔悴《しょうすい》した。だが彼もまたひどく傷ついていたのだ。

「認めます。私は彼のことを、もっとも親しく、そばにいたいと思う友人のように感じていたんです。それを愛だと思い込もうとしていた。彼の愛はもっと激しく、私には理解できないものだった」

アデールを自分だけのものにしたいという彼の気持ち。彼女はそれに反発し、一度はグレンのもとを離れた。

「彼の帰りを王宮で待ちます。もう一度彼とやり直すつもりなの」

「アデール王女」

「あなたの親切は忘れないわ、ユーリ王子。でも、ここはもうすぐ戦場になる。すぐにお帰りになって。なにか持ち帰りたいものがあれば、手配させます」

「そういうわけには……」

鯨商人に扮してまではるばるやってきたユーリは、簡単に引き下がらない。さらに言葉をかけようとしたところで、彼を遮《さえぎ》る声がした。

「アデール殿下。一度王宮にお戻りいただきますよう、女王陛下からお言付けがございます」

「わかりました。アンナ、ユーリ王子とみなさまを私の屋敷でもてなしてさしあげて。ユーリ王子、旅の疲れがとれましたらお帰りくださいませ。イルバスの危機にかけつけてくださって、ありがとうございました。あなたがたのご親切は生涯《しょうがい》忘れることはありませんわ」

「かしこまりました。ユーリ王子、こちらへ」

「アデール王女」

「本当にありがとう」

ユーリや鯨商人たち、ひとりひとりに心をこめて礼をするとアデールは背を向けた。

あとはアンナとガブリエラにまかせよう。

嫌な予感が胸を支配している。

突然の撤退命令。ジルダからの呼び出し。

戦いは長引いていた。なぜ、グレンから手紙が届かないのだろう。もともとそういったことにまめな方ではなかったが、アデールの手紙に返事もよこさないのは珍しいことだった。

（大丈夫、大丈夫。きっと大丈夫よ）

いつのまにか、呪文のように繰り返していた。

グレンはきっと無事だ。約束をした。春になったら狩りに行く、城へ自分を迎えに来てくれると。

アデールの目の前に、ちらりと白い花びらが飛んできた。手のひらでそれを受け止めると、すっと溶ける。

「なんだ、雪……」

雪なんて見慣れているはずなのに、なぜ花に見えたのだろう。ニカヤでもないのに。

ユーリに会ったからだろうか。

それとも、アデールが春を待ち望んでいたからだろうか。

「アデール殿下」

城の入り口で、エタンが沈痛な面持《おもも》ちで立っていた。

――これは、最悪の知らせだ。

聞かずともわかる。エタンは口を開きかけて、ためらうようにアデールから視線をそらした。

アデールの手のひらで、まやかしの春が、溶けて消えた。

＊

暗い部屋の中で、アデールはひとり、じっとしていた。

涙は止めどなくあふれ、涸《か》れることを知らなかった。アデールはベッドにもたれかかり、長いこと嗚咽《おえつ》を漏《も》らしていた。

グレンが戦死した。

その事実は、彼女を徹底的に打ちのめした。

戦地で彼と行動を共にした部下の言葉によれば、グレンは最期にアデールの名を呼んだ、という。

やりなおせるはずだった。

アデールは指先が白くなるほどシーツを握りしめていた。

ミリアムともグレンとも、本当にわかりあうことのできないまま、永遠に別れることになってしまった。

どうしていつも、大事な人は自分を置いていってしまうのだろう。彼らはあっけなく、その命を散らしてしまう。

運命はいつも、アデールに辛《つら》い試練を与える。

無念と失意が毒のようにじわじわと広がってゆく。

「アデールさま」

明かりを持って、そっと入ってきたのはアンナだった。

「なにか召し上がってください。このままではお体を壊します」

「なにも喉《のど》を通らないの」

「ユーリ王子が、少しでいいのでお悔《く》やみを申し上げたいと」

「申し訳ないけれど、出られそうにない」

胸が重たくて、仕方がなかった。

グレンのさまざまな表情が、次々とアデールの中をかけめぐっていた。

結婚式のこと、初めて結ばれた日のこと、ニカヤで肩を並べて猟をしたこと。

思い出しては、胸にひりつくような痛みをおぼえる。

グレンは、寂しくなかっただろうか。そばについていてあげられたら、どんなに良かっただろう。

軍人は戦場で死ぬのが誉《ほま》れと言うが、アデールは彼の最期を見届けられなかったことが、ことのほか辛かった。

何度も誤報なのだと思い込もうとした。だが次々と帰還する兵たちの言葉や、エタンの態度を見るに、それが現実なのだと、頭の片隅にいる冷静な自分が悟っていた。

「かしこまりました。ユーリ王子はこちらで丁重におもてなしし、港までお送りいたします。ガブリエラを置いていきましょうか」

「いいえ、あの子も……もしよそへ逃げたいのなら、そうさせてあげて」

「アデールさまは……」

アデールは、かすれた声で言った。

「グレンの亡骸《なきがら》が帰ってくるまで、私はここを動かない」

アンナは深く礼をすると、その場を辞した。

ぼんやりとして、考えがまとまらなかった。ただぽっかりと心に穴があいたような気持ちだった。

　これもまた、アデールにとっては愛だったのだ。グレンは違うと言ったけれど、そうでなければ説明がつかなかった。

　彼がこの世から去ったこと。彼がこの地に存在しない、新しい時間が刻一刻と流れていること。

　すべてがただ受け入れがたい。

「アデール殿下」

　泣き疲れてぼんやりとしていると、暗闇の中に現れる人物がいた。エタンだった。

　ベッドのそばにしゃがみこんで、彼はアデールの手を握りしめた。

「ユーリ王子が、お忍びでいらしているそうですね。彼の船に乗って、ここを離れてください。一刻も早く」

　なだめるような口ぶりだった。

「……嫌よ」

「グレン殿は、我々が心をこめて葬送いたします」

「グレンは私を迎えに来る。待ってるって言ったわ」

「残念ながら、彼は亡くなりました」

　彼が残酷《ざんこく》な現実を突きつけるのは、立てなくなったアデールを奮《ふる》い立たせるためだ。

　アデールは、力なく笑った。

「こんなときまで、大変ね、エタン。でも私はここを離れない。最後まで彼の妻でいさせて」

エタンは観念したように言った。

「……女王陛下は、ミリアム殿下殺害の罪と身分詐称《さしょう》の罪で裁かれようとしています。この城はいずれカスティア軍が占拠する。離れてください」

カスティアは、偽物の女王を罰することを名目に、この国を乗っ取るつもりらしい。

「あなたにもミリアム殿下の殺害の罪をきせようとするかもしれない。あなたを死なせては、グレン殿に申し訳がたちません。どうか逃げられるうちに」

「お姉さまは？」

「女王陛下は、最後までここに残られると」

「私はお姉さまのそばにいると言ったわ。あなたの隣にもいると約束した。私を嘘つきにさせないで頂戴《ちょうだい》」

逃げ延びて、どうなる。アデールが逃げても状況は変わらない。

イルバスはいずれカスティアに支配され、呑《の》み込まれる。イルバスという国が地図上から消える。

（……グレンが守ったこの国を、私は守る）

彼が視力を失ったときに、そう誓ったではないか。

アデールは奥歯をかみしめた。

自分が本当に、幸運をもたらすというベルトラムの王族だというのなら、こういうときにこそ立ち上がらなくてはならないのだ。

「私はイルバスで果てます。なにがあっても、国民と共にある。グレンの愛に応えます」

「……そう言うと、思ってましたよ。あなたなら。不思議ですね、そういうところは女王陛下とそっくりだ」

エタンは仕方がなさそうにほほえんだ。

「姉妹ですもの」

――そう、この国で、最後の女王となろうとしているジルダは自分の姉だ。

まだ自分には、やるべきことがある。

「夫は私が、この城で迎えるわ」

「……では、陛下と会ってください。陛下はあなたを逃がすことをお望みです」

「……私の望みは、お姉さまを逃がすことだと知ったら、きっとお怒りになるでしょうね」

アデールの言葉に、エタンはただ耳を傾けていた。

「本当の継承権は、自分だけにあると知ったとき――。私には、お姉さまのように、イルバスの中心に立つのは無理だと思ったの。だからこの事実を胸に秘めて、お姉さまのそばに寄り添っていようと思った。けれど、そんなものはただの逃げだわ。もうやめにする」

「アデール殿下」

「お姉さまにとっては、望まない結果になるかもしれない。でも、ジルダお姉さまは私にとって、唯一残された姉妹。それもまた、カスティアという国に奪われようとしている」

次々と絆《きずな》を失った王女。

それでもまだアデールは、すべてを奪われたわけではなかった。

アデールは、それを言葉にした。

「――イルバスの正統な王位継承者は私のみ。私は、王位の正統な継承を要求します」

＊

アデールは、玉座に座る女王と向かい合っていた。

ジルダの表情はかたかった。眠れていないのか、肌はくすみ、目の下には濃い色の隈《くま》ができている。

それでもなお、彼女の威厳は損《そこ》なわれていなかった。するどいまなざしをアデールに向け、淡々と言った。

「すぐにここを離れろ。カスティア軍は、撤退したイルバス軍を追っているようだ。王都の周囲に防衛部隊を敷いたが、じきに突破される」

「お姉さま。私はここで夫を待つと決めました」

「グレンのことは残念だった。お前の気持ちもわかるが――」

「私は、お姉さまの秘密を存じております」

ジルダはぴくりと眉《まゆ》を動かした。

少しの間が、永遠のように感じる。

「秘密とは？」

「そんな風に、取り繕《つくろ》われる必要はありません。お姉さまの持つ銀時計の秘密も、シベール・バロックのことも、ミリアムお姉さまの死についても、すべて……私は知っているのです」

ジルダは、アデールをじっと見つめた。穴があくほど強く、彼女の心をのぞきこむようにして。

ジルダは力なく笑った。

「……そうか。エタンのやつも、思ったよりもおしゃべりだったようだな」

「エタンは、私が核心に迫る出来事に気づいてしまったために仕方なく口を割りました。彼を責めないでください。私は偶然シベールの息子、アダムに出会って肖像画を描いてもらって気づいたのです」

「そんなことが……」

ジルダは深いため息をついた。

アデールは、慎重に続ける。

「こうなった以上、玉座に座り続ければお姉さまのお命も危なくなります。王冠をお譲《ゆず》りくださいい、お姉さま。最後の女王の役目は、私がいたします」

「断る」

「断ることなどできません。お姉さまにはもともと――」

アデールは、勇気をもって言った。

「そこに座る資格など、ないのだから」

ジルダは立ち上がり、つかつかとアデールの元までやってきた。彼女のドレスの胸ぐらをつかみ、低い声でうなった。

「私はお前と同じ王女として育てられた。国王も、私が王女でいることを認めていた。お兄さまたちが亡くなったとき、私は当然王位を継承できるはずだった。お母さまがあんなことを……死に際に不倫《ふりん》の告白などしなければ‼」

「……お姉さま」

「お前はいいよな。ひとりだけ、正統な王位継承者として生きるときも死ぬときも胸を張っていられるのだから。私はお前のことがうらやましくて仕方がなかった。お母さまが処刑された日から――ずっとお前を、憎んできた‼」

倒れずにすんだ。

ジルダはアデールを突き飛ばした。アデールはよろめいたが、なんとか足をふんばって
ジルダに、ミリアムの顔が重なった。

私はあなたのことなんて、昔から嫌いだったわ――。そう言って、アデールをつきはなした中の姉のことを。

「お前が私を『お姉さま』と呼ぶたびに、心の中で叫んでいた。お前と、父親を同じくする姉妹であったならどんなによかったかと。私がどんなに努力しても得られないものを、お前ははじめから持ち合わせている。心の中で、お前は笑っているんだろう。国王の娘ではないのに王位を継承した恥知らずな女だと」

「違います。お姉さまはこの混乱の中、立派な女王になられました」

アデールは真摯《しんし》に言ったが、ジルダは首を横に振った。

「立派な女王なら、このような事態は生んでいない」

「ミリアムお姉さまの提案した国民派遣計画は、イルバス国民の人権を損なうものです。お姉さまはそれを拒絶なさいました。ジルダ派とミリアム派、貴族たちの勢力が割れても、お姉さまが玉座に座っていられたのは、敵対勢力にもお姉さまが一目置かれていたからです。王政復古《おうせいふっこ》で王城に戻ったばかりの若い女王が、ふたつの勢力をなだめつつ統治をするのは容易ではありません」

アデールは、姉の姿をよく見ていた。だからこそ、自分が真の継承者だと知ったとき、うろたえたのだ。

ジルダと同じようにふるまうことが、自分にはできるのかと。

すぐにグレンやエタンの力添えがなければ、と思ってしまったのだ。

王杖《おうじょう》に支えられなければ立てない女王は、いずれその権利をすべて王杖に渡してしまうだろう。

だが、ジルダは王冠を自分の頭にとどめた。

「お姉さまは、国王の娘ではないかもしれない。それでも国民のために、立派にお役目を果たされました。誇り高きカナリア、お姉さまに許された名です」

だから、もう立ち続けなくても良い。

（お姉さまたちに、嫌われても良い。間違えることだけはしたくない）

ミリアムは死んだ。でもジルダは、まだ生きているのだから。

たとえその命が、風前の灯火《ともしび》であったとしても。

「お姉さまの目的が何であれ、私はお姉さまが生きていてくださったこと、私を廃墟の塔から出してくださったことを、感謝しています」

もしアデールにしか継承権がないとわかっていたらどうなっていただろう。廃墟の塔から出られても、たちまち大人たちのいいようにされてしまっていただろう。すぐれた王配をあてがわれ、彼らの望む通りに子を産み、そして用済みとされただろう。

きっとこの王宮に閉じ込められ、薄い空気をすいながら、ただただ時が過ぎるのを待っていた。

ジルダはアデールを廃墟から外に出し、教育をした。アデールは姉と共にイルバスに戻り、そして第三王女として、姉よりは自由に過ごすことができた。ニカヤで学び、国のためにできることをしようと思うようになれた。

「……お姉さまの苦しみは……ミリアムお姉さまのぶんも、私がすべて背負います。生きて、イルバスの未来を見守ってください」

「お前が生きていなくては、意味がないんだ」

ジルダはアデールの両の二の腕を痛いほどににぎりしめた。

「お前が憎い。お前がうらやましい。お前がいまいましい。……でも、お前が生きていなくては、ベルトラムは続かない‼」

「お姉さま」

「私はベルトラムの一族に育てられた王女だ。ベルトラムの血は、私が守らなくてはならない」

アデールは、姉を抱きしめた。

いつか、廃墟の塔を出て彼女と再会したとき、ジルダに抱きしめられた。水仙の香水の匂《にお》いが、アデールを包み込んだ。

あのときからジルダは変わらない。たとえ己の苦しみを吐露しているときでも、彼女は気高く、みとれるほどに美しい。

「お姉さま。今度は私が、お姉さまを守ります」

「誰が、お前なんかに……」

「守らせてください。もしベルトラムの血が正しい統治を導くというのなら、残されたたったひとりの姉を守る力が私にはあるはず。お姉さまと生きて再会することが、私の望みです」

アデールは、新緑の瞳でジルダを見つめた。

すいこまれそうなほどに深く、決意に満ちたまなざしだ。

「王冠を外してください、ジルダお姉さま。すべての業《ごう》を背負い、私が女王となります。イルバスはベルトラムが統治した国、最後の女王も、『真のベルトラム』でなくてはなりません」

アデールは、己の死を覚悟していた。

だが怖くない。家族たちは、すでに天にいる。

最後くらい、なにかを成し遂げたい。それは姉を生かし、国民を守ることだ。

この国の女王として。

「ベルトラムの真価は血ではない。国民に太陽のようなあたたかさをもたらすことです。私のことより国民の心配をするべきです。この局面で私が亡命すれば国民たちに希望は生まれません」

「アデール」

「王冠をお返しください。私の中でお姉さまは、いつまでも美しきカナリア。どうか、私のお姉さまを、なくさせないで」

「嫌だ」

ジルダはあえぐように言った。

「お前は、死なせない」

「……お姉さま、お許しください」

アデールはジルダを突き飛ばした。体勢を崩した彼女にのしかかり、王冠をつかむ。ジルダは青い瞳をぎらつかせ、妹をにらみつける。力一杯抵抗されたが、アデールは退かなかった。

アデールは、王冠を奪い取った。固定されたそれは銀の髪を糸のようにひきつらせる。

「ずいぶん乱暴じゃないか。廃墟の王女のくせに！」

「こうでもしないと、お姉さまは頑固ですもの。絶対に素直に王冠を渡したりいたしません！」

「誰に向かって口をきいている。私はこの国の……」

「私のお姉さまです‼」

アデールは叫んだ。

「私の、ジルダお姉さまです‼　きれいで、男の人みたいにしっかりしていて、意地悪なところもあるけれど、最後まで私の姉でいてくれた‼」

ジルダは息をのんだ。

アデールの手には、銀の王冠がある。

彼女はそれを、ジルダの分身のように抱きしめた。

「私を恨んでください。お姉さまの大事なものを、取りあげる私を」

――そうすれば、お姉さまはまだ生きられる。

ジルダは王冠を奪い返そうともがき、アデールをひっかいたり殴《なぐ》ったりした。アデールは意地でも彼女の腹の上からどかなかった。

「そこまでです、女王陛下。いえ――ジルダ」

いつのまにか、エタンがそこにいた。ジルダの背から抱きしめるようにして、彼女を抱え込んだ。

「僕も、あなたを生かしたいと思った。断頭台にはのぼらせたくない」

彼女の耳元で、エタンがささやく。ジルダの体の力はみるみる抜けていった。

アデールはエタンに命じた。

「儀式をします。残った者だけで構わない。エタン、新女王が誕生するとふれこみをしてください」

「――私はどうなる」

ジルダの問いに、アデールはこたえた。

「お姉さまは、自害なさいました。もうここにはいらっしゃいません。春の国へ渡り、新しい名前で生きる。そうした方は、過去にたくさんいたそうです」

彼女は抵抗しなかった。アデールは、過去にジルダが使った手で、姉を逃がすことにした。

*

新たな戦いが、アデールを呑み込もうとしている。

「お姉さま、急いで。一緒に」

アンナとガブリエラを呼び寄せ、ジルダを着替えさせた。エタンが用意していた粗末な服を着せ、アデールは首飾りを外した。

ニカヤの王妃から託されたものだ。船旅の安全を祈って、アデールに渡してくれた。

「これがあれば、お姉さまはむげに扱われることもないでしょう」

港まで一緒に行きたいが、時間がない。新女王として、アデールはカスティア軍と対峙《たいじ》しなくてはならないのだ。

「ニカヤまではエタンが送ります。私からユーリ王子に話はつけておきました」

ユーリははじめ、しぶっていた。だがアデールの覚悟に、ようやく折れてくれた。

新しい名と身分を与え、ジルダには次の人生を送らせる。

そして、エタンも。

アデールは彼に命じた。ニカヤ行きの船に同乗し、姉を支えるようにと。

「……アデール」

ジルダは、力のない声で言った。

「本当にひとりで残るつもりか。もうグレンもいない。私まで追い出してどうする。私が処刑されれば、お前だけはもしかしたら……」

「そのように甘くはありません。国を治めることの厳しさを教えてくれたのはお姉さまですよ」

アデールは、不安そうな顔をするジルダを見つめた。

そうすると、彼女もただのひとりの女性だった。アデールはずっと、姉を女神のように思っていたのだと気が付いた。そうしてきたから、彼女の孤独に寄り添えなかった。

「次に会ったらやりなおしたい。そう思ったまま問題を先延ばしにし、グレンやミリアムお姉さまを失った。人生はあっけなく終わる。この手の中の大切な絆《きずな》は、絶対になくしてはいけない」

アデールは、姉にしがみついた。

「――さようなら。大好きなお姉さま」

ジルダはアデールの背に手をまわし、震える声で言った。

かすれて、今にも消えてしまいそうな声。だがアデールはしっかりと聞いた。

「新女王に、祝福あれ」

かたく抱きしめ合ったふたりは、やがて離れた。ドアの外では、エタンが待っている。

アデールはうなずき、ジルダをエタンに託した。

ふたりを乗せた幌馬車《ほろばしゃ》が王宮から離れていくのを、窓からじっと見下ろしていた。

「――アンナ、ガブリエラ。あなたたちは一緒に行かなかったのね」

姉の世話係という名目で、ふたりをニカヤの船に乗せてくれと交渉したのに。

アンナは仕方なさそうに笑う。

「今更、アデールさまのおそばを離れるなんてできません」

「新女王誕生の儀式で髪が乱れていてはいけませんよ、アデールさま」

ガブリエラは、アデールをドレッサーの前に座らせた。

彼女の手は震えている。

本来なら大勢の侍女《じじょ》が女王の身支度《みじたく》を整えるというのに、いまやその役目をこなせるのはアンナとガブリエラのふたりだけだ。アデールに恥をかかせぬよう、重圧がのしかかる。

「苦労をかけるわね」

ガブリエラは意を決したような顔をして、髪をくしけずり、香油をなじませる。

──大丈夫かしら、これから。

アデールは手のひらに爪を食い込ませた。

このようなことは、かつて前例がない。国が傾きかけているさなかの王位継承、王杖のいない女王の誕生だ。

「アデールさま。オースナー公の棺《ひつぎ》が到着したとのことです」

伝令の声を聞き、髪を結い終えたアデールは立ち上がった。

金色のまつげを震わせ、顔を上げる。

「ずっと……グレンを待っていました」

怖くない。彼が天で待っていてくれるから。

アデールは、力強く歩き出した。

＊

粉雪がちらつき、凍えるような寒さだった。

「ジルダ。残念ながら僕はここまでです」

船の前で、エタンは言った。

そうするに決まっていると思っていた。彼はこの国に残る。アデールがもし冤罪《えんざい》をこうむったときのために、実行犯のエタンは証拠と共にイルバスにとどまるだろうと。

「すべての罪をかぶって死ぬ気だろう」

「あなたこそ。アデールさまはあなたが自害なさらないように見張っていてほしいと。姉の性格をよくわかっていらっしゃる。その役目は、ユーリ王子に託しました」

ユーリ王子は、ジルダの後ろの方で複雑そうな顔をしている。

アデールと逃げるつもりだったのに、結婚を断った姉の方を国に持ち帰るはめになってしまったのだから、彼もほとほと運がない。

「ニカヤの地を踏む前に、自分の人生にけりをつけようと思ったのだがな」

先読みされていたらしい。いつの間に、アデールはそこまで考えていたのか。

人生の選択を全部姉任せにしていたときのことが嘘のようだ。

「あなたは数名態勢で監視され、海にとびこむことも舌をかみ切ることもできません。観念してください」

エタンは目を細めた。

「生きてください、アデールさまのためにも。そして僕のためにも」

「エタン。私はお前を男として愛してはいなかったが……お前のことを、自分の半身のように思っていた」

美しく、冷静。幽霊のように得体がしれず、そのくせいつも自分の生まれにおびえている。

ふたりは気持ちを同じくする共犯者。血を分けた親きょうだいよりも、その結びつきは強かった。

エタンがいたからこそ、ジルダは己の渇望《かつぼう》する未来を突き進めた。

粉雪がふたりの体をぬらす。急ぐようにユーリ王子は言った。

「お前がどこで死のうと……私の半身を、お前のことをけして忘れない。新しい女王の築く王国の礎《いしずえ》となれ、エタン。――ありがとう」

「お元気で、ジルダ。僕の雪降らすカナリア」

エタンは穏やかな顔をしていた。長年の苦しみから、解き放たれたような。

かつて恋人同士のようにふるまったふたりは、友人のように別れた。

今この瞬間から、ふたりは何者でもない。立場を失い、やるべきことを失い、ただ暗く広がる未来を見据えて、出航する。

ジルダはイルバスの陸《おか》をにらみつけた。

じょじょに離れていくその場所を。あざやかによみがえってくる。骨をうずめる覚悟で、国に戻ってきたときのことが。

「あなたのことを、なんと呼べばいいのでしょう」

遠慮《えんりょ》がちに、ユーリは話しかけてきた。

「もう女王ではない。ただの保護するべきひとりの女性として、あなたを預かっていただきたいと、アデール王女が」

「ジルダでかまわない。お心遣い、感謝する」

「ジルダ。監視のことは気になさらないで、どうぞ存分に、お気持ちを整理なさってください」

ユーリ王子は、ジルダから一歩離れた。

良かった。誰の胸も借りたくない。下手《へた》に慰められたら、二度と立てなくなる。

ジルダは幼い子どものように、声を上げて泣きじゃくった。

故郷は離れてゆく。大切なものを根こそぎ奪われ、孤独な海に隔《へだ》てられている。

ジルダは結局、ひとりぼっちのベルトラムの女王を生んだだけだった。

アデール・ベルトラム・イルバス。

彼女が、今にも呑《の》まれようとするイルバスの中心に立つ。

「なにが、カナリアだ。私はドードーだ。愚かなドードーは、この私……」

これから、どうして生きられる。生まれた国をめちゃくちゃにし、中の妹を殺した。残された末の妹も、死を覚悟している。

波音に混じって、詩《うた》が聞こえた。

春は若き日の空の上に
春は老いた夜のさざめきのなかに
それぞれのぬくもりを運んでくる
冬が終わり　朝がめざめ　鳥のさえずりが春を呼ぶ
そのときは応えよ　声がする彼方《かなた》、そこに王国がある

ジルダはふりかえった。ユーリ王子が、ほほえみをたずさえて言った。

「大丈夫です。あなたの王国は、春を待たずして死にません」

「なぜ、そのようなことが言える」

「だって、ベルトラムは特別なんでしょう。アデール王女にはなにもない。可能性しか。

けれどあなたはその可能性を、誰よりも信じている」

ジルダははっとした。

アデールを必死で生かし、彼女の受け継いだ血脈をつなげようとしていたのは、ユーリの言うとおりベルトラムの可能性に懸《か》けていたからだ。

「信じましょう。あなたは役割を終え、新しく生まれ変わった。新たな女王の声に、耳をすませるのです」

# 第五章

かつて結婚式をあげた大聖堂に、グレンの亡骸《なきがら》は運び込まれた。

アデールは、冷たくなったグレンの頬《ほお》にそっとふれた。

遺体はできるだけ腐らせないように苦心した跡が見受けられたが、すでに腐敗は始まっていた。国境付近からこのイルバスの王城まで、かなりの距離がある。よく保った方だった。

ただ、不思議と顔だけはきれいで、死してなおグレン自身がアデールを驚かせないようにしたとしか思えなかった。致命傷となった首の傷は包帯と襟巻《えりまき》で丁寧《ていねい》に隠されている。

苦しい思いをしただろうに、穏やかな死に顔だった。

「お帰りなさい、グレン」

彼は当然だが、アデールの声に答えなかった。兵たちのすすり泣きが聞こえる。

覚悟はしていたが、実際に対面すると、立っていられなくなりそうだった。

（グレンに心配をかけてどうするの）

アデールは、己を奮《ふる》い立たせた。

「みなさんも、よく戦ってくださいました。ありがとうございます」

「アデール王女。女王陛下は……」

「――自害なさいました」

兵たちの間に、動揺《どうよう》が走った。

前線で戦い、命からがら戻ってくれば国主は自害していたと告げられる。泣き崩れたり、ひたすら神に祈り始める者もいる。無理もないことだ。

「すぐに女王陛下と夫の国葬を執《と》り行い、明朝、私が戴冠式を行います。次の女王は私です。もしついてきてくださる方は、共に。ここで去ったとしても、私は罰したりはしません」

兵たちは顔を見合わせる。

アデールに、命を懸《か》ける価値があるのか。彼らは腹の中で、決めかねている。

（――いいえ、逃げるもとどまるも、ご勝手に。これでは以前と変わらない）

アデールは前を見据え、胸を張った。

「私は、イルバス唯一の王位継承者としてこの国を守ります。妻や子どもをカスティアの支配から守り、この国にとどまりたいと思う者。あなたがたは私と目的を同じくする同胞《どうほう》です。私は必ず――イルバスに、祝福の春を呼びます」

アデールは、棺《ひつぎ》に横たわるグレンの右手に触れた。

「この手に、平和を。イルバスに、春を。志《こころざし》を同じくする者は、ついてきなさい」

兵たちは、甲冑《かっちゅう》を鳴らし、礼をした。

大聖堂には見渡すかぎり、新女王の同胞が並んだ。それはけして自分の言葉だけによるものではないと、アデールはよくわかっていた。

グレンが剣で戦い、エタンが知略で国を守り、ジルダがこの王城にいたから。

彼らが築いたベルトラム王朝があるから、アデールはこの場に立てている。

「始めましょう。新しいイルバスの戦いを」

アデールの号令と共に、男たちは声をあげたのだった。

＊

「お体を冷やしますよ」

小さな明かりを灯し、アデールが祈りをささげていると、肩に毛布がかけられた。

「……行かなかったのね」

「僕はあなたの影だ。影は本体から、けして離れることはない」

大聖堂には、ふたつの棺が並んでいる。

グレンのものと、もうひとつ、偽物の棺が。

本来は別々に葬儀をあげるべきところだが、そうも言っていられない事態だ。

「あなたの見えないところに、僕はいます。役目を終えるまで」

「──だめよ。あなたの考えはわかっている。この国で破滅し、その人生を終えようとしている」

「敵《かな》わないな」

アデールは、ふりかえった。己の影と、真っ向から視線をぶつけあった。

苔《こけ》のような、暗い緑色の瞳。アデールの新緑の明るい緑と、対《つい》をなすような。

「私には──イルバスには、あなたが必要です」

「無理です」

エタンは、アデールがなにを言おうとしているのかすでにわかっているようだった。

だが、彼女はそれを口にした。

「私の王杖《おうじよう》になって」

エタンは、アデールの小さな手をにぎりしめた。

「なれない。僕は人を殺しすぎました。新女王の王杖には、ふさわしくありません」

「あなたの罪も私が背負うと言った」

「お気持ちだけで十分です」

「私は大きな嵐になる。あなたも、グレンも、お姉さまがたの苦しみもすべて呑《の》み込む春の嵐に。あなたはただ呑まれればいい。それができなくて、なにがベルトラムの女王よ」

これ以上、誰も死なせない。

棺の前で祈りながら、アデールはくちびるをかみしめていたのだ。

ジルダには、ニカヤという国が新しい人生を与えてくれる。けれどエタンはきっとイルバスにとどまるだろう。

彼は、自分が守らなくては。

「アデールさま」

「あなたが言ったのよ。幸福も不幸も知った上で歩き続ける力が、私にはあると。自分の王杖くらい、自分で守るわ」

アデールは、力強く続けた。

「あなたに寄りかかったりしない。私たちは失いすぎた。次は取り戻す番よ」

「取り戻すなんて、とても」

彼は首を横に振った。

「あなたが生き続けられるなら、僕はなんでもします。でも僕が王杖になることは、あなたの新しい王政を穢《けが》しかねないのです。聞き分けてください、アデールさま」

「――グレンは言ったわ。もしものことがあったら、あなたを頼れと」

物言わぬグレンの棺。アデールはそちらに目をやってから続けた。

「私の王政のためとは思わないで。残されたイルバス国民のために働くことが、あなたの罪滅ぼしでしょう。この戦争を終えるまででも構わない。お姉さまの仕事をすぐそばで見ていたのはあなた。あなたがいなくては物事はまわらないわ。この国の女王を支えたのは、あなたなのよ」

アデールは、たたみかけるようにして続けた。

「どのみち、このままではイルバスはカスティアに呑まれる。最後くらい、自分の選んだ王杖と共にいたい」

エタンは、深くため息をついた。

「……わかりました」

「エタン」

「ですが、カスティアとの戦争が終わるまでです。僕の首を差し出すようにカスティア側から要求があったときは、僕は自ら断頭台に立ちます」

それは了承しかねたが、うなずかなければエタンはなにも言わずにここを去りかねなかった。アデールは小さな声で、「わかった」と彼の手を強く握った。

「――本当は、おそろしい。死ではなく、イルバスを失うかもしれないことが。心細くてたまらない。あなたがいてくれてよかった」

「今からそんなにおびえていらっしゃるようでは、先が思いやられます」

アデールは、深呼吸をした。

そうだ。姉から王冠を奪ったからには、やるべきことをやらなくては。

彼の突き放した物言いは、アデールを冷静にさせる。わざとそうふるまってくれているのだ。

「そうね。私は、イルバスの女王になる」

自分自身に言い聞かせるように、言葉にした。

ステンドグラスの隙間《すきま》から、朝陽がさしこんできた。

どんなに暗く救いのない夜も、必ず明ける。

どんな苦しみにも、終わりは訪れるのだ。

＊

カスティア国境線での敗戦、グレンとジルダの死の知らせはすみやかにイルバス中に知れ渡った。国民が悲しみと動揺に包まれる中、アデールは戴冠式を迎えた。

姉の時よりも、ずいぶんと大聖堂には空席が目立った。

革命家たちから国を取り戻したばかりのときと違い、みなの表情には落胆《らくたん》の色が浮かんでいた。残ってくれた貴族たちですら、先のイルバスが危ういことをわかっていた。

ジルダが自害したという情報は、この国の暗澹《あんたん》たる運命を想像させる。

王冠を授かり、控えていたエタンに王杖を授ける。

王冠は想像よりもずっと重たかった。ジルダはどんな気持ちで、これをずっと載せていたのだろう。己の出生の真実と戦いながら。

エタンは粛々《しゅくしゅく》と、二度目の王杖の授与をすませた。

居合わせた者たちの心に、驚きはなかった。前女王を支えたフロスバ公爵をアデールが重用するのは、当然だと思っていた。

「みなさま。お集まりいただき、ありがとうございます」

アデールはひとりひとりと目を合わせるようにして、口を開いた。

不思議と声は震えなかった。しんと静まりかえる大聖堂で、アデールの声は朗々と響いた。

「ご存じの通り、我がイルバスはこれまでにない危機的状況を迎えています。カスティア軍はすぐそばまで迫っている。ここに残ったみなさまは、イルバスの終焉《しゅうえん》を覚悟の上でとどまってくださったのでしょう」

エタンはアデールのそばで腰を折り、ただ彼女の言葉に耳を傾けていた。

「みなさまのお顔を見られたこと、ありがたく思っております。ですが、すみやかにそれぞれの領地にお戻りください。王都の防衛軍はよく働いてくれています。王都に住む、できるだけ多くの民を連れて、お逃げください。王都の地形は、戦争を行うには適しておりません」

「女王陛下は、どうなされるのです」

グレンのかわりに防衛をつかさどる、ガーディナー伯爵は言った。亡くなったグレンに付き添って帰ってきてくれた者のひとりだ。

「私は今からこの王城を捨て、カスティア軍を迎え撃つための場所にうつります。私が女王として生きているかぎり、彼らは私を追ってくる。そこを袋だたきにするのです」

「どこへ行かれるのですか？」

「我々に味方してくれる国はない」

「どこかに援軍のあてがあると？」

次々とたずねられ、アデールは答えた。

「――廃墟へ」

勝機はある。あの場所なら。

「氷の監獄《かんごく》、廃墟の塔が建つイルバスの最果ての地、リルベク。私はそこへ向かいます。援軍はいません。他国からの支援もない。ただ、厳しい冬が私たちに味方してくれるでしょう。兵の数はカスティア軍よりもずっと少ないですが、少数精鋭で構わない。いえ……

むしろ、少数精鋭の方が良い。イルバス人の中でも、寒さを耐える自信がある者だけをつれて、私は敵を迎え撃つ」

エタンが、薄く笑っている。アデールでなければ考えつかない方法だ。

あの厳しい冬の山は、敵の心をいとも簡単にくじけさせる。

七年もあの場所に幽閉された「廃墟の王女」は、リルベクの吹雪《ふぶき》がどれだけの苦しみをもたらすかをよく知っているのだ。

「カスティア国境の戦いは、長引けば長引くほど我が軍の不利でした。ですが次は違う。寒さと雪は私たちに味方します。今度の戦いは、長期戦に持ち込みます」

＊

リルベクは、極寒であった。

吹雪は視界を奪い、呼吸もままならないほどの冷たい風が、悲鳴のような音をあげてうなっている。

イルバスの中でも特に寒さの厳しい地域を出身とする者たちを選抜し、軍人たちが集められた。彼らは互いの体をロープでつなぎ、声をあげて前後の兵の存在をたしかめあいながら廃墟の塔の建つ山まで進んだ。

塔は要塞《ようさい》となった。かつてアデールが幽閉されていた最上階が彼女の居場所となり、簡易の暖房や毛布の類《たぐい》が集められた。

「水は水筒いっぱいに入れないでください。半分だけ入れて、固定させないこと。揺らしていないと中身はすべて凍ります。パンは堅焼きのものは凍って食べられません。柔らかいものを。靴下《くつした》は三枚重ね、休憩ごとに一枚ずつ脱いで。ブーツには雪水の侵入を防止するため、各自工夫《くふう》をこらすこと。濡れたままにしておくと、凍傷《とうしょう》になって指を切り落とさなくてはならなくなります」

軍の配給品はグレンの代わりに将軍となったガーディナー伯と相談し、アデールの指示通りのものが用意された。アンナやガブリエラは、ここに来るまでにすでに凍傷をこしらえたものたちの世話にまわっていた。

「カスティア軍が王都に入ったようです」

エタンの報告に、アデールはうなずいた。

貴族たちが市民を避難させたおかげで、王都はもぬけのからだった。攻め入ったカステイア軍は混乱したに違いない。

「人もないし、たいした物も残っていない。あちらはさぞ驚いたでしょうね」

ベルトラム家の資産はエタンの采配《さいはい》でたくみに隠してある。もともとイルバス王宮には、全盛期の三分の一以下の資産しか残っていなかった。

「アデールさま個人でお持ちになっている資産も、しかるべき人物に分配いたしました」

アデールはうなずいた。イルバス各地に避難させた国民を養うため、信頼できる貴族にある程度の資金を持たせたのだ。ベルニ伯爵家を筆頭とする、イルバスにとどまる意思を見せた者たちだ。

「防衛軍は、指示どおりリルベクに向かい撤退《てったい》。カスティア軍は彼らを追いかけています」

「ありがとう。もくろみどおりだわ」

「油断は禁物です。この寒さは我が軍にもこたえています。予想よりも凍傷にかかる者が多い」

「いきなり患部を火のそばにあててはだめよ。凍傷にかかっても、あわてないようにと伝えて。衣服を雪で濡らしたままにはしないようにと」

「かしこまりました」

医師の数が少なすぎる。兵たちは、己の面倒は己で見なくてはならなかった。

凍傷だけではない。寒さは兵の体に負担をかけ、下痢《げり》や食欲不振を生む。イルバス軍をどれだけ消耗《しょうもう》させせないようにするかも勝利の鍵《かぎ》だった。

「こうなってくると、早くカスティア軍にきていただきたいくらいね」

「本当に。この寒さでは、待ちの時間もまた拷問《ごうもん》だ」

　アデールは、エタンの膝に毛布を掛けてやった。自分も同じ毛布に入り、暖かさを共有した。

「毛布はまだたくさんありますよ」

「同じ毛布に入りたいんだもの」

「甘ったれはご卒業なさらないと。あなたはもうこの国の女王なのですよ」

　そうは言っても、エタンは毛布から出なかった。アデールは目を細めた。

「エタン。春の詩《うた》を知っている？」

「いいえ。存じ上げません」

「ニカヤに伝わる詩よ。ユーリ王子のひいおじいさまが、船の上で歌っていたんですって。私のおじいさまも、歌ったのかしら」

　アデールは澄んだ声で、春の詩を歌った。

　それは廃墟の塔の、小さな部屋にこだました。

春は若き日の空の上に
春は老いた夜のさざめきのなかに
それぞれのぬくもりを運んでくる
冬が終わり　朝がめざめ　鳥のさえずりが春を呼ぶ

そのときは応えよ　声がする彼方《かなた》、そこに王国がある

「これを軍歌にしようかしら。ねえ、どう思う？　行きの進軍ではみな無言で、兵たちがおかしくなってしまうんじゃないかと心配だったの。詩でも歌わないと、気持ちがくじけてしまうでしょう」

馬の上から、ひそかに心配していたのである。橇《そり》に乗り換えたときも、アデールや女たちの橇を引いてくれる男たちは、鬱屈《うっくつ》とした表情だった。

国がこのような状態なのだ。無理もない。彼らの心が晴れるのは、イルバスが勝利したときだけだ。だが、今から気持ちが鬱々としていては、勝利を引き寄せることはできない。

「よろしいと思いますよ。軍歌にしては曲調が軽い気もしますが」

「軽快な方が春らしいわよ」

「このリルベク戦、あなたが王城を捨て、逃げるための進軍だと思う兵もいるようです。そのようなお気持ちがないことは、その詩を聞けばすぐに理解するでしょう」

「そう思われるのも仕方がないわね。でも、私も戦います。態度で示すほかないわ」

姉が突然自害し、仕方なく王冠をかぶった妹姫。夫もおらず、頼みの綱《つな》は姉の王杖《おうじょう》だけ。世間の目から見れば、アデールは最後まではずれくじを引かされ、運命に翻弄《ほんろう》されるだけの頼りない女王だろう。

一丁の銃剣が、壁にたてかけられている。この行軍に出るにあたって、グレンの形見のひとつとして持ち込んだものだ。

彼が最後の戦場で使っていたものである。

エタンは、銃剣を見て顔をしかめた。

「……あれを使うことは、おすすめいたしませんが。戦場へは僕が出ます。王杖がいれば十分です」

エタンは頭脳派に見えて、とても戦い慣れている。

革命時のイルバスでは、グレンほど表立って動いていないが、その腕をもって暗躍していたのだから。

アデールはきっぱりと言った。

「塔の中でぬくぬくと過ごす新参の女王を、誰が守りたいと思うの。兵を鼓舞するためにも、同じ寒さを共有することは必要です。グレンの使っていた銃剣を見れば、彼の戦いぶりを思い出す者もいるはず」

「毛布と同じように？」

エタンは意地悪くたずねた。

「そのように甘くはないと言いたいのでしょう。でも軍歌は私から発表したいわ」

「よろしいでしょう」

エタンは髪をかきあげて、ため息をついた。あきれているのではなく、ふりまわされているのを楽しんでいるかのようだった。

「この国を、ニカヤのようにしたいのですか?」

「いずれね」

「ニカヤはニカヤだ。イルバスは同じようにはできませんよ。気候も風土も考え方も、違いすぎる」

「変化をおそれてはいけないわ。ニカヤはさまざまな人種や文化が入り交じって、共存していた。イルバスの文化もおじいさまを通じて入っていたわ」

「あなたは純粋だから、なんでもたやすくできるように思えるのですよ」

「悪いことなの? あなたのような人がいてくれるのだから、私は理想を口にして構わないでしょう?」

エタンはふと止まった。

ランタンの明かりが揺らいで、エタンの表情を頼りなげに照らす。

「僕が?」

「私の理想論がけしてたやすく実現できるものではないことを、そうやって教えてくれるじゃない」

アデールは言葉を切った。

「夢は、現実にはできないかもしれない。でも最初からできないとあきらめていたら、衰退してゆくだけ。人にも土地にも、イルバスにはまだ可能性があると信じてる」

アデールは、この廃墟の塔の中でずっとあきらめていた。

寿命《じゅみょう》をまっとうするまで生きること。なにかを学ぶこと。家族と再会すること。中途半端な希望をもてば、それが叶わないときに辛《つら》くなる。だから夢なんて見なかった。

ただ周囲の人々の親切に感謝して、今日も命があったことを喜んだ。

だが、女王となったからにはそれを当たり前としてはいけないのだ。

「それに私も、イルバスがまったくニカヤと同じようになるなんて思っていない。でも、この国の人が求めているものはきっと、世界中の人が求めているのと同じものよ。暖かい家と食事、家族はみんな揃って健康で、将来に希望がもてる。道筋は違えど、最終的に国民たちが幸せを享受《きょうじゅ》できればいい」

「たしかに君主には、大きな理想を掲げていただかなくてはなりませんね」

エタンは静かに言った。

「そのためには勝ち続けること。たとえ負けても立ち続けること。女王の誇りを忘れてはいけません」

「ええ」

アデールは毛布から出て、わずかな天窓から差し込む光に目をやった。

めずらしく晴れている。上着に袖《そで》を通し、分厚い革のブーツに足を入れた。

「どちらへ？」

「兵の様子を見ながら、銃の練習に。誰かに教わるわ。春になったら狩りに行くと、約束したのよ。グレンと」

彼はもういない。連れていけるのは彼の形見だけだ。

だがアデールがこの銃を持ち、グレンのかつての部下をたずねるだけでも、ずいぶんと彼らの気持ちは違うだろう。戦争は、兵の強さや装備の潤沢さだけでなく、精神面での支えも非常に大事だ。

「約束は、必ず守りたいの」

「お供しましょう。僕も銃は撃てる」

「では、お願いするわ」

アデールは己の王杖に銃を預けることはしなかった。彼女にとっては重たく大きすぎるものだったが、グレンの分身のように、それを大事に抱きしめた。

*

リルベクの村落では、手伝いの女たちが集まっていた。

避難せずに、兵のため、そして廃墟の塔で幼い時を過ごしたアデールのために残った村人たちだ。

彼女たちは在留の兵の世話をしながら、アデールの指示通りの柔らかいパンを焼き、替えの靴下や下履《したば》きをせっせと縫《ぬ》っていた。ときおりアデールも気安くそこに加わるものだから、女たちは恐縮しきりだった。

アデールがガーディナー伯やその部下たちと会議をしているとき、女たちはパン焼きかまどを持つ大きな民家に集まって、忙しく作業を進めている。

「とうとう、カスティア軍がすぐそこまできているそうよ」

「大丈夫なのかしらね、女王さまの軍は」

「なにやらよく詩を歌っているようだけれど」

「雪山ではぐれたときのための対策ですって」

パンは次々と焼き上がる。野菜の根を刻んで練《ね》り込み、少しでも栄養をつけられるように工夫《くふう》してあるものだ。野菜の根には大地から吸収した栄養がよく詰まっている、とアデールは調理方法と、彼女が研究した野菜の育て方を伝えていた。

「女王陛下は本当になんでもやるわよね」

「女王陛下も、女だてらに銃を撃っているそうよ。この間は王杖のフロスバ公爵と、鹿を獲ったといって私たちにもふるまってくださったじゃない」

鹿肉は重要な栄養源だ。一頭獲れれば、贅沢《ぜいたく》な夕食になる。

聞けばアデールは幼い頃から、ずっと狩りがしたかったのだという。

「男手が少なすぎるのかしらね」

「国境戦線でずいぶん戦死者も出たし」

「せっかく廃墟の塔から出て、ご結婚されて、ようやく落ち着かれたと思ったのに。つくづく運のない姫さまだこと」

みながみな、ため息をつく。

特にこのリルベク出身の者たちは幼いアデールを知っているだけに、彼女には幸せになってほしいという気持ちが強かったのだ。

もう、このような状況では絶望的だが。

「みんな大変なんだから、そういうことを言うんじゃないわよ」

「そうよ。陛下も私たちのことを想ってくださっているのだし」

「私、女王陛下が歌っていた詩、おぼえてるわよ」

ひとりの女が、春の詩を高らかに歌いあげた。ぷっと、もうひとりの女が噴き出した。

「音痴《おんち》」

歌った女は頬《ほお》をふくらませる。

たしかにいくつも音を外していて、聴けたものではなかった。

「悪かったわね。女王陛下は、上手でいらしたわよ、もちろん」

「でも、いい詩ね」

「パン、できてる？」

民家の入り口で声をかけたのは、ガブリエラだった。

袋詰めにされたパンを、廃墟の塔まで行き来する橇へ運ぶ。

「ガブリエラさん。陛下の侍女《じじょ》なのに、こんなことまでしなくちゃいけなくて大変ね」

「ここまでついてきたからには、なんでもやる覚悟よ」

言いつつ、ガブリエラの鼻の頭が赤い。「少し火にあたっていきなさいよ」と女たちは彼女を小さな暖炉《だんろ》の前へ連れていった。作戦会議はまだ終わりそうにない。外で待つことはないだろう。

「――女王陛下ご自身が、なんでもやる覚悟だからね」

ガブリエラはぽつりと言った。

「廃墟の塔、って話に聞いていたけどひどいところだわ。今は物資がたくさん運び込まれたからなんとか暮らせるようになったけれど、女王陛下は昔、あんなところにぼろの毛布一枚で寝ていたっていうんだから。座ったら、おしりが芯から冷えて、床にくっついてしまいそう。山のふもとのこの村が、とても暖かく感じられるくらいよ」

両手をこすりあわせるガブリエラに、女たちはしんとして耳をかたむけた。

ガブリエラはイルバスの中でも比較的気候が安定している王都で生まれた。リルベクの、人の命をもいとも簡単に奪おうとする冷たい気候には不慣れだった。

「女王陛下は穏やかにふるまっているけど、とても不安なはずよ。私がそばについていたいの。イルバスがなくなったら、故郷がなくなるのよ。そんなのは絶対にいや」

「そうよね。私たちだって、夫や息子たちが兵にとられたままだし」

「それで国までなくなったら、もう希望はないわ」

「ねえ、ガブリエラさん。陛下が歌っていた詩、知っている？」

ガブリエラは、くすくすと笑った。

「ああ……最近はみんなあれを歌っているわね。廃墟の塔の中にもこだましてくるもの」

ガブリエラは、上手に春の詩を歌ってみせた。女たちは一緒になって、さえずるように歌い始める。

リルベクの村には、こうして春の詩が伝わり始めた。


作戦会議を終えたアデールが、橇の前で足を止める。

「どうかなさいましたか？」

エタンにたずねられ、かまどのけむりがたちのぼる家をながめた。

「詩が聞こえる」

小さな民家から、楽しそうに歌う声。アデールがほしいと思った、ひとつの理想のかたち。

　エタンはくすりと笑った。

「なかなか、良いものですね」

　初めは兵を鼓舞するためのものだったが、しだいに村人たちにも春の詩が広まるようになった。

　同じ詩を口ずさむ。ばらばらだったイルバス国民の、結束が高まる。

「この国を、守らなくてはね」

「はい」

　作戦会議で決まった、各所に工兵が罠《わな》をしかける準備に入った。山への道はけして一般の村人が入れないようにする。残っている村の女たちもすみやかに、イルバス軍が作った避難経路から逃げてもらう。

　カスティア軍は目と鼻の先だ。女王になってから初めての戦闘が始まる。

　今回の作戦は、仕込みがすべてだ。順序だてて行えば、勝利がもぎとれるかもしれない。

　兵のひとりが敬礼と共に報告をする。

「女王陛下。避難経路が整いました。女たちを集め、夜明けと共に出発いたします」

「お願いします。非戦闘民はすみやかに指定の場所へ」

銃を背負い、甲冑《かっちゅう》を鳴らす彼女の姿は立派に戦士のそれだった。アデールが目を細めると、兵はあわてて顔をそむけ、去っていった。

「どうしたのかしら」

「あなたが美しかったので、目をそらしたのですよ」

「こんな格好をしているのに？」

遠くから見れば、男か女かも区別が付かないだろう。リルベクで戦うなら、きらびやかなドレスにヒールのついた靴《くつ》を履《は》くわけにはいかなかった。

「あなたはもともと美しかった。廃墟の塔を出てからも、それを自分では気づいていなかっただけで」

エタンはアデールの顎《あご》を摑《つか》んだ。

「美しさは武器だ。男はみな、美しい女王のために死にたいと思うでしょう」

「できれば、死なせたくはないわね」

被害は最小限にすませたい。そのためのリルベク進軍や罠の設置だ。

「僕も、あなたのためなら死ねますよ」

アデールはくちびるをとがらせる。

「王杖がそのようなことを軽々しく口にするのは、誠意がないと思うわ。影として付き従ってくれるのではなかったの」

「もちろん、そのつもりです」

エタンは愉快そうに言う。こういうときの彼は、余裕があるときだ。リルベク戦はけして簡単に勝てるものでもないだろうが、腹が据わりきっているのだろう。

「アデールさま。パンや薪《まき》を運び出しました」

「こちらも、繕《つくろ》い物はすべて終えてあります。凍傷のひどいものは避難予定の者たちと一緒に、村の外へ」

「ありがとう」

アンナやガブリエラから報告を受け、アデールはうなずいた。

「行きましょう」

エタンに手を差し出され、アデールは彼につかまって橇に乗り込んだ。

橇はまっすぐに進んでゆく。廃墟の塔へ。雪景色の中、不気味に建つ灰色の塔。この塔を再びおとずれる日が、いつかはあると思っていた。学校事業をすすめようとしていたときのことだ。あのときは、廃墟の塔を要塞《ようさい》として使用するとは想像だにしていなかった。

橇を引く者たちが、春の詩を歌っている。

「声がする彼方《かなた》、そこに王国がある」

エタンが小さく口ずさんだ。

アデールはほほえむ。

「気に入ったのね」

「ええ、とても」

彼女は笑みを消して、想いを馳《は》せた。

（ジルダお姉さまも、ニカヤでこの詩を聴いてくれているといい）

遠く彼方から、イルバスの運命を見守っていてほしい。グレンの銃を抱きしめて、アデールはくちびるをひきむすんだ。

＊

「カスティア軍、リルベク内に入りました！　敵の数は約八千。こちらになだれ込んできます」

対するイルバス軍は、合流した王都防衛部隊を合わせてもわずか三千と少し。数は圧倒的に不利である。

伝令が届き、アデールは声を張った。

「ふもとの罠を発動させて。全員、銃の手入れは怠《おこた》っていませんね。物見塔に配置づけを」

指がかじかんでひきがねがひけなかったり、銃口に雪が入り込んで固まってしまう場合もある。銃と己の体は十二分に確認するように、と念を押した。

アデールは廃墟の塔の頂上から、カスティア軍の軍勢を見下ろしていた。吹雪《ふぶき》の中、アデールは慣れたものだった。寒さを少しも感じないとまでに、淡々と戦争のなりゆきを見守っている。

彼らの目的は、アデールただひとり。彼女を拘束《こうそく》し、さまざまな罪をでっちあげ、イルバスを引き渡すように要求してくるはずだ。

（ミリアムお姉さま殺害の容疑も、私にかかってくる。私が捕まればエタンは罪を自白し、断頭台にのぼるだろう）

アデールだけではなく、エタンの命も風前の灯火だ。まさに女王と王杖は運命共同体となっていた。

エタンは自分の首を差し出すようにと言ったが、そのつもりは毛頭《もうとう》ない。

アデールは、かたわらのエタンに問うた。

「この廃墟の塔付近にたどりつくまでに、どれくらいの敵軍が残っていると思う？」

「半数ですね」

「そんなに減るかしら」

「そんなに減る、と思ったからこそ戦地をリルベクとしたのでしょう。あなたの分析は間違っていないと思いますよ。なにせあちらにしたら、ここは見知らぬ地獄の雪山だ。天候も我々に味方している」

カスティア軍が来るのを見計らったかのように、吹雪は勢いを増した。だがこの地で訓練を続けた兵からすれば、なんということはない。

凍傷の対策も遭難《そうなん》の対策も、十分すぎるほど立ててある。

銃声が響き渡る。

エタンは、女王のかたわらで望遠鏡をのぞきこんだ。

「ごらんください。——視界もさえぎられ、敵も味方もわからなくなる」

アデールも、エタンに手渡された望遠鏡をのぞきこむ。予想通り、吹雪はカスティア軍を翻弄《ほんろう》した。ほんの少数の兵たちによる銃声でも、視界が悪くなれば、さらなる伏兵の存在を匂《にお》わせる。恐怖は、戦闘において一番おそろしい魔物だ。混乱して足元を崩された兵たちは、それでも廃墟の塔の方向へ進んでくる。

強い地吹雪が視界を塞《ふさ》ぎ、光の乱反射が起きる。方向や地形がわからなくなり、数歩手前の景色すらもわからない。

疑心暗鬼になった敵兵たちは、たちまち自滅の道をたどる。そうでなくとも、イルバス軍が仕掛けた罠にはまり、戦うことができなくなる者もいる。

「まだ兵たちを前へ出さないで。こちらも遭難するかもしれない」

「かしこまりました」

夜になっても、カスティア軍は廃墟の塔までたどりつけなかった。物見塔に張った兵士たちには毛布と飲食物が届けられた。イルバス軍の橇《そり》は雪山の走行がなめらかになるように、油で手入れされていた。

対してカスティア軍の橇は雪道にはまって動かなくなり、放棄せざるをえなくなった。猛吹雪のためコンパスが使えなくなり、まともに露営もできないカスティア軍は、ひとり、またひとりと脱落してゆく。

「カスティア兵を何名か捕らえ、尋問しました。あちらの持っている装備は雪山に適したものではありません。彼らの持っていた銃を検分しましたが、使い物になりませんでした。ただし、あちらは先遣隊で装備も軽装かつ簡略化したものを持たされているのがほとんどだそうです」

「そう」

「捕らえた兵はどうしますか？」

「あなたに任せるわ」

「殺さないで、とは言わないのですね」

「我が軍にも被害者は出ている」

アデールは、冷淡にならなければならなかった。民の命は自分が預かっているのだ。

「時間をかけるのよ」

アデールは力強く言った。

「できるだけ時間をかけて、氷の地獄で閉じ込めるの。我々は人数も少ないし、国境線ですでに敗退している。リルベクでは、時間をかけるの」

「御意《ぎょい》に」

けがを負ったイルバス兵が運ばれてくる。アデールは、室内で控えていたアンナに声をかけた。

「行くわよ。けが人の手当てを」

包帯や薬類を持って、女たちはかけずりまわる。アデールは兵のひとりひとりに声をかけ、彼らの心までが傷ついてしまわぬよう、気を配った。

ベッドに横たわる負傷兵は、うつろな目でアデールを見上げた。

「大丈夫。我々は絶対に勝てます」

──いいえ、絶対に勝つ。

負傷兵はうなずき、アデールが手を握ると、握り返してきた。氷のように冷たい。さすってやりながら、また春の詩を歌う。

兵はほほえんだ。一節の詩は、安らぎをもたらす。

アデールは顔つきを引き締め、その場を離れた。向かうは戦場。吹雪が心を挫《くじ》くのは、敵だけではない。

山のそこかしこでカスティア兵の遺体を見かけるようになった。

彼らの部隊のいくつかは、廃墟の塔のそばまで進軍できたが、すぐにイルバス軍が取り囲み、勝負がついた。まだ山のふもとにいたカスティア軍の後方部隊たちも、先遣隊の遺体が次々と運び降ろされてくる様に恐れをなし、逃げ腰のようだ。

だが彼らもわざわざイルバスの片田舎《かたいなか》まで来て、逃げ帰るわけにもいかない。なんとか己を奮《ふる》い立たせて、廃墟の塔を目指した。

先遣隊は運がなく吹雪の中の進軍となったが、後方部隊が進んだ日はよく晴れた。

アデールは合図をした。

「撃って」

大砲に火がつけられる。カスティア軍をめがけてではない。

エタンが望遠鏡をのぞきこんだ。

「問題なく、雪崩《なだれ》が起きているようです」

人為的に雪崩を起こす。カスティア軍は、回れ右をして走るほかない。

雪崩を起こしたいと言い出したのはアデール。地形を計算し、雪崩を起こせそうな箇所《かしょ》を予測したのはエタンだった。

次々と着火された大砲が、雪崩を引き起こしてゆく。これによって予想通り、カスティア軍の数は約半数となっていた。戦いが長引いたことにより、残った兵たちもろくな装備を持っていない。


それでも、直接剣を交えるときはやってくる。

アデールたちが廃墟の塔を要塞としてからおよそ半月後。

カスティア軍の武器の咆哮《ほうこう》が、廃墟の塔まで届いた。

「アデールさま。部屋の中へお入りください」

アンナが必死で、アデールを止めにかかる。

「今までは敵軍が遠くにいましたが、今度はそうではありません。前線は兵たちに任せましょう」

「いいえ、私は前線へ出ます」

アデールの意思はかたかった。

でなければなんのための銃剣、なんのための甲冑《かっちゅう》だ。

エタンは仕方ないとばかりに、アンナに声をかけた。

「女王陛下は僕がお守りいたします」

「ですが」

「命にかえても、王杖《おうじょう》が女王を守ります」

アンナは引き下がるほかなかった。涙をぬぐうその目元に深く刻まれた皺《しわ》。アデールは、彼女の肩を抱いた。

「小さい頃から、苦労をかけるわ」

「本当です。もう二度と、この恐ろしい部屋に入ることなどないと思っていたのに」

「あなたは昔からこの部屋で泣いてばかりだった」

「アデールさまは昔から、この部屋で平然としていましたわ」

そうだっただろうか。アデールは思わず笑みをこぼした。

「私たち、また廃墟に戻ってきてしまったわね。でも大丈夫。きっとエタンが、また助けてくれるわよ。それに今度は、私があなたを助けるわ」

「手のかかる女王陛下だ」

エタンは肩をすくめてみせる。

そうしてアデールは王杖のエタンと、彼が率《ひき》いる軍人たちと共に廃墟の塔を出た。

控えていた兵たちの様子をうかがう。アデールの顔を見るなり、兵たちは居住まいをただそうとした。

「そのままでいいわ」

アデールは声をかける。

「陛下。まさか前線へ出られるのですか」

「そのつもりよ」

兵たちは顔を見合わせた。

アデールがたてた作戦は、見事に敵軍の数を減らした。彼女はどこまでも現場主義だった。最後の最後まで、選択を誤らないようにするために。

アデールが廃墟の塔の中で震えて縮こまっているような女王でないことを、前線の兵たちはよくわかっている。

彼らは立ち上がった。

「お供しましょう」

「ありがとう」

アデールがほほえむと、彼らは敬礼をして、出立《しゅったつ》の準備にとりかかる。エタンは感心したように言った。

「さすがですね。兵たちの心をつかんでいらっしゃる。——前女王のときは、こうはいかなかった」

「ジルダお姉さまとは、やり方が少し違うだけよ」

姉は優秀だった。己の血と呪いの恐怖ばかりに目を向けて、その力を発揮できなかっただけだ。

エタンがアデールのかたわらに立ち、雪の中を進軍した。アデールたちは、甲冑の上から白い布をかぶった。雪にまぎれて、敵を翻弄するためだ。彼らはリルベクの山が、「白の地獄」であることを予想できず、目立つ色のコートや甲冑姿で行動していた。

猛吹雪の中、突然姿を現すイルバス軍は、カスティア軍から「白い悪魔」と呼ばれていた。

（いた）

雪原の向こうから、廃墟の塔をめがけてカスティア軍が進んでくる。この時点でのイルバス軍の戦い方は、主に奇襲だった。あらかじめ作っておいた雪壕《せつごう》に身をひそめ、銃をかまえる。

手前の敵兵に照準をしぼり、ひきがねに指をかける。これまで練習で、何度か狙撃は経験した。鹿や鳥を撃った。

「僕がやります」

エタンがささやいた。

「……だめよ」

アデールは、震える手で銃をかまえなおした。

彼女の腕には重すぎる銃が、一瞬だけふわっと軽くなる。グレンが支えてくれる気がした。

タァン、と、雪原に音が響いた。

イルバス軍はそれを合図に、次々とひきがねを引く。

アデールは敵を撃った。人を撃つのは、初めてだった。彼女の弾は敵兵の胴をつらぬいた。

だがこの痛みは兵たちと共有しておかなくてはならない。強い女王となるために。

アデールに撃たれ体が傾《かし》いだ敵兵を、エタンがすばやく追撃した。敵兵は、完全に雪の中に倒れた。

混乱したカスティア軍は、なおもがむしゃらに進んでくる。アデールは叫んだ。

「進め‼　カスティア軍を殲滅《せんめつ》せよ‼」

白い悪魔たちは、雪壕から飛び出した。アデールも弾をこめなおし、それに続いた。

なりふりかまってはいられない。アデールの肩には、イルバス国民の命がかかっている。

カスティア軍は銃に雪が詰まって使い物にならず、剣をもって向かってきた。敵兵がアデールに襲いかかろうとすると、エタンがすかさずなぎ払う。

アデールはひとりでも多くの敵に戦意を失わせようと、必死だった。

「あまり遠くに行かれないでください‼」

エタンが叫ぶが、彼女には聞こえていなかった。雪原の歩き方は心得ている。雪に足をとられぬよう、ウサギのように飛び跳ねながら、アデールは進んだ。

（雪壕が）

アデールはここでまた次の敵を待ち伏せしようとした。雪壕に飛び込もうとしたとき、そこには灰色の兵士がいた。イルバス兵ではない。

アデールが目を見開くと、相手はとびかかってきた。

「イルバス軍か！　あばずれ女の犬、白い悪魔が」

カスティア語でわめかれる。相手にのしかかられそうになり、アデールはあわてて銃口をつきつけた。

相手はひとりのようだ。おそらく、本隊とはぐれてしまい、吹雪をしのぐために敵の雪壕に身をひそめていたのだろう。

「死にたくなければ武器を置いて。銃は使い物にならないはず」

「お前、女か」

アデールの声を聞いた敵兵はくちびるをゆがめる。

「まさか、姉と夫を殺したイルバスの女王か」

「それは事実ではないわ」

あちらではずいぶんと、ひどい噂《うわさ》を流されているようだ。国民の憎悪の感情をふくらませ、正義という大義名分を与えて戦場に送り出す。これはどの国でも同じだ。

罪のない人を殺すには、たいそうな理由がいるのだから。

「イルバス国民は無能な女王のおかげでひもじい思いをしている。我らカスティア軍が救済に来たのだ。それに、お前を殺して手柄を立てれば、妻や息子に楽な暮らしをさせてやれる。とっととその無駄な首を落と……」

ズダン、と音がして、男が後方へ倒れた。

アデールは尻餅《しりもち》をついた。見上げれば雪壕の上に、エタンが肩で息をしながら立っている。

彼が撃ったのだ。

「遠くに行かれないようにと言ったはずですが」

おそろしく低い声だった。雪壕に降りてきて、アデールに手をさしのべる。

「ごめんなさい」

「血気盛んなのは結構ですが、あなたは初陣《ういじん》なのです。お忘れなきよう」

「冷静さを欠いていたわ」

アデールは息をのんだ。先ほどエタンが倒したはずの敵兵が、よろめきながら立ち上がったのだ。

とっさだった。アデールは銃をかまえ、ひきがねに指をかける。

(迷えば、殺される)

銃声と共に煙がたちのぼった。

今度こそ、男はぐしゃりと折れるようにして倒れた。アデールは荒い呼吸を繰り返した。

先ほど撃ったときは、遠くからだったたし、とどめはエタンがさした。

でも今回は、アデールが確実に殺したのだ。

アデールは蒼白になり、後ずさりした。

「私……」

エタンはアデールの視界を塞《ふさ》ぐようにして抱きしめた。

「申し訳ございません。陛下に撃たせてしまいました。確実に急所を仕留めたつもりだったのですが」

最後の執念だったのだろう。アデールは首を横にふった。体の震えが止まってくれなかった。

命は簡単には散らない。兵たちはそれぞれの信念を持って、戦場にやってくるのだ。

「グレンは、いつもこういう光景を見てきたのね。だから私に、ずっと屋敷の中で大人しくしているようにと言っていたのだわ」

「女王陛下」

「勝つしかない。勝たなくては、この命も無駄になる」

エタンの体を押し戻し、雪の中沈黙する男の遺体を見下ろした。彼女は少しの間、イルバスの兵士たちにするようにして祈りを捧げた。

雪壕を出ると、エタンはアデールを己の背に隠した。

たようだ。

「カスティア軍です」

白い布をかぶっているおかげで、まだ気づかれていない。銃声に気がついて近寄ってき
雪山用の装備を怠《おこた》ったカスティア軍は、ほとんどが銃を使えない。銃声がある方向にいるのは、イルバス軍だけだ。

アデールは銃に弾を装塡《そうてん》した。敵の数は少ない。先ほど死んだ兵と同じく、はぐれてさまよっているのかもしれない。

「ここでお待ちください」

エタンはそう指示すると、駆けだした。「エタン」と小声で呼んでも、彼は振り返らない。雪に足をとられぬ走り方を、彼はよく身につけている。

かすむ視界の向こうで、悲鳴が聞こえた。銃声が二回。剣を交える音。

アデールは加勢しようと銃をかまえるが、エタンの動きが素早すぎて、下手《へた》をすれば彼に当たるかもしれない。

歯がみしていると、真横から走ってくる敵兵がいた。

相手もアデールの銃に気がつき、剣をかまえる。

アデールはとっさに先ほどの雪壕にとびこみ、真上に向かって銃を撃った。足下には、祈りを捧げたばかりのカスティア兵の遺体がある。

銃は敵の肩をかすった。雪の中、鮮烈な赤が散った。

(敵将だ)

アデールは息をのんだ。

カスティアの将軍職は、一般兵とは異なる色のコートを身につけている。役職をあらわす明るい青のコートがはためいた。

彼が死ねば、戦争が終わるかもしれない。

「ずいぶんとちびで、銃の下手な兵だ。弾があっても腕が悪くてはな」

アデールはしゃべらなかった。声を出せば、先ほどのように女だとばれてしまう。

この場で前線に出ようとする女は、女王をおいてほかにいない。

(おっしゃる通り、戦闘の技術はまったくといっていいほどないわ。時間を稼《かせ》がなくては)

アデールはひゅっと息をすいこんだ。

敵将が、容赦《ようしゃ》なく襲いかかってきた。

銃剣で剣を受け止める。目の前で火花が散る。力ではかなわない。腕がへし折れそうだ。

(大丈夫。ここはこらえて。私の影は、必ずやってくる)

アデールは突き飛ばされ、雪壕に体を打ち付けた。雪がこぼれて頭をぬらす。視界がふさがれたとき、彼女は叫んだ。

「エタン‼」

白い悪魔が、雪壕に舞い降りた。

女王の影は、正確に敵将の胸を刺し貫いた。アデールの叫び声を聞きつけてイルバス兵がかけつけ、彼女を雪壕から引きずり出す。

「遅くなって申し訳ございません。女王陛下。大丈夫ですか？」

「血がついていらっしゃる」

「平気よ、私のものではない」

兵たちはほっとしたような顔をした。

「……彼らの遺体を、あの大きな木の根元へ運んで。カスティア軍に知らせてやりなさい」

「御意《ぎょい》」

敵の戦意を喪失《そうしつ》させるのだ。

兵たちが敵将と、先に死んだ兵を運び出す。

彼女は、肩で息をしていた。

エタンは、彼女を自身のマントの中に引き入れた。

「女王陛下。よく持ちこたえられました」

「敵将の前で逃げられない。でもあなたが来てくれるってわかっていたから」

なんとか、耐えることができたのだ。

白いマントのふたりは、雪の中でしばらく、じっとしていた。景色も互いの体も、境目がわからなくなる。そうして静かに息をととのえた。

「……あなたは僕を信じてくれていたようですが、僕は正直、ひやひやしました」

先に声をあげたのは、エタンだった。

アデールは、ようやく落ち着いた。

「戻りましょう。あなたと同じように、きっとみんな心配してくれている」

「そうですね」

アデールは、廃墟の塔をじっとにらんでいた。


「失礼いたします！」

イルバス軍の本隊へ向かうと、ガーディナー伯爵が敬礼をした。常に最前線で兵を動かしてくれた、今回の作戦の重要人物だ。

「カスティア軍の本隊を攻撃。敵は殲滅《せんめつ》いたしました。残党も次々と撤退《てったい》しております！」

望遠鏡をのぞきこんだ。カスティア軍が、がむしゃらに山をかけおりてゆく。

仲間の遺体を回収することすらあきらめ、重たい装備を投げ出し、それぞれが一目散に逃げ出していた。

廃墟の塔にイルバスの国旗があげられた。

大きくはためく、ベルトラム王家の紋章。

「女王陛下。我々の勝利です！」

胸に熱いものがこみあげてきた。

アデールは、白い布をとった。これが己を白い悪魔に仕立ててくれた。彼女にならい、兵たちも次々と布をはぎとる。

グレンの銃剣をかかげ、アデールは叫んだ。

「この国に春と祝福を。イルバスは、ベルトラム王家の元に‼」

白布が風に舞って飛んでゆく。その光景は壮観だった。その日リルベクでは、地上から雪が舞い上がった。

兜《かぶと》を脱ぎ、なめらかな金髪をなびかせ、アデールは歌った。兵たちも彼女にならい、詩を歌った。

寒さなど感じなかった。体の内から湧き上がる温かい春が、みなの心を包み込んだ。

廃墟の片隅で、彼らは勝利の春の詩を歌う。

喜びに沸き立つ兵を、アデールは穏やかな気持ちでながめていた。

エタンがアデールの方へ進み出た。

「女王陛下。おめでとうございます」

アデールは静かに言った。

「まだまだ問題は山積みだわ。でもわかったことがある。ここが、国よ。この廃墟の片隅からはじまる国が。私のイルバス」

今はなにもないかもしれない。このちっぽけな手で、どれだけの人を守れるだろう。

いつか、おじいさまのような賢王になれるだろうか。

(私は、今日までの犠牲を忘れない)

さまざまなものを失ってきた。両親も、きょうだいも、夫も。味方や敵の、多くの命も。

アデールが今ここにいるのは、彼女を守ってきてくれた人たちのおかげだ。

「今まで……たくさんの人の鳥籠《とりかご》に、私は守られてきた。そうして気がついたわ。イルバスを、愛と祝福の鳥籠にしたい。国民を慈《いつく》しみ、守り、そして自由に。鳥籠の入り口は、あけておくわ。いつでもこの国に戻り、羽根を休めることができればいい」

「多くの時間を要します」

「わかってる」

でも、きっと成し遂げられる。

今日の勝利は、その一歩だ。

「帰りましょう、エタン。私たちの王城へ」

アデールは彼に向かって、右手を差し出した。

# 第六章

リルベク戦に勝利したイルバス軍は、その後の戦争でも次々と勝利をおさめていった。地の利を生かした奇襲作戦でカスティア軍の兵力を削《そ》ぎ、鉄鉱山はイルバスが制圧。ニカヤ国は、新女王体制を信頼に足るものとし同盟関係を結んだ。

カスティア国は、停戦せざるをえなくなった。

戦争の火付け役となったレナートは子を連れて亡命、海を越えて遠く東の国へ行方《ゆくえ》をくらませた。

鉄鉱山を手に入れたことにより、イルバスは工業面でめざましい発展をとげる。

特に、戦地となったリルベクには多くの工場が作られ、活気あふれる街となった。

飢えに苦しむ者はしだいに少なくなり、イルバス人はその頑健さを武器に、多くの分野で活躍するようになった。

アデールの即位から四年の月日が経ち、もうすぐ五年目の春を迎える。

廃墟を勝利の地に変えた、若き賢王。人々は親しみをこめ、彼女を「廃墟の女王」と呼ぶ。

イルバス王城、昼さがり。

「女王陛下、ごきげんうるわしゅう」

重臣たちと、今後の食糧問題について話しながら歩いていたアデールは、顔を輝かせた。

「まあ、メルヴィル。久しぶりね。学校事業は順調かしら。色々と話を聞かせて頂戴《ちょうだい》」

外交大臣のメルヴィルには、教育部門の仕事も兼任で任せている。各国を渡り歩いた経験のあるメルヴィルは、他国の教育事情にもくわしかった。

特に女子教育に熱心なアデールの要請もあり、メルヴィルは多くの寡婦《かふ》を教師とし、各地に派遣させた。

「堅苦しいのもなんですから、談話室へいきましょう」

談話室には、大きな額縁におさまった肖像画が飾られている。

夫のグレンと、妻のアデール。生真面目《きまじめ》な顔で並ぶふたりの姿。アデールの唯一の肖像画だ。

新進気鋭の画家、アダム・バロックが長い年月の後に描き上げた。モデルの片方が戦争で急死したために、完成までに時間を要したのだ。

アダムは現在、アデールの支援のもとイルバスを出て、絵の腕をあげるための旅をしている。

メルヴィルは懐かしそうに、肖像画に目をやった。

「一緒にニカヤへ行ったのが昨日のことのようです」

「私はあれから五十年以上経ったかのように思えるわ」

「なにをおっしゃる。あの時とまったく変わらぬ……いや、それ以上の美しさであらせられる」

「お世辞《せじ》がうまいわね、メルヴィル」

「本当のことですよ」

アンナとガブリエラが、すかさずお茶やお菓子を給仕する。今でもアデールがそばに置く侍女《じじょ》はこのふたりだけだ。苦楽をともにしたアンナと、明るく前向きなガブリエラ。よくよく考えればバランスのとれたふたりだ。

「学校事業ですが、順調に進んでおります。我がイルバスの工業技術の発展に伴《ともな》い、多くの技術者を生むことができました。識字率も格段にのびております。娯楽《ごらく》文学が流行《はや》りだしたのもよい傾向だ」

「以前よりも多くの教師が派遣できていると聞いているわ」

「はい。土地に合った職業訓練が先ですが、子どもたちが進路を選択できるよう、学校の建設を急いですすめております」

アデールはうなずき、良い報告に耳を傾ける。それからゆっくりと口を開いた。

「あなたの活躍は、私をより助けてくれるわ。ありがとうメルヴィル。明日からの各所訪問で、あなたの言葉以上の成果が出ていることを期待するわ」

「それはもちろん、ご満足されるかとは思いますが……女王陛下御自ら、各地へ出向かなくとも」

「別に、あなたの仕事ぶりを監視するわけじゃないのよ。わかっているとは思うけど。現場を見ないと問題の本質も見えない気がするの。抜き打ちでちょこちょこ顔を出させてもらうわ」

ニカヤの炎帝《えんてい》のやり方を参考にさせてもらった。ただし、議会で直接国民の代表者と論じ合うよりも、こちらの方が自分に合っている。

「御身が心配なのですよ」

「護衛もたくさんついているし、グレンの銃剣をかつぐ私に襲いかかるまねをする者はいないわ」

アデールが男のような格好をして、イルバス各地をまわる様子はもはや名物となっていた。彼女のそばにはいつも亡き夫の形見がある。

それに一度戦場を経験すれば、いやでも肝《きも》は据わる。

「四年前と比べれば、驚くほど平和になりました。今は各地で陛下の春の詩が歌われています。すばらしいことです」

　メルヴィルは、視線をさまよわせた。

「その……今日は、エタンさまは？」

　いつも女王に影のように付き従う王杖《おうじょう》が、今日は不在だ。

　アンナは淡々と言った。

「メルヴィル大臣、失礼いたします。女王陛下はこれからご予定がございますので」

「ごめんなさいメルヴィル。もう時間みたい。迎えに行かなくちゃ」

「どなたを？」

「――私の王杖をね」

　エタンはいなくなろうとしている。辞意の意思は、昨日伝えられた。

　思えば、彼の意思を無視して、長らく手元においていた。

　もともとは戦争が終わり、イルバスの情勢が落ち着くまでと彼は言っていたはずなのに。

　エタンは後任にリルベク戦で活躍したガーディナー伯爵を推した。彼との結婚も、視野に入れるようにと。

　ガーディナー伯爵は、グレンに忠実な部下だった。カスティアとの戦争、すべてにおいて彼はいかんなくその実力を発揮してきた。

　英雄の夫を亡くし、新しい英雄と結婚する。

国民が喜ぶ、よくできた筋書きだ。とてもエタンらしい。

アデールの王政にわずかな瑕疵《かし》も許さないという、徹底した性格がよく出ている。

自らの部屋に戻り、アデールは深呼吸をした。

「ガブリエラ。とびきりきれいに髪を結って頂戴《ちょうだい》。アンナ、外出用のドレスを」

アデールは鏡の前の自分を見つめた。

痩《や》せた体重は元に戻り、髪はなめらかに波打っている。新緑の瞳にばら色の頰《ほお》。表情は、以前よりもずっと大人びた。

かつて、十五歳の自分はもっとみじめだった。今はその片鱗《へんりん》すら見られない。

「メルヴィルさまの言うとおり。陛下は、年々美しくなられます。どんな髪型が一番魅力的に見えるか、悩みますわ」

ガブリエラはうきうきとアデールの髪をくしけずる。みじめだったアデールを知っている者のひとりだ。安心して任せられる。

アンナは宝石箱を手にたずねる。

「アクセサリーは、どうなさいますか」

「例のペンダントを」

それは、遠くニカヤの地から送られてきた、差出人不明の手紙の中にまぎれこんでいた。

アデールが大切な姉の首にかけたペンダント。

遠くから、永遠の春を祈っている。

ただのひとこと、そう添えられていた。

誰からの贈り物かは、すぐに察しが付いた。それを受け取ったとき、アデールはひっそりとペンダントをにぎりしめて、涙をこぼした。

きっと、いつかまた会えるときがくる。すべてのしがらみを捨てて、彼女と再会できるときが。

「大切な用事のときは、いつもそれをつけるわ」

「かしこまりました」

これから、人生の中でいくつめなのかとうにわからなくなった、重要な決断をすることになる。


王城のあずまやで、ひとりの青年が頬杖《ほおづえ》をついている。

アデールはくすりと笑って、彼の隣に腰を下ろした。

エタンは、アデールと目を合わせなかった。

「そのような薄着で、お風邪《かぜ》を召されますよ」

「出発できなかったのでしょう。残念だったわね」

アデールの言葉に、エタンは眉《まゆ》をひそめた。

「やはり陛下のしわざでしたか。僕をも出し抜くとは、どんどん油断ならない女性になられる」

エタンは多くの仕事を抱えている。それらを全部中途半端に放っておいて、国を去ることはできないはずだ。アデールは忠臣たちに指示し、わざとさまざまな計画の進行を遅らせていたのだ。

「とうとうしびれを切らして、先に辞意を表明したあなたの負けよ」

エタンは、観念したような顔をした。

「女王陛下。すばらしき世を導かれました。僕に悔《く》いはない。多くのことに感謝しています。でも僕は、イルバスの王杖にはふさわしくない」

「あなたがいいと言っているのに」

「僕はあなたの大事な人を、殺しました」

アデールは目を細めた。

知っている。彼の罪をすべて受け入れる、大きな嵐になると決めたあのときから。

「面倒な人ね。大人しく私の鳥籠に戻ってくれれば良いのに」

「僕がいなくとも、イルバスは十分にまわっています。陛下は貴族にも平民にも、よく好かれている」

「もう、あなたに頼り切りになることもなくなったわね」

だからもう役目は終えたと、ここを去ろうというのだ。

アデールは、そっと革袋を取り出した。

干しレモンだ。取り寄せて、作らせた。いつもエタンがくれたのと同じものを。

「私も今、ほしいものはこうして手に入れることができる」

「一国の女王が望むものが、そんなもの？」

「私にとってはなによりのごちそうよ。辛《つら》いときにはいつもこの味があった」

アデールは、エタンの口に干しレモンをおしこんだ。

「エタン。黙って聞いて頂戴《ちょうだい》」

口封じにこれを使うのも、エタンの常套《じょうとう》手段だった。彼はゆっくりレモンを咀嚼《そしゃく》している。

「私はガーディナー伯爵とは結婚しないわ。とても良い軍人だとは思うけれど、夫にはしない。私は誰よりも、国民のためを思ってるわ。でも彼らを喜ばせるために、自分の結婚相手を選ぶのは違うと思ってる」

また、自覚がないと言いたいのだろう。エタンは黙っているが、表情に出ている。

「他国から夫を連れてくることもしないわ。イルバスはイルバスなりに、春に向かって歩き始めた。その流れに水を差したりはしない」

「一生結婚しないおつもりですか？」

レモンを飲み込んだ、エタンがたずねる。

非難がましい口調だ。

アデールは、きっぱりと言った。

「エタン。私と結婚しなさい」

「なにを……」

「そしてこの国の礎《いしずえ》となるのです。あなたは私という女王の王配となる」

「王杖ですらふさわしくないから、辞任しようとしているのですよ」

エタンはめずらしく声を荒げた。

「アデールさまはわかっておられない。今は安定しているから良いが、この先またイルバスが戦火にまきこまれるかもしれないのです。僕がおそばにいることが、その火だねとなるかもしれない」

「私にふさわしい王杖かどうかは私が決めます。もしこの国になにかがあったとき、後を任せられる人物は誰か。また――私が子を産んだときに、誰よりも力になってくれる人物は誰か、考えた。あなたをおいてほかにはいない」

アデールの意思はかたかった。

偽フェルシャーの呪いを、すべて信じているわけでもない。だがこの国は再び、正統なベルトラム王家のもとで軌道に乗り始めた。この流れは変えない方が良いだろう。

それならば、選択肢《し》はひとつだ。アデールが子を産み、時代をつないでいくほかない。

「裏も表も、イルバスのすべてを見通してきたあなたにしか、私の王配は任せられない」

「無茶を言ってくれる」

「私は、矛盾《むじゅん》しているわ。この国を自由な鳥籠《とりかご》にしたいと言いながら、どんな手段をつかってもあなたを手元におきたいと願っている」

以前、グレンはアデールを独占したいと願った。アデールからすべてを奪い、自分に縛り付けたいと。

そのときアデールは、彼の気持ちをまるで理解することができなかった。ただそらおそろしく感じた。グレンは、悲しそうだった。

（あのときのグレンの気持ちが、ようやく理解できるなんてね……）

いざとなったらエタンを頼れ。

彼がそう言い残したのは、もしかしたらグレンが一番、アデールの気持ちを理解していたからなのかもしれない。

アデールは、ふっと息を吐いた。

エタンには、わかりやすい理屈が必要なのだと思っていた。でもきっと、違う。

「……くだらない理由を、あれこれと並べたわね。あなたが何者でもかまわない。私は、あなたを愛しているわ。エタン」

すべてを奪い取りたいくらい、愛してる。

自分のそばを去りたいという彼の意思を無視してでも、彼と一緒にいたい。

「女王陛下」

「愛する人ひとり、過去から守れなくては、女王はつとまらない。私を無能な女王にする気？」

「……アデールさま」

エタンの頬《ほお》に、涙がつたった。

こらえきれずこぼした、感情の発露だ。

「あなたにもしものことがあるなら、死んだ方がずっとましなのです」

「それは私も、同じ気持ちよ。私の苦しみが、あなたにはわかるはず」

アデールは彼の頬をつたうしずくを指先でぬぐいとった。

彼の涙すらも、ぬぐうのは自分だけでありたい。

これが愛。世界のすべてを敵にまわしても、彼のそばにありたいと思う。

「エタン。愛してるわ。私の人生のすべてをかけて、あなたを愛したい」

エタンは、とうとうこらえきれなくなった。

アデールの手を取り、抱きしめる。

大切なものに触れるかのように、アデールの背中に手を添えた。

ふわりと香る、彼のコロンの匂《にお》い。そして、懐かしいレモンの香りがした。

彼と出会ってから、これまでの出来事が、アデールの中でくっきりと反芻《はんすう》された。

エタンは理性の人だった。今ここで、彼の理性を断ち切るためなら、アデールはなんでもできると思った。

エタンの頰に手を触れて、アデールは顔をかたむけた。

彼は体をこわばらせたが、やがて彼女の後ろ頭に手を添えた。

何度もくちびるを重ねた。いつのまにか主導権はエタンにうつっていた。

急《せ》いたようなくちづけだ。

「エタン」

名を呼んでも、すぐに塞《ふさ》がれてしまう。

「ジルダから、あなたに手を出すようにと言われたことがある。でもどうしてもできなかった。すべてを台無しにするくらいなら、あなたを遠ざけたかった。それでもあなたのそばにいたい。矛盾しているのは僕の方だ」

ようやく体を離して、エタンはぽつりと言った。

彼は、ジルダの愛人であったことがある。そのときの様子とはまるで違っていた。

昔のエタンは、本音を見せなかった。出会ったばかりのころはいつも煙にまいた態度をとっていて、彼の考えがまるでわからなかった。

でも、今ならわかる。その態度のいくつかは、アデールを守るためにしていたということを。

今のアデールは、出会った頃のエタンと同じくらいの年齢となっていた。

「なら、これからもっと大切にして。あなたは未来だけを見ればいい。私はあなたの過去を、すべて受け入れるから。影でも王杖でもなく、あなたという人のそばにいたい」

アデールは、もう一度自分からくちづけをした。

「アデール」

エタンは、静かに彼女の名を呼んだ。

「あなたの声が聞こえる範囲が、僕の王国です」

彼は、覚悟をしたように言った。

「僕は一生、あなたのものだ」

アデールは彼の柔らかい髪を撫《な》でた。ずいぶん美しい鳥を手に入れた。

彼と一緒に、大きな鳥籠で春の詩を歌おう。

私たちは永遠に、つがいの鳥なのだから。

＊

アデール・ベルトラム・イルバス。

廃墟の女王と呼ばれた彼女の治世は三十年にわたり続いた。生涯《しょうがい》の間、彼女はふたりの夫を持った。

最初の夫は彼女を王城へ連れていき、二番目の夫は彼女に王冠をかぶせた。

アデールは二番目の夫との間に二人の子をもうけ、その尊《とうと》いベルトラムの血を存続させた。

王配となったエタン・フロスバはけして己の利権を主張することはなく、最後まで女王と子どもたちを愛し、教育し、国のために尽くしたという。

彼の献身的な支えなくしては、アデールの統治がここまで長く続くことはなかっただろう。

五十五歳で病により世を去った彼女の棺《ひつぎ》には、最初の夫、グレン・オースナーの銃剣がおさめられた。銃剣と共に彼女を送り出したのは、六十五歳の彼女の王杖、エタン・フロスバだった。

アデールの子どもたちは母親の遺志を継ぎ、共同統治で国をおさめることを宣言した。

イルバスの歴史の中でも、アデール女王は特殊だった。

廃墟の塔に幽閉され、夫やきょうだいを亡くし、最後の力をふりしぼって、女の身でありながら戦場に立った。

彼女は言った。失うものがこれほど多くなかったとしたら、私は女王になることはできなかったであろうと。

不遇の人生をおくっていた彼女が、賢王と呼ばれるまでのその数奇な人生は、彼女が後の世代にすべてを託し世を去った今もなお、語り継がれている。

※この作品はフィクションです。実在の人物・団体・事件などにはいっさい関係ありません。

集英社オレンジ文庫をお買い上げいただき、ありがとうございます。
ご意見・ご感想をお待ちしております。

● あて先
〒101-8050　東京都千代田区一ツ橋2-5-10
集英社オレンジ文庫編集部 気付
仲村つばき先生

# 廃墟の片隅で春の詩《うた》を歌え

女王の戴冠

集英社
オレンジ文庫

2021年2月24日　第1刷発行

著　者　仲村つばき
発行者　北畠輝幸
発行所　株式会社集英社
〒101-8050東京都千代田区一ツ橋2-5-10
電話【編集部】03-3230-6352
【読者係】03-3230-6080
【販売部】03-3230-6393（書店専用）
印刷所　株式会社美松堂／中央精版印刷株式会社

※定価はカバーに表示してあります

造本には十分注意しておりますが、乱丁・落丁(本のページ順序の間違いや抜け落ち)の場合はお取り替え致します。購入された書店名を明記して小社読者係宛にお送り下さい。送料は小社負担でお取り替え致します。但し、古書店で購入したものについてはお取り替え出来ません。なお、本書の一部あるいは全部を無断で複写複製することは、法律で認められた場合を除き、著作権の侵害となります。また、業者など、読者本人以外による本書のデジタル化は、いかなる場合でも一切認められませんのでご注意下さい。

©TSUBAKI NAKAMURA 2021　Printed in Japan
ISBN 978-4-08-680367-0 C0193

集英社オレンジ文庫

仲村つばき

# 廃墟の片隅で春の詩《うた》を歌え

## 王女の帰還

革命により王政が廃され、末の王女が
『廃墟の塔』に幽閉されて幾年月。
隣国に亡命した姉王女の手紙で
王政復古の兆しを知った彼女は、
使者の青年と廃墟を出るが…？

好評発売中

【電子書籍版も配信中　詳しくはこちら→http://ebooks.shueisha.co.jp/orange/】